Jürgen Seibold
Spritztour

AF196512

PIPER

Zu diesem Buch

Kommissar Hansen von der Kripo Kempten nutzt das strahlend schöne Sommerwetter, um mit seiner Verlobten einen Ausflug auf den Tegelberg bei Füssen zu unternehmen. Auf dem Parkplatz an der Talstation stauen sich die Autos und auch in der Seilbahn herrscht reger Betrieb – aber Hansen und Resi stört das nicht, sie schwelgen in Hochzeitsvorbereitungen und können sich nicht nahe genug sein. Doch kaum auf der Bergstation angekommen, nimmt ihr Kurztrip ein jähes Ende: Einer der Passagiere ist tot. Alles deutet auf einen Giftmord hin ...

Jürgen Seibold, geboren 1960 in Stuttgart, arbeitete als Redakteur und freier Journalist. 1989 veröffentlichte der *SPIEGEL*-Bestsellerautor seine erste Musikerbiografie. Es folgten weitere Sachbücher, Theaterstücke, Thriller und Kriminalromane. Mit seiner Familie lebt Jürgen Seibold im Rems-Murr-Kreis.

Jürgen Seibold

Spritztour

Ein Allgäu-Krimi

PIPER

Mehr über unsere Autoren und Bücher:
www.piper.de

Von Jürgen Seibold liegen im Piper Verlag vor:
Kinder

Allgäu-Krimis:
Band 1: Rosskur
Band 1: Gnadenhof
Band 1: Landpartie
Band 1: Pferdefuß
Band 1: Schandfleck
Band 1: Spriztour
Band 1: Volltreffer

Die Apothekerin ermittelt:
Band 1: Schwarzer Nachtschatten
Band 2: Rote Belladonna

Lesen auf eigene Gefahr:
Band 1: Schneewittchen und die sieben Särge

MIX
Papier aus verantwortungsvollen Quellen
FSC
www.fsc.org   **FSC® C083411**

Originalausgabe
ISBN 978-3-492-30853-3
1. Auflage Februar 2018
4. Auflage Januar 2021
© Piper Verlag GmbH, München 2018
Umschlaggestaltung: Cornelia Niere
Umschlagabbildung: Cornelia Niere und Shutterstock
Satz: Eberl & Kœsel Studio GmbH, Krugzell
Gesetzt aus der Adobe Garamond
Druck und Bindung: CPI books GmbH, Leck
Printed in the EU

Freitag, 27. April

Die Parklücke war zwar gerade groß genug, um mit dem Familienvan hineinzufahren, aber sie stellte sich als deutlich zu schmal heraus, um aus dem Wagen aussteigen zu können. Also versuchte Thomas Hörkmann, rückwärts wieder den Stellplatz zu verlassen. Und während er auf den Moment wartete, in dem der beständige Strom an Autos auf der Suche nach einem Parkplatz endlich einmal abreißen würde, dachte er, dass er sogar lieber in einem drögen Meeting mit den Kollegen sitzen würde als hier im voll besetzten Van. Einen freien Tag mit der Familie hatte er sich damals, als er noch keine Familie hatte, deutlich schöner und entspannter vorgestellt. Seine Frau neben ihm war übernächtigt und genervt, die Kleinen auf dem Rücksitz voller Vorfreude auf die Fahrt mit der Seilbahn und entsprechend außer Rand und Band.

Endlich schien sich die Gelegenheit zu bieten, rückwärts wieder aus der Parklücke zu fahren, da rollte schon wieder ein Auto heran. Hörkmann konnte gerade noch einen Zusammenstoß vermeiden und wartete, dass der andere wieder wegfuhr, doch der kam in dem Getümmel nicht weit, sondern blieb direkt hinter ihm stehen.

»Jetzt reicht's!«, knurrte Hörkmann, drückte die Fahrertür auf, stieß prompt an die Beifahrertür des benachbarten Autos und zwängte sich durch den schmalen Spalt, den die Tür freigab. Dass die Türkante einen hässlichen Kratzer im

Lack des anderen Autos hinterließ, beachtete er nicht. Er hatte seinen wütenden Blick auf den Fahrer des Kombis geheftet, der ihn blockierte. Hörkmann trat an den Mittelklassewagen und klopfte gegen das Seitenfenster. Der Fahrer sah kurz zu ihm auf, kümmerte sich aber nicht weiter um ihn, sondern strich kurz mit den Fingern über seinen Schnurrbart, wiegte dann den Kopf im Rhythmus, pfiff und schaute wieder gespannt nach vorn. Hörkmann versuchte, den Fahrer durch die Windschutzscheibe auf sich aufmerksam zu machen, doch der wedelte ihn wie einen lästigen Störenfried beiseite.

Daraufhin war Hörkmann mit ein paar schnellen Schritten an der Fahrertür, riss sie auf und funkelte den Mann im Auto zornig an. Ein aktueller Hit war aus dem Radio zu hören, begleitet vom grottenfalschen Pfeifen des Fahrers.

»Sagen Sie mal, Sie Trampel«, polterte Hörkmann los, »hätten Sie mich nicht rauslassen können, anstatt mich zuzuparken? Dann hätten Sie jetzt einen Parkplatz, und ich müsste mich nicht mit einem rücksichtslosen Deppen wie Ihnen herumschlagen.«

Der Fahrer musterte ihn kurz und verzog dann den Mund zu einem spöttischen Grinsen.

»Das mit dem Schlagen meinen Sie hoffentlich nicht wörtlich«, bemerkte er, während seine Finger im Takt der Musik auf dem Lenkrad herumtrommelten. Das hochgekrempelte Hemd legte seine stahlhart wirkenden Unterarmmuskeln frei. Er war Hörkmanns Blick gefolgt und nickte jetzt mit noch breiterem Grinsen. »Das schätzen Sie genau richtig ein, guter Mann. Und gehen Sie davon aus, dass meine Oberarme nicht weniger trainiert sind.«

Er schaute kurz zum Van hinüber und bedachte Hörkmann dann mit einem mitleidigen Blick.

»Wenn Sie keine Lust haben, dass ich Sie vor Ihren Kids und Ihrer Frau bis auf die Knochen blamiere, dann verziehen Sie sich jetzt lieber wieder. Meinetwegen können Sie denen erzählen, dass Sie mich ordentlich ausgeschimpft haben. Und sobald ich kann, fahr ich ja auch weiter.«

»Aber ich …«

»Halt die Klappe, du Pfeife! Scher dich fort, oder ich mach dir Beine!«

Damit zog er die Fahrertür wieder zu und richtete den Blick nach vorn. Hörkmann atmete ein paarmal tief ein und aus, dann ging er so aufrecht wie möglich am Kühler des Kombis vorbei.

»Alles okay?«, fragte seine Frau Julia, als er sich wieder auf den Fahrersitz des Vans gezwängt hatte. »Ich hab mir schon Sorgen gemacht, dass du Streit anfängst.«

»Ich doch nicht. Aber dieser Idiot hat uns zugeparkt, da muss ihm doch mal einer klarmachen, dass das so nicht geht!«

»Lass gut sein«, beruhigte sie ihn. »Der fährt sicher gleich weg.«

Unter ihrem liebevollen Lächeln schmolz seine Wut wie Eis in der Sonne.

Das Weichei aus dem Van hatte ihn nur kurz in seiner Vorfreude gestört, und als sich die Kolonne vor ihm wenig später wieder in Bewegung setzte, war Helmut Möller in Gedanken auch schon wieder ganz bei seinem Treffen mit Alina. Sie wollte ihn ein Stück von der Bergstation der Tegelbergbahn entfernt erwarten, einstweilen hinter einigen Bäumen neben dem Wanderweg verborgen – nicht, dass noch ein Bekannter ihres Mannes ausgerechnet für heute einen Ausflug auf den Tegelberg geplant hatte und sie beide zusammen sehen würde.

Drei Autos weiter entdeckte er einen freien Parkplatz und fuhr schnell hinein, bevor ihm jemand anders zuvorkommen konnte. Die beiden Autos links und rechts von ihm waren so weit entfernt, dass er bequem die Fahrertür öffnen konnte. Er stieg aus, reckte sich und atmete tief ein. Das hätte er vielleicht besser bleiben lassen sollen, denn hier unten auf dem Parkplatz dominierte der Abgasgeruch der Autos, die unablässig nach Stellplätzen suchten. Auch der Van des Weicheis zuckelte vorüber, und der wütende Blick des Fahrers, der sicher nur zu gern eine so geräumige Parklücke gefunden hätte, entschädigte ihn allemal für den Gestank.

Mit einem fröhlichen Pfeifen auf den Lippen schlängelte sich Möller zwischen Autos im Schritttempo und anderen Fußgängern hindurch. Versehentlich rempelte er eine drahtige Frau um die vierzig an, die daraufhin ins Straucheln geriet. Er drehte sich zu ihr um: Sie hatte ein hübsches Gesicht und eine sportliche Figur, und er wollte schon seinen ganzen Charme einsetzen, um ihr vielleicht die Handynummer entlocken zu können – da fiel sein Blick auf ihren Begleiter, einen schlanken Mann, ebenfalls um die vierzig, gekleidet in eine offensichtlich neu erstandene Wanderkluft. Der Mann warf ihm einen finsteren Blick zu, während er die Frau stützte, damit sie nicht fiel. Dabei trat er einen Schritt zurück, und der Van, der gerade an ihm vorbeirollen wollte, bremste abrupt ab, touchierte den Mann aber dennoch mit dem linken

Außenspiegel an der Schulter. Das Paar drehte sich zu dem Van um und beschwerte sich, und Möller war froh, dass er wieder in der Menge untertauchen konnte. Für das, was er heute vorhatte, war es allemal besser, wenn sich niemand an ihn erinnerte.

Für den zweiten Zusammenstoß konnte er nichts. Eine füllige Gestalt, die mit Mantel, Schiebermütze und dünnen Handschuhen für den sonnigen Tag eindeutig unpassend gekleidet war, hob immer wieder eine Umhängetasche auf Schulterhöhe und schob die vor ihm Gehenden auseinander. Über die Schiebermütze war obendrein ein Kopfhörer gestülpt, aus dem laute Rockmusik dröhnte. Die Gestalt pflügte sich rücksichtslos durch die Menge, bis sie Möller erreichte. Wieder wurde die Umhängetasche hochgehoben, und ihre Kante erwischte Möller am Hals. Offenbar hatte dort ein störrischer Plastikfaden oder ein Stück Reißverschluss abgestanden, denn Möller spürte etwas Spitzes im Nacken. Reflexhaft griff er an die getroffene Stelle, konnte aber im ersten Moment nichts Ungewöhnliches feststellen. Und die seltsam gekleidete Gestalt war schon wieder aus seinem Blickfeld verschwunden.

Möller ging die Treppe der Talstation hinauf, stellte sich vor der Kasse an und strich seinen Schnauzbart glatt. Kaum hielt er das Ticket in Händen, beeilte er sich, um die nächste Gondel zu erreichen. Vor ihm betraten die beiden Wanderer die Kabine, mit denen er vorher aneinandergeraten war. Er hätte sich gern etwas von ihnen ferngehalten, aber die einzige Lücke in der überfüllten Gondel befand sich ausgerechnet zwischen der Frau, die er angerempelt hatte, und der Glasscheibe. Er wandte sein Gesicht ab, schaute konzentriert durch die

Scheibe und hoffte, dass ihn die beiden in Ruhe lassen würden.

Möller spürte mehr Schmetterlinge im Bauch, als er es an diesem wunderschönen Freitag erwartet hätte. Sicher, Alina war eine Wucht, und er hatte mit ihr mehr Spaß als mit den meisten anderen Frauen, die er traf – aber sie würden sich heute ja nicht zum ersten Mal treffen.

Die Gondel setzte sich in Bewegung, der Boden unter seinen Füßen pendelte ein paarmal hin und her, bis sich die Kabine nach einigen Metern Fahrt wieder ausbalanciert hatte. Nur Helmut Möller war es, als stünde er noch immer auf sehr unsicherem Grund.

Gerichtsmedizinerin Dr. Therese Meyer konnte zwei Dinge nicht leiden: immer schon ihren amtlichen Vornamen, weswegen sie unbedingt Resi genannt werden wollte – und neuerdings das Herumeiern von Eike Hansen, was den Termin ihrer Hochzeit anging.

»Mensch, Eike«, hatte sie sich mehr als einmal beschwert, »wenn du als Chef vom K1 der Kripo Kempten auch so unentschlossen wärst, würdest du noch immer erfolglos nach deinem ersten Mörder suchen!«

Hansen wusste ja, dass er sie schon viel zu lange vertröstete. Bald zwei Jahre war es her, als er sie während eines Spaziergangs formlos um ihre Hand gebeten hatte – zu formlos, wie sie ihm später unter die Nase rieb. Und auch schon fast ein Jahr war es her, dass er sich zu einem »richtigen« Antrag aufgerafft und sich dabei in einen Rest Nassfutter seines vierbeinigen Mitbewohners Ignaz gekniet hatte. Es war keine böse

Absicht, dass bisher nichts aus der geplanten Hochzeit geworden war, das versicherte er Resi immer wieder, und er wollte ja auch einen passenden Termin finden – aber bisher hatte es sich einfach nicht ergeben.

Heute aber wollte er Nägel mit Köpfen machen. Er hatte sich extra noch einmal von den Kollegen Hanna Fischer und Willy Haffmeyer die Kalenderfunktion seines neuen Smartphones erklären lassen, er hatte sich in einem Outdoorshop mit sauteurer Wanderkleidung ausstaffiert, und er hatte eigens den heutigen Freitag freigenommen, um erst mit Resi wandern zu gehen und anschließend bei Kerzenschein in der gemütlichen Stube eines Füssener Gasthauses die leidige Terminfrage zu besprechen.

Nun war er mit Resi im Bus von Füssen zur Talstation der Tegelbergbahn gefahren, um sich nicht mit der Parkplatzsuche aufhalten zu müssen. Vor dem Autogewimmel an einem sonnigen Tag wie diesem hatte ihn Haffmeyer gewarnt, der eh alles und jeden im Allgäu zu kennen schien. Hansen hatte das letzte Stück Weg unter die Sohlen seiner fabrikneuen Wanderschuhe genommen und fühlte sich mit der krachledernen Kniebundhose, den groben Strickstrümpfen und dem karierten Hemd so allgäuerisch wie noch nie – nur Resi irritierte ihn ein wenig, weil sie seine Aufmachung ab und zu mit amüsierten Blicken bedachte.

Der unhöfliche Trampel, der Resi so heftig beiseiteschubste, dass er sie auffangen musste und dabei vom Außenspiegel eines vorbeirollenden Vans an der Schulter erwischt wurde, störte ihre Zweisamkeit nur ganz kurz. Und als Hansen dem Fahrer des Vans Bescheid stoßen wollte, zog ihn Resi weg.

»Bitte, lass den Mann«, sagte sie. »Den kannst du doch nicht vor seiner kompletten Familie zusammenfalten!« Sie zwinkerte ihm zu. »Apropos Familie …«

Hansen unterbrach sie mit einem Kuss, und als er sich wieder von ihr löste, hielt er seinen Zeigefinger an die Lippen, nahm ihre Hand und zog sie in Richtung Talstation. Resi ließ es lachend geschehen, und als sie sich wenig später in die Gondel zu all den anderen quetschten, die das schöne Wetter für einen Ausflug nutzen wollten, störte nur der Schnauzbart, der sich zwischen Resi und die Glasscheibe quetschte und sich demonstrativ von ihnen abwandte.

»Sag mal, Resi, ist das nicht dieser Typ, der dich vorhin angerempelt hat?«, fragte Hansen so laut, dass es der Mann hören musste.

Resi zuckte nur mit den Schultern und küsste ihn. Damit war der Schnauzbart fürs Erste vergessen.

Hansen freute sich mit jedem Meter, den sich die Gondel nach oben arbeitete, mehr auf die würzige Bergluft. Nach den Abgasen auf dem Parkplatz herrschte nun eine wüste Mischung aus unterschiedlichsten Parfüms und aus jenem Schweiß vor, den die Parfüms eigentlich überdecken sollten. Aber zumindest eng genug konnte es ihm und Resi gar nicht sein. Sie drängte sich an ihn, und die Aussicht auf die Füssener Umgebung konnte er immer nur in der kurzen Zeit genießen, wenn Resi ihn gerade nicht küsste. Erst erhaschte er einen kurzen Blick auf Schloss Neuschwanstein im Südwesten, dann konnte er im Nordosten jenseits des Forggensees das alte Bauernhaus, das er bewohnte, mehr erahnen als erkennen.

Am liebsten aber sah er Resi in die blauen Augen, die ihn hinter der randlosen Brille anstrahlten. Jetzt konnte er es kaum mehr erwarten, mit ihr den Hochzeitstermin festzulegen. Nur manchmal zuckten Resis Augen und verengten sich etwas.

»Was ist denn?«, fragte er.

Sie beugte sich wieder zu ihm, und er spitzte in Erwartung des nächsten Kusses schon die Lippen. Aber sie flüsterte ihm ins Ohr:

»Der Typ von vorhin nervt etwas. Ich weiß nicht, ob der betrunken ist, aber er lehnt sich immer stärker mit seinem Gewicht gegen mich.«

»Komm, ich sag jetzt was! Wenn der zudringlich wird, dann müssen wir uns das wirklich nicht gefallen lassen!«

Nun küsste sie ihn doch und lächelte.

»Ach, Eike, mein edler Ritter … Lass dein Schwert ruhig stecken, das halt ich schon noch aus.«

»Mach du dich nur lustig über mich. Vorne küsst du mich, und von hinten lässt du zu, dass sich ein fremder Mann an dich drückt.«

»Ist ja gleich überstanden«, sagte sie und deutete mit dem Kopf den Berg hinauf.

Wenige Minuten später glitt die Tür der Seilbahngondel zur Seite, und die ersten Fahrgäste drängten hinaus. Als sich der Pulk vor ihnen ein wenig auflöste, traten Hansen und Resi auf den festen Boden der Bergstation. Im nächsten Moment war ein seltsam dumpfes Geräusch zu hören und gleich darauf Resis Schreckensruf, weil der Mann hinter ihr einigermaßen heftig gegen ihren Rücken und ihre Waden gestoßen war. Dann gellte das Kreischen einer jungen Frau.

Hansen und Resi drehten sich um. Der Mann mit dem Schnauzbart lag seltsam verrenkt da. Beine und Hintern ruhten auf dem Boden der Gondel, der Oberkörper auf dem harten Untergrund der Ankunftsplattform. Die Arme lagen schlaff neben ihm, offenbar hatte er keine Anstalten unternommen, seinen Sturz zu mildern. Resi hatte sich sofort neben ihn gekniet und ihm den Puls gefühlt – doch der Mann war tot, und auch Resis Wiederbelebungsversuche hatten keinen Erfolg. Daraufhin stand sie auf, zog das Handy hervor und fotografierte den Leichnam von allen Seiten.

Die junge Frau kreischte weiter, bis Hansen sich vor sie stellte und sie an beiden Schultern packte. Aber statt auf seine ruhige Bitte hin zu verstummen, begann sie gegen seine Brust zu trommeln und schrie weiter, während ihre Gesichtsfarbe darauf hindeutete, dass sie demnächst umkippen würde. Schließlich wusste sich Hansen nicht mehr anders zu helfen, als ihr eine Ohrfeige zu geben. Abrupt endete ihr Kreischen, für einen Moment starrte sie Hansen fassungslos an, dann klappte sie den Mund zu und rieb sich die Wange.

Resi hatte inzwischen Einmalhandschuhe aus der Tasche gezogen. Hansen wunderte sich längst nicht mehr darüber, dass seine Freundin auch in der Freizeit stets welche bei sich trug. Und heute hatte sich das ja auch bewährt. Sie machte sich daran, den Toten behutsam mal in die eine, dann in die andere Richtung zu bewegen, drehte und hob auch seinen Kopf ein wenig und legte ihn dann wieder sorgfältig in der ursprünglichen Position ab.

»Entschuldigen Sie bitte«, sagte Hansen zu der jungen Frau. »Es ging nicht anders. Geht es Ihnen wieder besser?«

»Wieso schlagen Sie mich?«

»Sie haben durch Ihr Kreischen kaum mehr Luft bekommen, in ein paar Sekunden wären Sie zusammengebrochen, und anders konnte ich Sie nicht stoppen, tut mir leid.«

»Also hören Sie mal …« Dann fiel ihr Blick wieder auf den Mann, der unweit von ihr leblos auf dem Boden lag. Sie holte bereits tief Luft, um einen neuen Schrei auszustoßen, doch Hansen sah sie an und hob warnend den Zeigefinger jener Hand, mit der er eben noch zugeschlagen hatte. Die junge Frau blieb stumm.

»Danke«, sagte er und stellte sich ihr als Kommissar der Kemptener Kripo vor. Als sie seine Wanderkleidung mit unverhohlener Skepsis musterte, fuhr er fort: »Meinen Ausweis habe ich heute nicht dabei, weil ich privat unterwegs bin. Aber sobald wir wissen, ob das hier ein Fall für mein Kommissariat ist, werden wir uns sicher noch unterhalten.«

Sie sah ihn verständnislos an, nickte aber mechanisch.

»Wie heißen Sie denn?«, fragte er.

Sie nickte weiter, ohne zu antworten, und er musste seine Frage wiederholen.

»Beatrix Schüttler«, sagte sie schließlich mit leiser, heiserer Stimme.

»Gut, Frau Schüttler. Sind Sie allein hier, oder haben Sie jemanden dabei, der sich ein bisschen um Sie kümmern kann?«

»Ich …« Ihr Blick irrlichterte wieder zu dem Mann am Boden. Hansen legte ganz behutsam seine Fingerspitzen unter ihr Kinn und drehte ihren Kopf zu sich hin.

»Frau Schüttler? Sind Sie in Begleitung auf den Tegelberg gekommen?«

»Nein, aber ich wollte zwei Freundinnen hier oben treffen.«

»Ich bringe Sie gleich zu ihnen, ja? Können Sie ganz kurz dort drüben an der Wand auf mich warten?«

Sie nickte wieder, und als sie keine Anstalten machte loszugehen, schob er sie ganz leicht in die entsprechende Richtung. Wie in Zeitlupe schlurfte sie schließlich los.

Das Seilbahnteam hatte den Zwischenfall inzwischen ebenfalls mitbekommen, und während der Kabinenführer, der sie nach oben begleitet hatte, auf die Fahrgäste zuging und sie mit freundlichen Worten und sanftem Druck von der Ankunftsplattform weg in das Gebäude der Bergstation komplimentierte, ging ein Mann von Mitte vierzig auf Resi zu, die noch immer neben dem Schnauzbart auf dem Boden kniete und ihn untersuchte.

»Was machen Sie da?«, herrschte er sie an.

»Einen Moment, bitte«, sagte Resi, ohne zu ihm aufzuschauen.

»Gehen Sie weg da! Nach dem Mann muss dringend ein Arzt schauen, wir haben schon einen gerufen.«

Resi stand auf und reichte dem verärgerten Mann die Hand. Nach einem kurzen Blick auf ihre Einmalhandschuhe verzichtete er auf einen Händedruck.

»Für diesen Herrn«, erklärte Resi, »muss sich kein Arzt mehr abhetzen. Er ist tot.«

»Wie? Was? Wieso …?«

Resi hatte inzwischen die Handschuhe von den Fingern gezupft und die Hände an der Hose abgewischt. Nun hielt sie dem Mann erneut die Hand hin, der sie jetzt auch ergriff.

»Dr. Resi Meyer«, stellte sie sich vor. Hansen fiel auf, dass sie ihren akademischen Titel nannte, auf den sie sonst nicht viel Wert legte. Aber auf die Wirkung war Verlass: Ihr Gegenüber schien innerlich Haltung anzunehmen.

»Ich bin Medizinerin«, fügte Resi hinzu, »kümmere mich aber nur um Tote – und der hier fällt eindeutig in mein Ressort.«

»Ach, du Scheiße!«, entfuhr es dem Mann.

»Und Sie sind …?«

»Oh, entschuldigen Sie bitte meine Unhöflichkeit: Horst Faulhaber ist mein Name, ich bin der Maschinist der Bergstation, also gewissermaßen der Hausmeister hier oben. Oje, ein Toter … das können wir ja gar nicht brauchen. Kriegt der einfach einen Herzinfarkt und fällt mir in der Gondel um!«

Resi hob eine Augenbraue, und Faulhaber stutzte.

»Äh … ich meine: Er ist doch an einem Herzinfarkt oder etwas in der Art gestorben?«

»Nicht unbedingt«, versetzte Resi und deutete auf Hansen, der schräg hinter Faulhaber stand. »Ich fürchte aber, dafür kommt eher mein Verlobter ins Spiel.«

»Hä?«

Faulhaber wandte sich Hansen zu und sah ihn verständnislos an.

»Kriminalhauptkommissar Hansen, angenehm«, begrüßte der ihn. »Ich leite das Kommissariat 1 der Kripo Kempten.«

Faulhaber sah irritiert zwischen den beiden hin und her.

»Meine Kollegen und ich sind sozusagen zuständig für Mord und Totschlag«, fügte Hansen erklärend hinzu. »Und bis nicht eindeutig feststeht, dass der Tod dieses Mannes eine natürliche Ursache hat, kümmern wir uns um den Fall.«

Der andere wurde blass.

»Sie meinen …?«

Hansen sah Resi an. Sie nickte erneut und trat dicht neben ihn.

»Sieht für mich nicht nach einem Herzinfarkt aus«, raunte sie Hansen so leise zu, dass nur er sie verstehen konnte. »Ich würde eher auf eine Atemlähmung tippen, es könnte auch Gift im Spiel sein.«

Faulhaber sah verzweifelt in den Himmel, dann ließ er seinen Blick über die Plattform schweifen, auf der sie standen, und schaute dann zur Glasscheibe der Bergstation, hinter der sich die Fahrgäste aus der Gondel drängten und zu ihnen herüberstarrten.

»Und was bedeutet das jetzt?«, fragte er mit einem leichten Anflug von Panik in der Stimme. »Ich meine, für die Seilbahn, die Fahrgäste und das Team hier oben?«

»Gute Frage«, versetzte Hansen und musterte den Toten, der halb in der Gondel, halb auf dem Balkon der Bergstation lag.

Faulhaber ging aufgeregt auf und ab, stützte sich schließlich schwer auf den Metallzaun am Rand der Plattform und starrte ins Tal hinunter.

Hansen beachtete ihn nicht weiter, sondern überlegte, was nun am besten zu tun war. Eigentlich hätten sie jetzt alles unverändert gelassen, damit die Kriminaltechnik die Spuren sichern und die Lage der Leiche dokumentieren konnte. Das hieße aber, dass die Tegelbergbahn die ganze Zeit über stillstünde – und auch keine Kripobeamten in den Gondeln auf den Berg gelangen konnten.

»Sag mal, Resi«, erkundigte sich Hansen, »kommt man denn auch mit dem Auto hier herauf?«

»Bis zur Rohrkopfhütte geht's ganz gut, aber danach …?« Sie zuckte mit den Schultern.

»Aha«, machte Hansen, obwohl er keine Ahnung hatte, wo sich die Rohrkopfhütte befand.

Resi grinste.

»Na, da hat mein original Allgäuer Wandersmann wohl noch ein paar Wissenslücken, was?«, neckte sie ihn. »Aber wenn wir dem Willy Bescheid geben, wird der schon wissen, was für Fahrzeuge sie brauchen. Oder wir fragen ihn«, fügte sie hinzu, als Faulhaber wieder auf sie zukam.

»Was wollen Sie wissen?«

»Kommt man auch ohne Gondel hier herauf?«, fragte Hansen.

»Klar, mit dem Hubschrauber. Oder zur Not auch mit Quads, wenn das Wetter mitspielt.«

»Und ein Jeep schafft das nicht?«

»Nein, für einen Jeep ist kurz nach der Rohrkopfhütte Schluss.«

»Ein Quad wird den Kollegen von der Kriminaltechnik nicht viel nützen – also müssen sie doch mit der Gondel nach oben. Kann man diese Kabine denn stilllegen und nur die andere fahren lassen?«

Über Faulhabers Gesicht huschte ein spöttisches Grinsen.

»Eher nicht, die beiden Gondeln sind fest miteinander verbunden. Fährt eine, fahren beide.«

»Gut, dann fährt halt keine«, versetzte Hansen etwas genervt.

»Moment mal!«, meldete sich Faulhaber zu Wort. »Wollen Sie damit sagen, dass wir bis auf Weiteres den Betrieb einstellen müssen?«

»Sieht ganz so aus«, antwortete Hansen.

»Aber das geht doch nicht!«

»Ach, Sie würden sich wundern, was alles geht, wenn möglicherweise ein Mord geschehen ist.«

Damit ließ er den Mann stehen, zückte sein Handy und suchte nach einer Stelle, an der er Netzempfang hatte.

Resi hatte mit der Kriminaltechnik der Kripo Kempten telefoniert. Der Tote lag zwar halb auf der Plattform der Bergstation, doch was zu seinem Tod geführt hatte, war sehr wahrscheinlich nicht hier oben zu finden. Also war KT-Chef Ulf Kayserling damit einverstanden, dass Resi den Leichnam in die Gondel zurückschaffte, damit die andere Gondel genutzt werden konnte, um Polizisten nach oben zu bringen. Resi wiederum blieb mit dem Toten in der Gondel und setzte ihre Untersuchung während der Talfahrt fort.

Wenig später kam die andere Kabine oben an, und ein stattlicher Mann um die sechzig trat heraus, der grobes Schuhwerk und eine ärmellose Lederweste über dem weiten Hemd trug. Er hielt sofort auf Horst Faulhaber zu und redete mit ihm. Hansens Mitarbeiter Willy Haffmeyer verließ mit ähnlich festem Schritt die Gondel, gefolgt von der Kollegin Hanna Fischer, die etwas blass wirkte. Haffmeyer stutzte kurz, als er seinen Chef in der ungewohnten Aufmachung vor sich sah, aber auf dessen warnenden Blick hin riskierte er nur ein knappes »Fesch!«.

»Alles gut, Hanna?«, erkundigte sich Hansen, aber diese winkte nur ab.

»Seilbahnen sind nicht meins, tut mir leid, Chef. Und dass diese blöde Kabine auch noch so rumpeln muss, wenn sie über den Pfeiler gleitet! Und danach schaukelt sie wie verrückt hin und her, und das in dieser Höhe!«

Haffmeyer hob grinsend seine linke Hand. Sie sah etwas gerötet aus. »Ich hab der Hanna angeboten, dass sie sich an mir festhalten kann, dabei hat sie mir fast die Finger zerquetscht.«

»Na, ist das ein Wunder?«, empörte sich die Kollegin. »Da haben wir die Fahrt fast geschafft, dann bleibt dieses Mistding kurz vor der Plattform fast stehen. Ich hab mich nur kurz umgedreht, und schon hab ich mir vorstellen müssen, wie wir wieder nach drunten sausen. Also, ich muss jetzt erst mal verschnaufen! Hätten wir nicht mit dem Auto rauffahren können?«

»Höchstens mit einem Quad«, antwortete Hansen. »Und das klang eher abenteuerlich.«

»Mit dem Quad den Berg rauf?«, warf Haffmeyer begeistert ein. »Au ja, das hätte mir Spaß gemacht!«

»Dir vielleicht …«, maulte Hanna und lugte ängstlich nach Füssen hinunter.

Hansen schilderte seinen beiden Mitarbeitern, was er bisher über die letzten Minuten im Leben des schnauzbärtigen Mannes wusste. Dann kam die Gondel mit dem Toten wieder oben an, und als die Tür zur Seite glitt, winkte Resi sie zu sich.

Der Tote lag inzwischen auf dem Bauch, und sie zeigte ihnen einen Einstich im Nacken.

»Eine Giftspritze?«, fragte Haffmeyer.

Resi nickte. »Sieht ganz danach aus. Ich muss natürlich erst herausfinden, um welches Gift es sich handelt – aber im Moment sollten wir davon ausgehen, dass dem Mann die Spritze unten auf dem Parkplatz der Talstation oder auf dem Weg in die Gondel verpasst wurde.«

Haffmeyer schaute zur Bergstation hinüber. Die meisten der gut vierzig Ausflügler glotzten unverwandt zu ihnen herüber.

»Unter denen werden wir unseren Täter kaum finden, oder?«

»Nur wenn er blöd ist«, versetzte Hansen. »Ich jedenfalls würde zusehen, dass ich mich rechtzeitig aus dem Staub mache, bevor das Gift wirkt. Aber die Menschen dort drüben könnten den Täter oder die Täterin gesehen und vielleicht sogar die Tat selbst beobachtet haben.«

»Dann werden wir die Leute gleich mal befragen, Chef. Komm, Hanna, auf geht's!«

»Ich …« Die mollige Kommissarin war noch immer etwas blass. »Ich bräuchte noch ein, zwei Minuten. Magst du schon mal allein anfangen, Willy?«

»Kein Problem, Hanna. Atme erst mal ruhig durch.«

Sie lächelte ihn dankbar an und rückte ein wenig vom Rand der Plattform ab.

Haffmeyer deutete derweil auf den Mann, der mit ihnen aus der Gondel getreten war und sich noch immer leise mit Horst Faulhaber unterhielt.

»Das ist Franz Hagleitner. Er ist der zuständige Förster hier«, erklärte Haffmeyer. »Ich hab mir früher ab und zu mit ihm drunten in Schwangau im Hanselewirt eine Schmankerlplatte geteilt.«

»Ich bin gespannt, wann du zum ersten Mal keinen der Leute vor Ort kennst ...«, sagte Hansen und grinste. Haffmeyer zuckte mit den Schultern.

»Bitte«, meldete sich Hanna leise zu Wort, »bitte jetzt nicht vom Essen reden.«

»Komm, Hanna«, sagte Haffmeyer, »wir gehen jetzt mal in die Bergstation. Ich beginne mit den Befragungen, und du machst mit, sobald es dir besser geht, okay?«

Die beiden verließen die Plattform. Hansen wandte sich an den Förster und stellte sich vor.

»Schöner Mist«, knurrte Hagleitner mit Blick auf den Maschinisten der Bergstation, der sich inzwischen eine Zigarette angezündet hatte und auf der Ankunftsplattform hin und her tigerte. »Der Horst ist ganz außer sich. Das mit dem Toten ist schon schlimm genug, aber dass ihm die Polizei jetzt auch noch die Bahn sperrt ... Wissen Sie, seit 2011 dieser Gleitschirm im Seil hängen geblieben ist und zwei Gondeln per Hubschrauber evakuiert werden mussten, hat der Horst immer nur gehofft, dass nicht wieder was passiert. Toi, toi, toi – bisher ist alles gut gegangen. Nur jetzt halt ... Sagen Sie mal, Herr Hansen, kann die Seilbahn denn nicht doch bald wieder Gäste befördern?«

»Erst muss sich die Kriminaltechnik alles ansehen. Aber bestimmt können wir die zweite Gondel bald wieder freigeben.«

Resi und der Tote waren inzwischen wieder talwärts gefahren, und mit der anderen Gondel trafen nun ein Mann und eine Frau ein, die weiße Ganzkörperanzüge trugen. Der Mann, ein sportlicher Typ um die fünfzig, kam zu Hansen und Hagleitner.

»Sehr kleidsam«, sagte er zu Hansen und versuchte sich ein Grinsen zu verkneifen, dann stellte er sich dem Förster vor: »Ulf Kayserling. Ich leite die Kriminaltechnik der Kripo Kempten.«

Zunächst ließ er sich von Hansen aufs Laufende bringen.

»Okay«, sagte er nach kurzem Nachdenken. »Es dürfte zumindest auf der Plattform hier oben nicht allzu viele hilfreiche Spuren geben. Sie können dem Maschinisten sagen, dass wir uns beeilen, und danach kann die Seilbahn meinetwegen wieder in Betrieb gehen. Nur die eine Gondel müssen wir noch für uns haben, und drunten in der Talstation sperren wir einen Teilbereich.«

Hagleitner überbrachte seinem Bekannten die gute Nachricht. Dankbar nickte dieser den Beamten zu, schnippte seine Kippe auf den Boden, trat sie aus und ging mit dem Förster zusammen ins Innere der Bergstation.

Hansen wartete mit Kayserling, bis die Gondel mit dem Toten wieder oben eintraf. Zwei weitere Kriminaltechniker waren in der Talstation zu Resi in die Kabine gestiegen und sicherten nun dort Spuren. Resi trat auf die Plattform und beschrieb Kayserling, wo der Mann sie unten auf dem Parkplatz angerempelt und wie er sich später in der Gondel immer stärker gegen sie gelehnt hatte. Danach zeigte sie dem Kriminaltechniker die Einstichstelle.

»Das hatten wir auch noch nicht«, sagte Kayserling schließlich munter, »dass die Kripo live dabei ist, wenn das Mordopfer stirbt.«

Die zwei Kriminaltechniker, die die Gondel untersuchten, betteten den Toten nun auf eine Plastikfolie und schafften ihn auf die Plattform heraus, um in der Gondel mehr Platz zu haben. Hagleitner und Faulhaber hängten eine schwarze Folie als Sichtschutz vor die Fenster der Bergstation.

Hansen bemerkte, dass der Kollege nachdenklich geworden war. »Was ist, Herr Kayserling?«

Der KT-Chef schaute Hansen lange an, bevor er antwortete.

»Der Mann stirbt in der Gondel, mit der Sie hier hochfahren. Er sackt im Sterben gegen Frau Meyers Rücken und steht dann eingeklemmt zwischen Ihnen und der Kabinenwand. Ich nehme an, Sie vermuten, dass dem Mann das Gift nicht allzu lange vor dem Einstieg in die Seilbahn gespritzt wurde?«

Resi nickte.

»Drunten ist ordentlich Betrieb, wie ich vorhin gesehen habe. Ich als Täter hätte mir vermutlich das Gewimmel auf dem Parkplatz ausgesucht, um dem Mann unbemerkt die Spritze zu verpassen. Wie schnell hat man da jemanden wie aus Versehen angerempelt, entschuldigt sich und ist im Handumdrehen wieder in der Menge untergetaucht. Und noch bevor das Opfer die ersten Symptome bemerkt, ist man schon wieder auf dem Weg zum Auto. Und bis er stirbt, ist man längst raus aus Schwangau, ohne dass irgendjemand eine Ahnung haben könnte, in welche Richtung man unterwegs ist.«

»Klingt plausibel«, stimmte Resi ihm zu.

Hansen, der allmählich ahnte, worauf Kayserling hinauswollte, schwieg.

»Das würde aber bedeuten, dass ihr beide nicht nur miterlebt habt, wie das Opfer gestorben ist, sondern dass ihr wahrscheinlich auch ganz in der Nähe wart, als dem Mann die Spritze gesetzt wurde. Sagen Sie, Frau Meyer, Sie haben erzählt, dass der Mann Sie geschubst hat oder gegen Sie gestoßen ist. Könnte er zu diesem Zeitpunkt schon vergiftet worden sein? War er da vielleicht bereits nicht mehr ganz sicher auf den Beinen?«

Resi dachte nach, dann schüttelte sie den Kopf.

»Nein, er wirkte ganz normal. Unhöflich halt, ein Trampel, aber ich hatte nicht den Eindruck, dass er gegen mich getorkelt wäre, weil er sich nicht mehr unter Kontrolle gehabt hätte. Er schien es einfach eilig zu haben, und er war wohl nicht der Rücksichtsvollste. Jedenfalls hat er sich danach noch ganz unauffällig bewegt. Und auch als er zu uns in die Seilbahnkabine gestiegen ist, fiel mir nichts Ungewöhnliches an ihm auf. Er ist als Letzter reingekommen und hat gleich bemerkt, dass er sich direkt neben der Frau befand, die er kurz zuvor angerempelt hatte – jedenfalls drehte er sich sofort weg, als würde er sich brennend für das interessieren, was hinter der Glasscheibe der Gondel passierte. Vermutlich hatte er ein schlechtes Gewissen und wollte nicht, dass ich ihn zur Rede stelle.«

»Ist Ihnen denn außer diesem Mann in der Menge jemand aufgefallen?«, fragte Kayserling. »Jemand, der es eilig hatte oder der mit dem Mann zusammengestoßen sein könnte oder sich zumindest ganz nahe bei ihm aufgehalten hat?«

»Nein. Eike und ich waren ja privat hier, und wir haben, um ehrlich zu sein, vor allem füreinander Augen gehabt.«

Sie lächelte, und Kayserling seufzte.

»Ach, frisch verliebt, wie schön ...« Er klatschte Hansen auf die Schulter und zwinkerte ihm zu. »Wär das nicht eine schöne Gelegenheit, mit der Hochzeit Ernst zu machen?«

Hansen verzog das Gesicht. Auch wenn mittlerweile offenbar jeder in der Kemptener Kripodirektion von seinen beiden Versuchen eines Heiratsantrags gehört hatte, fehlte ihm doch die Lust, selbst mit einem netten Kollegen wie Kayserling den Status seiner Beziehung zu diskutieren.

»War nur Spaß, Herr Kollege!«, schob der KT-Chef schnell nach, als er Hansens genervte Miene sah. »Ich mach mich jetzt an die Arbeit, damit die Seilbahn bald wieder Gäste befördern kann.«

Noch vom Tegelberg aus telefonierte Hansen mit Kripochefin Vroni Schliers, die alles in die Wege leitete, damit in der Polizeiinspektion Füssen bald die erste Besprechung der neuen Ermittlungsgruppe stattfinden konnte. Resi wiederum reservierte für den frühen Nachmittag in Kempten, wo sie als Gerichtsmedizinerin arbeitete, einen Termin für die Obduktion des Toten.

Die Befragung der Ausflügler, die mit Hansen und Resi in der Gondel auf den Berg gefahren waren, ergab nichts wirklich Handfestes. Einige wollten einen bulligen Typen mit Schiebermütze gesehen haben, der sich rücksichtslos durch die Menge gedrängt hatte. Dabei habe er in Schulterhöhe eine Umhängetasche vor sich gehalten und damit einige andere regelrecht aus dem Weg geschubst, wie ein paar Leute bestätigten – ob der Bullige aber auch den Mann mit Schnauzbart mit seiner Tasche getroffen hatte, wusste niemand zu sagen. Außerdem war vom Mann mit der Schiebermütze keine genauere Beschreibung zu bekommen. Zwei, drei Ausflügler waren der Meinung, dass er Kopfhörer getragen habe und dass daraus laute Musik dröhnte. Zwei Zeugen glaubten, unter der Mütze eine Glatze gesehen zu haben, andere ließen ihm Haare wachsen, einer sogar lockige – es war zum Verzweifeln. Nur darin, dass der Typ mit Mantel, Mütze und mit Handschuhen viel zu warm angezogen war für den schönen Tag, waren sich praktisch alle einig.

Ein Familienvater hatte sich mit dem Mordopfer gestritten, weil der ihn zugeparkt hatte – wenig später stellte sich heraus, dass der Vater, ein gewisser Thomas Hörkmann, jenen Van gelenkt hatte, dessen Außenspiegel Hansen im Rücken getroffen hatte. Hörkmann war entsprechend zerknirscht, als Hansen ihn darauf ansprach, aber er konnte sich beim besten Willen nicht erinnern, ob der Mann mit dem Schnauzbart auf dem Weg zur Talstation irgendwo mit jemand anderem zusammengestoßen sei.

»Ich habe ja nicht einmal gesehen, dass er Ihre Begleiterin angerempelt hat«, versicherte Hörkmann. »Sonst hätte ich ja damit rechnen müssen, dass Sie vielleicht schnell einen Schritt nach hinten machen. Haben Sie sich denn sehr wehgetan?«

»Nein, alles in Ordnung.«

Hörkmann kaute auf der Unterlippe, und er warf zwei, drei bange Blicke zu seiner Frau hinüber, die ein Stück entfernt mit mäßigem Erfolg versuchte, ihre drei Kinder zu bändigen.

Der Mann sah übernächtigt und gestresst aus, und Hansen nahm sich vor, mit Resi irgendwann zu diskutieren, ob sie denn eigentlich Kinder haben mussten.

»Ich ... äh ...«, begann Hörkmann nach einer kurzen Pause neu. »Ich müsste Ihnen noch etwas gestehen, und ich weiß gar nicht ...«

»Jetzt reden Sie schon.«

»Als ich ausgestiegen bin, um diesem Mann, der jetzt tot in der Gondel liegt, die Meinung zu sagen, weil er mich eingeparkt hatte ...«

Hansen horchte auf. Würde es noch ein paar verwertbare Informationen geben?

»Da ... da habe ich in der engen Parklücke wohl meine Fahrertür ein bisschen zu weit aufgedrückt. Und da ist meine Tür gegen das Auto links von mir gestoßen. Nur ein ganz klein wenig, aber ... aber vielleicht hat das dort eine Schramme hinterlassen. Und wo ich doch aus lauter Aufregung einfach weitergefahren bin, ohne mich um den Schaden zu kümmern, da ...«

»Herr Hörkmann«, unterbrach ihn Hansen, und er gab sich erst gar keine Mühe, zu verbergen, wie genervt er war. »Wir ermitteln hier in einem Mordfall! Wie sehr, glauben Sie, treibt mich da eine Schramme im Lack eines Wagens um?«

»Aber es war doch gewissermaßen Fahrerflucht, also ich meine, wenn mir jemand unbedingt einen Strick daraus drehen will und ...«

»Herr Hörkmann!«

Der Familienvater verstummte mitten im Satz und schloss langsam den Mund.

»Sie geben einem meiner uniformierten Kollegen Ihre Telefonnummer, und der wird sich drum kümmern, okay?«

»Ja, aber ich dachte, weil ich gerade mit Ihnen rede, dass Sie vielleicht für mich ein gutes Wort …«

»Ich leite die Mordkommission in Kempten. Lackschäden sind nicht mein Metier.«

Damit ließ Hansen den Mann stehen und ging kopfschüttelnd zurück auf die Plattform für die ankommenden und abgehenden Gondeln. Aus der nächsten eintreffenden Kabine stiegen einige uniformierte Polizisten und zwei Männer in schwarzen Anzügen, die einen metallenen Transportsarg mitbrachten. Die Bestatter nahmen den Deckel ab, betteten den Toten vorsichtig in den Transportsarg und verschlossen diesen. Dann trugen sie ihre Fracht in die Gondel. Und weil Haffmeyer, Hanna, Resi und Hansen hier oben fürs Erste nichts weiter tun konnten, beschlossen sie, mit dem Mordopfer zusammen talwärts zu fahren.

In der Talstation war die Seite der Plattform, über die Hansen und Resi zusammen mit dem späteren Mordopfer ihre Gondel bestiegen hatten, abgesperrt. Mit Trassierband war dort nur ein schmaler Weg als Zugang für den Staatsanwalt und die Polizei markiert. Das normale Publikum war bisher von einigen uniformierten Kollegen auf Abstand gehalten worden. Als die Bestatter mit dem Sarg das Gebäude der Talstation verlassen und ihre Fracht in den Leichenwagen verladen hatten, gaben die Polizisten den Weg frei, und die ersten Ausflügler drängten in die bereitstehende Kabine. Hansen sah dem Treiben noch einen Augenblick lang zu, dann ruckelte die Kabine los.

»Kommst du, Chef?« Willy Haffmeyer war neben ihn getreten. »Resi hat gesagt, ihr seid mit dem Bus da. Wir könnten euch zu dir nach Hause bringen, dann kann sich Resi von dort aus gleich mit dem Auto auf den Weg in die Gerichtsmedizin machen, und wir drei fahren zur Füssener Inspektion.«

»Gut, so machen wir das«, versetzte Hansen erleichtert. »Dann kann ich mich auch gleich noch umziehen …«

Der Raum, der in Füssen für die Besprechungen der neuen Ermittlungsgruppe eingerichtet worden war, war fast zu klein. Die Anwesenden saßen ein wenig enger beisammen als sonst, doch die meisten im Raum kannten sich eh schon – und konnten sich obendrein bis auf wenige Ausnahmen recht gut leiden. Die Tische waren zu einem U zusammengeschoben worden. An der Stirnseite saßen Kripochefin Vroni Schliers, Pressesprecher Christoph Ohser, Polizeipräsident Benedikt Huthmacher, Hansen, KT-Chef Kayserling und Gudrun Labranz von der Staatsanwaltschaft Kempten, in deren Zuständigkeitsbereich Füssen fiel. An den anderen Tischen verteilten sich Beamte der Polizeiinspektion Füssen und der Kripo Kempten.

Haffmeyer hatte sich zu einem Endvierziger mit buschigen Augenbrauen und dichtem Schnurrbart sowie einem gemütlich wirkenden Mittfünfziger gesellt. Hansen hatte bei seinem ersten Mordfall im Allgäu mit ihnen zu tun gehabt. Ihre Namen fielen ihm im Moment nicht mehr ein, aber er glaubte sich daran zu erinnern, dass sie alte Kegelbrüder von Haffmeyer waren. Hanna saß auf dem letzten Platz neben der Tür.

Sie wohnte in Füssen in der Pappenheimer Straße, kaum zweihundert Meter von der Polizeiinspektion in der Herkomerstraße entfernt, und war vor der Besprechung noch kurz nach Hause geflitzt, um sich ein Leberwurstbrot zu schmieren. Den Besprechungsraum hatte sie deshalb als Letzte erreicht, doch das störte sie nicht weiter. Sie aß ihr Vesper mit großem Appetit und musterte zwischen den Bissen ungerührt die Bilder des Toten, die an die Wand hinter Hansen projiziert wurden.

Es waren aber auch vergleichsweise harmlose Bilder: Auf den meisten von ihnen war der auf dem Rücken liegende Tote im Ganzen zu sehen, oder es waren Teile des Bildes vergrößert dargestellt, die aber auch keine blutigen Details zeigten. Den hervorquellenden Augen und dem aufgerissenen Mund nach zu urteilen, war der Mann elend erstickt. Für einige weitere Fotos war die Leiche umgedreht und von hinten fotografiert worden.

Hansen referierte zunächst die Informationen, die sie bisher zusammengetragen hatten. Kripochefin Vroni Schliers, die mit der Leitung der Soko Tegelberg betraut worden war, trug vor, was die Kollegen vom Innendienst über die Person des Toten in Erfahrung gebracht hatten. In seiner rechten Hosentasche hatte man einen Autoschlüssel gefunden, in der Gesäßtasche steckte eine Brieftasche, in der sich neben einigem Bargeld, EC-Karten und diversen Papieren auch sein Personalausweis befand. Demnach handelte es sich bei dem Toten um Helmut Möller, geboren am 23. April 1976. Sein Wagen war ein Mittelklassekombi in unauffälliger Lackierung, der recht gepflegt wirkte und in dem außer einer Straßenkarte, einer Parkscheibe und einigen Pfefferminzbonbons nur ein Schlüsselbund entdeckt worden war – einer der Schlüssel passte zu seiner Wohnung. Er war in der Heisinger Straße in Dietmannsried gemeldet, und die Beamten, die momentan seine kleine Mietwohnung untersuchten, hatten als ersten Eindruck durchgegeben, dass Möller offenbar ein sehr ordentlicher Mensch gewesen war: Nichts lag dort herum, und er schien allein gelebt zu haben.

»Möller ist für uns ein unbeschriebenes Blatt«, fuhr Vroni Schliers fort. »Er hat offenbar nichts angestellt, hatte nie Ärger mit der Polizei, nicht einmal geblitzt wurde er. Nach Dietmannsried ist er vor vier Jahren gezogen, der Innendienst versucht noch herauszufinden, wo er vorher gelebt hat.«

»Wie meinen Sie das?«, hakte die Staatsanwältin nach. »Ist das denn im Einwohnermelderegister nicht verzeichnet?«

»Doch, aber das ist eigenartig: Die angegebene Adresse in Kassel kann nicht stimmen – dort befindet sich eine Metallwarenfabrik, und weder hat es dort jemals Wohngebäude gegeben, noch existiert auf dem Fabrikgelände eine Hausmeisterwohnung. Vermutlich wissen wir aber bald mehr. Und wir gleichen natürlich alle Fingerabdrücke und DNA-Proben aus Möllers Wohnung routinemäßig mit der Zentraldatei des BKA ab. Zwei Kollegen sind gerade unterwegs zu einer kleinen Import-Export-Klitsche in Altusried, in der Möller gearbeitet hat. Auf diese Firma ist übrigens auch sein Wagen zugelassen. Zwei andere Kollegen befragen derzeit noch die Nachbarn in Dietmannsried, bisher hat das aber nicht viel ergeben.«

Für die Kriminaltechnik fasste Ulf Kayserling zusammen,

welche Spuren bisher gesichert worden waren. Alles sprach dafür, dass Möller spätestens auf dem Weg über den Parkplatz ein Gift injiziert wurde, an dem er in der Gondel starb, kurz vor Erreichen der Bergstation.

Von allen Fahrgästen, die sich in derselben Kabine befunden hatten, waren Fingerabdrücke und Speichelproben genommen und die Personalien notiert worden. Kleidungsstücke, Taschen und Rucksäcke waren durchsucht, aber bei niemandem war eine Spritze oder etwas anderes gefunden worden, was im Zusammenhang mit Möllers Tod stehen konnte. Auch in der Kabine, auf den Plattformen oder in den Mülleimern der Bergbahnstationen war keine Spritze gefunden worden.

»Der Täter scheint sich aus dem Staub gemacht zu haben, bevor Möller die Talstation betrat«, schloss Kayserling seinen Bericht. »Er oder sie hat die Tatwaffe mitgenommen und anderswo entsorgt. Sobald Frau Dr. Meyer mit der Obduktion fertig ist, wissen wir, welches Gift ihm gespritzt wurde und wann – und können daraus Rückschlüsse ziehen, wo sich Möller und sein Mörder zu diesem Zeitpunkt befanden.«

»Wissen wir, wann Frau Dr. Meyer mit der Leiche fertig sein wird?«

Die Staatsanwältin sah die Kripochefin an, aber zu Wort meldete sich Hansen. Gudrun Labranz lächelte und lud ihn mit einer Geste ein, vom derzeitigen Stand der Dinge zu berichten.

»Frau Dr. Meyer meint, dass die Spritze von jemandem gesetzt wurde, der sein Handwerk beherrscht. Das Injizieren einer Spritze, während sich Möller offenbar bewegte, erfordert schon einige Übung. Was die Art des Giftes angeht, müssen wir abwarten, bis die Ergebnisse vorliegen.«

»Also müssen wir erst einmal herausfinden, wo dieser Möller bis 2014 gesteckt hat, wofür er in dieser Import-Export-Firma zuständig war, ob er auf dem Tegelberg etwas Bestimmtes vorhatte oder ob er sich einfach nur etwas Bergluft um die Nase wehen lassen wollte«, fasste die Staatsanwältin zusammen und deutete auf eines der Bilder an der Wand. »Und dann wüsste ich gern, warum sich die Einstichstelle an einer so exponierten Stelle befindet. Also, wenn ich jemanden mit einer Giftspritze töten wollte, dann würde ich die Nadel so setzen, dass ich eine Stelle unter der Kleidung treffe. Mit etwas Glück stellt der herbeigerufene Arzt einfach nur Herzstillstand fest, und wenn die Stelle gut genug gewählt ist, fällt der kleine Piks vielleicht gar nicht auf. Warum ausgerechnet am Hals?«

»Vielleicht hat sich der Täter nicht zugetraut, durch die Kleidung hindurch mit der Nadel bis zur Haut vorzustoßen?«, schlug Vroni Schliers vor.

»Also würden wir eher einen Amateur suchen?«

»Oder jemanden, der will, dass wir einen Amateur suchen. Auf die meisten tödlichen Gifte haben nur wenige Zugriff. Im besten Fall könnten wir unsere Ermittlungen auf einen sehr eng gefassten Personenkreis konzentrieren.«

Als die Soko-Besprechung zu Ende war, warteten Hanna und Hansen, bis sich Haffmeyer von seinen beiden Bekannten aus Füssen verabschiedet hatte. Gerade verabredeten die Männer, dass sie nach Auflösung des Mordfalls einen Abend in einer Füssener Kegelbahn verbringen würden, da eilte Vroni Schliers auf Hansen zu.

»Hier, Kollege, das ist wohl eher was für Sie!«

Sie reichte ihm ihr Handy, und Hansen meldete sich. Am anderen Ende war einer der Polizisten, die oben in der Bergstation dafür sorgen sollten, dass niemand in die Gondel einstieg, in der die Kriminaltechnik noch immer bei der Arbeit war.

»Ich habe hier eine Frau Schwerdtfeger, die ...« Er senkte seine Stimme zu einem Raunen. »... die auf dem Tegelberg mit unserem Opfer verabredet war. Die gute Frau ist völlig außer sich. Sie hat von einem der Ausflügler aufgeschnappt, dass es einen Toten gegeben hat, und jetzt ist sie kaum mehr zu beruhigen.« Wie auf ein Stichwort hin erhob sich jetzt im Hintergrund eine hysterische Frauenstimme. »Sie hören es ja selbst. Was soll ich machen? Bring ich diese Furie zu euch runter in die Inspektion?«

»Nein, sorgen Sie bitte dafür, dass sie oben bei Ihnen bleibt. Wir kommen, so schnell es geht.«

Hansen gab der Kripochefin das Handy zurück und scheuchte Haffmeyer und Hanna zum Aufbruch.

»Oh, oh«, seufzte Hanna. »Schon wieder mit der Seilbahn nach oben?«

»Du kannst ja raufklettern«, nahm sie Haffmeyer gutmütig auf die Schippe. »Außerdem bist du mir eine schöne Allgäuerin! Hast Angst vor den Bergen, statt sie zu lieben!«

»Ich liebe die Berge, aber von unten. Weißt du, Willy, ich schau mir das alles sehr gern aus dem Tal an. Und solange die

Berge oben bleiben und ich unten, gefällt es mir am besten. Ich bin halt nicht so die Bergziege!«

Oben auf dem Tegelberg erwartete sie der Beamte, mit dem Hansen telefoniert hatte. Er führte die Neuankömmlinge in das Gebäude der Bergstation und deutete durch die hinteren Fenster nach draußen.

»Dort drüben steht sie, neben meinem Kollegen.«

Während Hansen mit seinen beiden Mitarbeitern auf die Frau zuging, machte er sich ein erstes Bild. Von Weitem schätzte er sie auf Anfang dreißig, aber mit jedem Schritt kamen ein, zwei Lebensjahre dazu. Als er vor ihr stand, stellte er fest, dass Frau Schwerdtfeger eine attraktive Mittvierzigerin mit mädchenhafter Figur und flott geschnittenen blonden Haaren war. Sie trug ein teuer wirkendes Kleid und Schmuck von schlichter Eleganz, ihre manikürten Finger umklammerten eine kleine modische Handtasche, und ihre Schuhe sahen nicht so aus, als habe sie eine Wandertour geplant. Als ihr klar wurde, dass das Dreiergrüppchen auf sie zuhielt, hob sie ihre sorgfältig nachgezogenen Augenbrauen, und auf ihrem Gesicht mischten sich Ärger und Unruhe.

»Frau Alina Schwerdtfeger?«, fragte Hansen der Form halber, reichte ihr die Hand und stellte sich vor. Der Beamte neben ihr schien sehr erleichtert, dass er sich nicht mehr allein um die Frau kümmern musste.

»Wieso Kripo? Und warum lässt mich niemand zu Helmut? Das ist doch alles …«

Ihre Stimme war schrill, und einige andere Touristen sahen schon neugierig herüber, also hob Hansen die rechte Hand und gebot ihr Einhalt. Zu seiner eigenen Überraschung verstummte sie sofort.

»Frau Schwerdtfeger, ich sage Ihnen alles, was ich Ihnen sagen kann, und ich sage es Ihnen, sobald ich es kann – in Ordnung?«

Die Frau musterte ihn und kam offenbar zu dem Schluss, dass sich dieser Kommissar durch andauerndes Gezeter nicht beeindrucken ließ.

»Erst einmal vielen Dank, dass Sie auf meine Kollegen und mich gewartet haben.« Hansen stellte ihr Haffmeyer und Hanna vor. »Herrn Möller ist etwas zugestoßen, er ist leider verstorben, und wir sind gerade dabei, die genauen Umstände seines Todes aufzuklären. Dass das die Kripo macht, ist zunächst einmal nichts Besonderes: Wann immer die Möglichkeit besteht, dass wir es mit einem nicht natürlichen Todesfall zu tun haben, nehmen wir Ermittlungen auf.«

Hansen hatte das alles in einem sanften, beruhigenden Ton erklärt, der sich in solchen Situationen schon häufiger bewährt hatte. Auch diesmal schien sein Plan aufzugehen.

»In welcher Beziehung standen Sie zu Herrn Möller?«

»Beziehung? Woher wissen Sie …? Ich meine …«

Sie stutzte, dann räusperte sie sich und begann noch einmal.

»Ich wollte mich mit Helmut hier oben treffen. Wir wollten ein Stück miteinander spazieren gehen, und er hatte angedeutet, dass er den Rest des Tages freigenommen habe, damit wir drunten in Füssen noch ein paar gemeinsame Stunden verbringen konnten. Ich weiß aber nicht genau, was er vorhatte. Er wollte mich überraschen – das machen wir ab und zu, mal heckt er was Schönes für uns aus, mal ich und …«

Sie hatte zögernd begonnen, mit der Zeit aber immer schneller gesprochen, als wolle sie überdecken, wie nahe ihr die Todesnachricht ging. Trotzdem konnte sie nicht verhindern, dass sich ihre Augen füllten und schließlich eine erste Träne über ihre Wange lief. Hansen zog wortlos eine Packung Papiertaschentücher aus seiner Hose und reichte ihr ein Tuch.

»Danke«, sagte sie mit halb erstickter Stimme und tupfte sich die Tränen weg. Damit ruinierte sie einen Teil ihres Make-ups. Hansen sah kurz auf ihre rechte Hand. Am Mittelfinger prangte ein Ring aus Weißgold. Sie war seinem Blick gefolgt, und als er sie wieder ansah, zuckte sie mit den Schultern.

»Nicht jede Ehe läuft so gut, wie man sich das erträumt hat. Bei mir ist das leider der Fall, und die Zeit mit Helmut ...«

»Ich nehme an, dass Ihr Mann nichts von Ihren Treffen mit Herrn Möller wusste und dass Sie deshalb oben auf dem Tegelberg mit ihm verabredet waren, anstatt mit ihm zusammen nach oben zu fahren.«

Sie nickte.

»Wo haben Sie denn auf ihn gewartet?«

Alina Schwerdtfeger stutzte.

»Wieso wollen Sie das wissen?«

»Bitte beantworten Sie einfach meine Frage.«

Einen Moment zögerte sie noch, dann deutete sie hinter sich und sagte: »Ich bin diesem Weg ein Stück gefolgt und habe dann etwas abseits hinter einigen Bäumen auf Helmut gewartet.«

Hansen nickte. Das erklärte, warum sie sich erst jetzt gemeldet und warum sie nicht von vornherein gewusst hatte, was Möller zugestoßen war.

»Und als Helmut ausblieb, bin ich zur Bergstation zurückgegangen, habe den ganzen Auflauf hier gesehen – und mir natürlich sofort Sorgen um Helmut gemacht.«

Hansen deutete auf den Polizisten neben der Frau.

»Hat mein Kollege Ihre Personalien schon aufgenommen?«

»Ja, Adresse und Telefonnummer.« Ihr Blick bekam jetzt etwas Gehetztes, und Hansen konnte sich schon denken, was als Nächstes kommen würde. »Sagen Sie mal, Herr Hansen …«

Sie legte ihm eine Hand auf die Schulter und bugsierte ihn ganz sanft ein, zwei Schritte von den anderen weg.

»Sie verstehen doch sicher, in welcher prekären Lage ich mich im Moment befinde?«

»Wenn Sie darauf anspielen, dass Ihr Mann nichts von unserem Gespräch erfahren sollte, dann verstehe ich Sie sehr wohl – aber ich kann Ihnen nicht versprechen, dass ich darauf Rücksicht nehmen kann.«

»Aber Herr Hansen, Sie könnten doch …«

Sie klappte ihre Handtasche auf und zog eine Visitenkarte und einen Stift hervor. Dann schrieb sie auf die Rückseite eine Handynummer und ließ das Kärtchen in Hansens Brusttasche gleiten.

»Sie können mich jederzeit anrufen, ich stehe selbstverständlich für Auskünfte zur Verfügung. Aber wenn es sich einrichten ließe, dass Sie mich zuerst auf meiner Handynummer anrufen, wäre ich Ihnen wirklich sehr verbunden.«

Sie ließ ihre Zähne in einem zuckersüßen Lächeln aufblitzen, dann drehte sie sich um und stolzierte auf die Bergstation zu. Der Beamte, neben dem sie bis vor Kurzem gestanden hatte, warf Hansen einen fragenden Blick zu, aber Hansen winkte nur ab.

Alina Schwerdtfeger hielt sich sehr gerade, aber ihre Schultern schienen ein wenig zu beben, und sie tupfte sich mit dem Taschentuch die Augenwinkel ab.

»Tolle Frau, was?«, brummte Haffmeyer, der neben Hansen getreten war und seinen Chef jetzt aufmerksam musterte.

Hansen erwiderte seinen Blick mit einem Grinsen.

»Nicht ganz mein Typ«, versetzte er. »Ich stehe ja mehr auf Gerichtsmedizinerinnen, die weniger teuren Schmuck tragen.«

»Das ist gut.«

Sie folgten ihr ins Gebäude und beobachteten von dort aus, wie Alina Schwerdtfeger eine Gondel bestieg, sich einen Haltegriff schnappte und starr geradeaus schaute.

»Wenn ihr genug gesehen habt, könnten wir uns dann bitte wieder an die Arbeit machen?«

Hanna hatte sich zu ihnen gesellt und musterte Hansen und Haffmeyer mit etwas genervter Miene. Die beiden sahen sich noch einmal grinsend an, dann salutierten sie vor der Kollegin.

»Männer!«, sagte sie kopfschüttelnd und ging ihnen voraus zu den uniformierten Beamten, um sich von ihnen die Informationen geben zu lassen, die sie von Alina Schwerdtfeger erfragt hatten.

Der Anruf, der anderswo alles ins Rollen brachte, kam von einem Handy in einer Funkzelle nördlich von Pfronten. Von einem Parkplatz unweit der B309 meldete eine angespannt wirkende Männerstimme den Tod von Helmut Möller.

»Danke für die Information«, sagte der Angerufene. Vor ihm glimmte eine halb gerauchte Zigarette am Rand eines kitschigen Aschenbechers vor sich hin. »Aber Sie klingen so, als müsste ich mir wegen irgendetwas Sorgen machen.«

»Offenbar ist Möller in einer voll besetzten Gondel der Tegelbergbahn gestorben. In derselben Gondel, in der auch der Leiter des K1 der Kripo Kempten den Berg hinauffuhr.«

»Nicht gut.«

Der Mann griff nach seiner Zigarette, nahm einen Zug und legte sie behutsam zurück auf den Rand des Aschenbechers, der als zweisitziger Jeep in der Größe eines Spielzeugautos ausgeführt war. Dort, wo sich in einem richtigen Jeep die Sitze befinden würden, war Platz für Asche und Kippen.

»Sonst noch etwas, das ich wissen sollte?«

»Nein«, antwortete der Mann auf dem Parkplatz.

»Bleiben Sie an der Sache dran. Ich schau mal, was ich von hier aus machen kann. Danke und Ende.«

Der Mann legte auf, nahm die Zigarette wieder auf und sah eine Zeit lang nachdenklich zum Fenster hinaus. Dann drückte er die Kippe im Aschenbecher aus und griff wieder zum Telefon.

Wenig später wusste er, dass die Kripo Kempten inzwischen bereits nachforschte, wo Möller gewohnt hatte, bevor er vor knapp vier Jahren nach Dietmannsried gezogen war.

Das dritte Telefonat bestritt er nicht mehr mit Fragen und

mit aufmerksamem Zuhören. Er gab einige Anweisungen, die keinen Raum für Interpretationen ließen.

»So, Chef, das ist alles, was ich auf die Schnelle über Frau Schwerdtfeger herausfinden konnte.«

Hanna legte ein paar Computerausdrucke auf den Tisch und setzte sich zu Hansen und Haffmeyer in die Besprechungsecke des Büros, das ihnen die Füssener Kollegen zur Verfügung gestellt hatten. Hansen überflog die Ausdrucke und las Passagen daraus vor.

»Alina Schwerdtfeger, geboren am 27. April 1973 ...«, las er vor und wurde gleich von Haffmeyer unterbrochen.

»Was für eine Punktlandung! Ein ermordeter Geliebter zum Geburtstag!«

»Ich glaube, es war eher ein blöder Zufall, dass Möller ausgerechnet am Geburtstag seiner Geliebten gestorben ist. Verheiratet ist sie mit Dr. Hannsdieter Schwerdtfeger, der als Chefarzt der Gastroenterologie am Klinikum Kempten arbeitet. Die beiden wohnen in einer Villa im Vicariweg in Kempten.«

Haffmeyer pfiff durch die Zähne, und Hansen sah ihn fragend an.

»Die Straßen beim Franzosenbauer sind die teuerste Wohnlage in ganz Kempten. Dem Herrn Arzt und seiner Gattin scheint es finanziell ja gut zu gehen.«

»Dafür ist die Ehe im Eimer, wie du weißt. Kennengelernt haben sich die beiden an der Uniklinik in Ulm, wo er als Oberarzt angestellt war und sie als Krankenschwester.«

»Der Klassiker«, bemerkte Haffmeyer ironisch.

»Das Ehepaar ist kinderlos. Er veröffentlicht neben seinem Job fleißig in Fachzeitschriften. Sie spielt Tennis im SV ESK Kempten und hilft bei Heimspielen der …« Hansen las die Passage noch einmal nach. »… der Piranhas als Mädchen für alles. Was auch immer diese Piranhas sein mögen.«

»Das ist die Eishockeymannschaft des Vereins«, erklärte Hanna. »Die holen immer mal wieder Meistertitel in der Allgäuliga.«

»Aha, sehr interessant«, erwiderte Hansen lahm. »Was ich dagegen wirklich gern wissen würde: Wo genau hat sich Herr Schwerdtfeger aufgehalten, als dem Geliebten seiner Frau die Giftspritze injiziert wurde? Hatte er Dienst, und hat er ihn auch wahrgenommen? Immerhin hätte er als Arzt die Möglichkeit, an das Gift zu kommen.«

»Also werden wir der guten Frau Schwerdtfeger ihre Bitte um Diskretion nicht erfüllen können«, merkte Haffmeyer an und zwinkerte Hansen zu.

»Ich habe ihr nichts versprochen«, brummte Hansen, »und unsere Ermittlungen sind wichtiger als irgendwelche Geheimnisse unter Eheleuten. Wäre sie ihm halt treu gewesen, dann hätte sie dieses Problem jetzt nicht.«

»Da kann ich vielleicht helfen«, meldete sich Hanna zu Wort. »Eine alte Schulfreundin, zu der ich noch einen ganz guten Draht habe, ist Krankenschwester im Kemptener Klinikum, und wenn ich mich nicht täusche, arbeitet sie sogar auf Herrn Schwerdtfegers Station – jedenfalls hat sie mir immer wieder lustige Anekdoten über Männer erzählt, die erst wie die Gockel ins Zimmer stolzieren, dann aber direkt vor der Darmspiegelung so klein mit Hut werden.«

Grinsend hielt sie Zeigefinger und Daumen nur ein winziges Stück auseinander.

»Die rufe ich nachher gleich mal an und horche sie ein bisschen über ihren Chef aus.«

»Prima, mach das«, sagte Hansen.

Hanna flitzte hinaus, um sich ein ruhiges Plätzchen für das Gespräch mit der Freundin zu suchen. Hansen legte unterdessen ein Foto von Hannsdieter Schwerdtfeger vor Haffmeyer auf den Tisch. Es zeigte einen hageren Mann mit ergrautem Dreitagebart, einer John-Lennon-Brille und einer sehr hohen Stirn.

»Passt nicht so ganz zur Beschreibung unseres bulligen Typen auf dem Parkplatz, was?«

Haffmeyer zuckte mit den Schultern.

»Wir haben so unterschiedliche Beschreibungen, da können wir sicher auch eine finden, die auf Schwerdtfeger passt.«

Sie diskutierten noch, welchen Fragen sie zuerst nachgehen sollten, als Hanna schon wieder in den Raum kam.

»Meine Freundin war auf dem Weg zu einer Verabredung und ruft mich später zurück, aber ein paar Infos konnte sie mir jetzt schon geben. Schwerdtfeger ist auf seiner Station offenbar eine Witzfigur. Den Betrieb hält die leitende Oberärztin am Laufen, während sich der Boss lieber um seine Vorträge und seine wissenschaftlichen Aufsätze kümmert. Seit Mittwoch war er nicht mehr am Klinikum. Er nimmt bis Sonntagabend an einem Symposium in München teil, ich habe mir mal das Thema aufgeschrieben, um das es geht – damit müsste ich rausbekommen können, wo das Symposium stattfindet. Ich frag erst mal ein bisschen unter der Hand herum, und wenn ich damit nicht weiterkomme, überlegen wir, ob wir Schwerdtfeger direkt angehen, okay?«

»Prima, Hanna, mach das so. Willy und ich reden solange mit den Kollegen, die sich Möllers Wohnung angesehen haben. Vielleicht gibt es ja auch schon neue Infos zu seinem Job in dieser Import-Export-Firma.«

Auf der A7 von Füssen nach Norden war an diesem späten Freitagnachmittag ordentlich Verkehr, aber zu Staus und Stockungen kam es nur auf der Gegenrichtung. Der Soko-Innendienst hatte die Beamten in Dietmannsried über Hansens bevorstehende Ankunft informiert, und als Haffmeyer mit seinem Chef vor dem Mehrfamilienhaus in der Heisinger Straße ankam, trat auch schon ein Polizist auf sie zu und tippte sich lässig an die Mütze.

»Bisher konnte uns kaum jemand etwas zu Möller sagen«, berichtete er. »Offenbar hat er sehr zurückgezogen gelebt. Morgens mit dem Auto zur Arbeit und abends nach Hause, gelegentlich beladen mit Einkäufen. Zwei- oder dreimal die Woche fuhr er später am Abend noch einmal los und blieb gelegentlich über Nacht weg.«

Hansen grinste. »Ein Hoch auf neugierige Nachbarn. Hat denn irgendjemand beobachtet, dass er Besuch bekam?«

»Nein, niemand.«

»Hat ihn denn jemand von den Nachbarn etwas näher gekannt?«

»Nein. Am meisten wusste noch eine ältere Dame zu berichten, die in der Wohnung direkt über Möller lebt. Ihr hat er ein paarmal geholfen, die Einkäufe nach oben zu tragen, und einmal hat er sie im Auto mitgenommen. Die Frau war natürlich voll des Lobes über ihren Nachbarn. Aber auch sie wusste weder, wo er arbeitete, noch konnte sie irgendetwas Privates über ihn berichten.«

»Möller war also nicht sehr redselig. Schade. Hatte er denn mit jemandem Streit?«

»Worüber denn? Er hat sich in nichts eingemischt, ist niemandem auf die Füße getreten, hat seinen Wagen nie in der Einfahrt von anderen geparkt, und im ganzen Haus hatte selbst auf Nachfrage niemand auch nur das Geringste an ihm auszusetzen.«

»Ein Mustermieter, wie schön«, seufzte Hansen. »Hat schon jemand mit dem Vermieter geredet?«

»Nein, noch nicht. Der Vermieter ist ein Geschäftsmann aus Memmingen, der aber im Moment im Ausland ist. Seine Sekretärin erwartet ihn morgen im Lauf des Vormittags wieder zurück.«

»Gut. Mit dem würde ich gern selbst reden – könnten Sie mir Bescheid geben, sobald er sich gemeldet hat?«

»Geht klar.«

»Können mein Kollege und ich uns kurz die Wohnung anschauen?«

»Natürlich, ich bring Sie hin. Mein Kollege macht schon mal mit der Befragung der Nachbarn weiter.« Er wandte sich an einen uniformierten Kollegen, der während des Gesprächs neben ihm aufgetaucht war. Dieser verdrehte kurz die Augen, machte sich dann aber an die Arbeit.

Haffmeyer und Hansen folgten dem ersten Kollegen in Möllers Wohnung. Im Bad und in der Küche hantierten noch die Kriminaltechniker mit Pinzetten und Pinseln, mit Tütchen und Fotoapparat, die übrigen Räume waren bereits freigegeben. Die Wohnung war angenehm geschnitten, recht hell und für einen alleinstehenden Mann allemal groß genug. Die Möbel sahen nicht allzu teuer aus, waren aber durchaus mit Geschmack ausgesucht und zusammengestellt. Keine Gardinen, aber blickdichte Vorhänge in Ockertönen, an den Wänden Kunstdrucke, wie sie jedes Möbelhaus im Angebot hatte. Nirgendwo standen oder hingen Fotos, es lagen auch keine Zeitschriften oder Tageszeitungen herum.

»Ganz schön aufgeräumt, was?«

Der Kriminaltechniker aus der Küche war neben sie getreten.

»Der Mann war entweder ein Ordnungsfreak, oder er wollte keine Anhaltspunkte bieten, falls mal jemand in seine Wohnung kommen sollte. Soweit ich weiß, haben wir noch immer keine Ahnung, wo sich dieser Möller bis vor vier Jahren aufgehalten und was er getrieben hat.«

»Habt ihr in der Wohnung nichts Persönliches gefunden?«

Der Mann im Overall grinste.

»Wie man's nimmt. Drüben in dem Schrank liegen ein paar Pornohefte, dazu ein paar einschlägige DVDs und reichlich Kondome. Aber falls Sie ein Fotoalbum oder etwas in dieser Richtung gemeint haben: Fehlanzeige. Er hatte auch keine Filmkamera hier, keinen Fotoapparat – wobei für Fotos und Filme heute ja eh jeder mit dem Smartphone auskommt. Möller hatte ein ziemlich modernes, das checken die Kollegen im Präsidium noch. Vielleicht ergibt sich daraus noch was.«

Hansen sah sich um. Er konnte im Wohnzimmer weder

einen DVD-Player noch einen Fernseher entdecken. Nur auf der Holzoberfläche der Anrichte neben der Tür zeichnete sich ein rechteckiger Umriss ab.

Der Kriminaltechniker war seinem Blick gefolgt.

»Dort stand der Fernseher, ein Smart-TV mit integriertem Blu-ray-Player. Wird auch gerade im Präsidium untersucht. Und in einem kleinen Raum nebenan haben wir einen Laptop und einen Multifunktionsdrucker sichergestellt. Möller hatte Kabelfernsehen, und der Anbieter hat ihm offenbar auch einen Internet-Anschluss mit ordentlicher Bandbreite zur Verfügung gestellt. Auch da sind die Kollegen schon dran.«

Er schaltete die Kamera ein, die er in der linken Hand gehalten hatte, und hielt sie Hansen so hin, dass der das Display sehen konnte. Zu sehen war ein geöffneter Kühlschrank, in dem unter anderem Weißbier, Butter, saure Gurken, eine Metzgertüte, einige Becher Fruchtjoghurt, ein Becher Sahne sowie etwas Obst und Gemüse deponiert waren. Nichts daran wirkte auf Hansen ungewöhnlich, bis auf den Umstand, dass selbst der Kühlschrank extrem aufgeräumt war.

»Ich bin selbst nicht gerade unordentlich, aber ganz so sieht mein Kühlschrank dann doch nicht aus«, gab Hansen zu und grinste.

»Das ist noch nicht alles«, sagte der Techniker, rief das nächste Bild auf und zoomte ein Detail näher heran.

Hansen stutzte und sah genauer hin, aber er wurde nicht ganz schlau aus dem, was er da sah. Das Foto zeigte einen Teil der Kühlschranktür von innen. Der Kriminaltechniker hatte auf das oberste Fach gezoomt. Darin lag neben dem Plastik-behältnis für die Eier etwas Grünes. Hansen musterte das

Fundstück: Es schien sich um ein kleines Blatt oder etwas Grünzeug zu handeln, wie es an bundweise verkauften Radieschen hing. Tatsächlich hatte er auf dem anderen Foto im Gemüsefach einige Radieschen gesehen.

»So, so«, brummte Hansen. »Ist unser geheimnisvoller Herr Möller wohl doch nicht so furchtbar ordentlich?«

»Das glaube ich eher nicht. Schauen Sie sich das Radieschengrün doch mal genauer an.«

Der Techniker zoomte noch etwas näher heran. Das Grün wirkte noch recht frisch, das Stück sah wie abgezupft aus und war nur wenige Zentimeter lang. Etwa an der Hälfte war es leicht gequetscht, als wäre es über Stunden irgendwo eingeklemmt gewesen. Hansen sah den Kollegen fragend an und zuckte mit den Schultern.

»Und?«

»Sie schauen sich keine Agentenfilme an, was?«

»Nein danke – mir reicht das, was ich im Beruf erlebe, vollauf.«

»Na gut, wenn James Bond wissen will, ob jemand in seiner Abwesenheit an seinen Kleiderschrank geht, dann klebt er mit etwas Spucke ein Haar so über die Kanten der Schranktür, dass es herunterfällt, wenn jemand den Schrank öffnet.«

Hansen verdrehte die Augen.

»Ich denke, unser Freund hier hat etwas Grünzeug von den Radieschen abgezupft und es dann zwischen die Dichtungslamellen von Tür und Kühlschrank geklemmt. Macht einer auf, fällt das winzige Ding herunter und landet genau hier im obersten Fach der Kühlschranktür. Das fällt keinem auf, der nicht besonders darauf achtet, aber unser guter Herr Möller weiß: Jemand war in seiner Wohnung und hat seine Kühlschranktür geöffnet.«

»Um sicherzugehen, dass kein Unbefugter an seine Dinge geht – müsste Möller da nicht eher die Haare, die Sie vorhin erwähnt haben, an Türen und Fenster kleben?«

»Zum einen haben wir tatsächlich ganz in der Nähe der Wohnungstür Haare gefunden, aber die gibt es natürlich überall in der Wohnung. An der Tür selbst klebte kein Haar, aber es könnte beim Öffnen der Tür durch die Kollegen zu Boden gefallen sein – und ob sich an einem der Haare, die wir gefunden haben, Speichel nachweisen lässt, wissen wir noch nicht.«

Hansen sah zu Haffmeyer hinüber, der sich den Vortrag des Kriminaltechnikers stoisch anhörte und sich nicht anmerken ließ, was er von der Theorie hielt.

»Schauen Sie«, fuhr der Kriminaltechniker fort. »Wir haben einen Toten, dem offenbar Gift gespritzt wurde. Der Mann ist vor vier Jahren in diese Wohnung gezogen und hat jeden engen Kontakt mit den Nachbarn vermieden. Er hat keinen Besuch bekommen, und das, was er in seiner Wohnung aufbewahrt, deutet auf nichts hin, was länger als vier Jahre zurückliegt. Nirgendwo gibt es ältere Fotos, Kontoauszüge, Briefe, Dokumente aus der Zeit vor seinem Einzug. Ich hatte vor vielen Jahren mal in einer ähnlichen Wohnung Spuren zu sichern, und damals stellte sich heraus, dass dort jemand aus einem Zeugenschutzprogramm des Bundesnachrichtendienstes gewohnt hat.«

»Sie glauben, dass Möller in einem Zeugenschutzprogramm war?«

»Na ja, das mit dem Radieschengrün deutet meiner Meinung nach zumindest auf jemanden hin, der es früher gewohnt war, sich gegen Leute zu wappnen, die in seine Wohnung eindringen wollen – entweder weil sie bei ihm etwas Wertvolleres als Bargeld zu finden hofften oder weil sie ihm ans Leder wollten.«

»Also zum Beispiel organisiertes Verbrechen?«

»Oder ein Geheimdienst.«

»Und dazwischen«, knurrte Haffmeyer, »verlaufen die Grenzen ja manchmal eher fließend.«

»Mensch, Willy«, versetzte Hansen gutmütig, »lass das mal lieber keinen vom BND hören.«

»Und wenn schon«, sagte Haffmeyer und zuckte mit den Schultern. »Bleib ich halt noch länger Kriminalmeister. Mein Maul habe ich noch nie halten können. Und auch nicht wollen.«

»Falls es Sie tröstet, Herr Haffmeyer«, bemerkte der Techniker und grinste. »Für einige Kollegen sind Sie deshalb fast so was wie eine Legende. Der Älteste bei uns in der Abteilung hat mir mal erzählt, wie Sie vor vielen Jahren einem Staatssekretär im Innenministerium …«

»Ach, altes Zeug«, knurrte Haffmeyer unwirsch, winkte ab und stapfte aus der Wohnung.

Hansen schaute ihm hinterher, dann warf er dem Kriminaltechniker einen fragenden Blick zu.

»Das soll der Willy Haffmeyer Ihnen lieber mal selber erzählen. Er scheint die alten Geschichten nicht so zu mögen wie wir anderen.«

Lachend kehrte der Mann im Overall in die Küche zurück und machte sich wieder an die Arbeit. Hansen sah sich noch einmal um, dann folgte er Haffmeyer hinaus ins Treppenhaus.

Im Foyer des Hotels Vilsegger Hof herrschte gediegene Ruhe. Eine aufgedonnerte Blondine wartete bei einem Caipirinha auf ihren Galan, der sie im hoteleigenen Restaurant Zur Goldenen Geige teuer zum Essen ausführen wollte. Zwei Sitzgruppen weiter saß ein junger Mann mit seiner Begleiterin auf einen Kaffee zusammen, warf zwischendurch aber immer wieder schnelle Blicke zu der Blondine hinüber. Und ein älteres Ehepaar wartete in den weichen Sesseln darauf, dass sie zu einer sehr persönlichen Stadtführung abgeholt wurden. Am Tag ihrer goldenen Hochzeit wollten sich die beiden erneut das Jawort geben. Sie hatten Hotelbesitzer Max Holter gefragt, ob er während ihres einwöchigen Aufenthalts im Städtchen Vils in Tirol etwas Passendes arrangieren konnte. Holter hatte seine Beziehungen spielen lassen, und nun würde in Kürze eine Kutsche vor dem Hotel anhalten. Das Pärchen würde im offenen Einspänner unter wärmenden Decken eine entspannte Fahrt in den Norden von Vils unternehmen, den Blick auf die Burgruine Vilsegg genießen und anschließend zu Füßen der Burgruine in der Sankt-Anna-Kapelle mit einer kleinen Zeremonie ihren Ehebund bekräftigen. Für den restlichen Abend war für sie in der Goldenen Geige ein schöner Zweiertisch reserviert, die Vorbereitungen für das noble Candle-Light-Dinner liefen längst.

Max Holter wusste, wie er seinen Gästen eine Freude machen konnte. Den Vilsegger Hof hatten schon seine Urgroßeltern betrieben, aber seit einigen Monaten war es unsicherer denn je, ob die Familientradition mit ihm enden würde oder ob er sein Haus doch noch vor dem Konkurs retten konnte. Entsprechend schlecht schlief er derzeit, und entsprechend dünnhäutig reagierte er auf alles, was seine Lage noch zu verschlimmern drohte.

»Und?«, blaffte er seinen Concierge an, der gerade nichts zu tun hatte und deshalb ein Sudoku löste, das er verborgen hinter dem Empfangstresen vor sich liegen hatte. »Hat sich der Gast noch immer nicht gemeldet?«

»Nein, Herr Holter. Es hat sich niemand gemeldet. Und ich konnte ihn auch über sein Handy nicht erreichen. Soll ich es gleich noch einmal versuchen?«

»Ja, am besten gleich. Sie haben ja offenbar gerade nichts Eiliges zu tun.«

Holter warf einen genervten Blick in Richtung des Zahlenrätsels. Der Concierge räusperte sich, nahm das Telefon zur Hand, tippte sich durch die zuletzt angewählten Nummern und drückte schließlich die »Wiederholen«-Taste. Ganz leise hörte Holter das Tuten am anderen Ende, doch es hob niemand ab. Der Concierge hob erst eine Augenbraue, dann die andere, bevor er die Leitung trennte.

»Tut mir leid«, sagte er. »Ich konnte ihn auch diesmal nicht erreichen, Herr Holter.«

»Gut, danke. Versuchen Sie's nachher noch einmal, und geben Sie mir Bescheid, wenn Sie ihn erreicht haben. Umgehend, verstanden?«

»Jawohl, Herr Holter.«

Der Concierge blieb stocksteif stehen und sah seinem Chef

nach, bis der durch eine Tür aus dem Foyer verschwunden war. Dann steckte er kurz die Zunge heraus, versicherte sich mit einem schnellen Blick, dass es auch niemand bemerkt hatte, und widmete sich danach wieder dem Sudoku.

Max Holter ging währenddessen in seinem Büro auf und ab. Er sah sich noch einmal die Buchung an: Von heute bis Sonntag war die Hohenegg-Suite gebucht, die teuerste Suite im ganzen Hotel. Für heute Abend um neunzehn Uhr war der Tisch im Separee der Goldenen Geige reserviert, das Fünf-Gänge-Menü war in Arbeit, und der Stehgeiger würde in zwei Stunden eintreffen – doch der Gast, der gebucht hatte, war bisher nicht eingetroffen. Und das, obwohl er seine Ankunft in weiblicher Begleitung für halb drei avisiert und Max Holters Frau deshalb eigens ihre weithin berühmte Esterházy-Torte gebacken hatte, um den Gast und seine Begleiterin zur Kaffeezeit zu verwöhnen.

Der Gast war noch nie unpünktlich gewesen, und er hatte im Vilsegger Hof stets auf erstklassige Gastronomie und äußerste Verschwiegenheit vertrauen dürfen. Sorgenvoll blätterte Holter im Kalender nach vorn: Wenn der Gast heute nicht kam, was würde dann mit den Buchungen für die kommenden Wochen werden? Und was aus den Kosten, die für das anstehende Wochenende bereits angefallen waren?

Mit einem tiefen Seufzen griff Max Holter in eine Schublade seines alten Schreibtischs und kramte die nötigen Utensilien zusammen, um sich eine Pfeife zu stopfen.

Der Weg, den Helmut Möller täglich zur Arbeit zurücklegen musste, führte ihn nur ins übernächste Dorf. Haffmeyer und

Hansen bogen schon nach achteinhalb Minuten in die Straße ein, in der die Firma ExTrans Heinerling ihren Sitz hatte. Sie kamen am Freibad vorbei und an der großen Altusrieder Freilichtbühne. Kurz darauf sahen sie das etwas marktschreierisch gestaltete Firmenschild von ExTrans Heinerling vor sich, das an einem offen stehenden Stahltor angebracht war. Ein gut mannshoher Zaun mit einer Lage Stacheldraht obenauf umschloss das Gelände. Direkt hinter dem Zaun war so viel Kram gestapelt, dass man nur an wenigen Stellen durch schmale Lücken auf das Gelände der Import-Export-Firma blicken konnte.

Haffmeyer fuhr langsamer, und Hansen versuchte sich einen ersten Überblick zu verschaffen. Obwohl es heute Freitag und auch schon kurz vor sechs Uhr abends war, herrschte auf dem Hof ordentlich Betrieb. Vor einem etwas heruntergekommenen Flachbau standen Lastwagen, Transporter und Kombis in unterschiedlichen Größen, und mehrere Männer beluden die Fahrzeuge. Ein weiß lackierter Transporter, dessen Laderaum keine Fenster aufwies, fuhr gerade los, rumpelte über den holprigen Asphalt des Hofes und bog so flott auf die Straße ein, dass die Stoßdämpfer ordentlich in die Knie gingen.

Der Fahrer am Steuer des Lieferwagens sah etwas verlebt aus und schaute misstrauisch zu den beiden Männern herunter, die ihm mit ihrem Auto entgegenkamen. Doch er bremste nicht ab, sondern ließ den Motor aufheulen und beschleunigte.

Als der weiß lackierte Dienstwagen gemächlich durch das offene Tor auf das Gelände der Import-Export-Firma rollte, bemerkte ihn ein dünner Endsechziger mit einer Zigarette im Mund. Er kniff kurz die Augen zusammen, dann beugte er sich in den Innenraum des Transporters, hinter dem er stand, und rief etwas ins Innere. Ein jüngerer Mann lugte von der Ladefläche desselben Transporters herunter und sagte etwas zu dem Älteren. Dann sprang er herunter und näherte sich Hansen und Haffmeyer.

Hinter einem Lastwagen standen drei weitere Männer, die aufgeregt miteinander tuschelten und zwischendurch immer wieder zu den Neuankömmlingen hinsahen. Doch gleich darauf herrschte sie der dünne Endsechziger an und scheuchte sie wieder zurück an ihre Arbeit.

Hansen und Haffmeyer stiegen aus. Der jüngere Mann, der auf sie zukam, hatte eine drahtige Figur, trug Jeans und ein tailliertes Hemd, und sein schulterlanges Haar hatte der Stirn schon etwas Platz gemacht.

»Schon wieder die Polizei«, sagte er zur Begrüßung. »Und diesmal sogar hoher Besuch von der Kripo. Wenn ich gewusst hätte, dass mir das den ganzen Tagesplan durcheinanderbringt, hätte ich nie zugelassen, dass Helmut Möller umgebracht wird.«

Einen Moment lang starrte er die Beamten todernst an, dann brach er in schallendes Lachen aus.

»Kleiner Scherz, entschuldigen Sie bitte. Ich bin übrigens Josef Heinerling, der Chef dieses Unternehmens. Und bestimmt wundern Sie sich, woher ich weiß, dass Sie von der Kripo sind.«

Hansen winkte ab, aber Heinerling fuhr fort:

»Es ist ja kein Geheimnis, dass die zivilen Dienstwagen der

Kemptener Polizei immer dieselbe Buchstabenkombination im Kennzeichen haben. Das dürfte zumindest jeder wissen, der ab und zu mit der Polizei zu tun hat.«

»Und haben Sie denn gelegentlich mit der Polizei zu tun?«, erkundigte sich Hansen, nachdem er sich und Haffmeyer vorgestellt hatte.

»Erst heute Mittag waren Ihre uniformierten Kollegen da, danach kamen zwei Typen in Ganzkörperkondomen und haben mein Büro auf den Kopf gestellt. Na ja, und jetzt noch Sie – das ist mehr als genug Polizei für einen Tag, würde ich sagen.«

»Und sonst haben Sie weniger mit meinen Kollegen zu tun?«

Heinerling ließ die Mundwinkel sinken.

»Ach so, jetzt kommt die alte Leier: Wer eine Import-Export-Firma betreibt, hat grundsätzlich Dreck am Stecken.«

»Das haben Sie gesagt.«

»Für dieses Klischee kann ich nichts, und auch in anderen Branchen gibt es schwarze Schafe. Ich sag nur Priester, Diskothekenbetreiber, Banker – und …«

Er beugte sich ein wenig vor und zwinkerte Hansen grinsend zu.

»… und Polizisten.«

Hansen verzog keine Miene. »Ich freue mich für Sie, dass Sie so eine Frohnatur sind. Aber können wir uns jetzt vielleicht über Herrn Möller unterhalten?«

»Aber klar doch. Kommen Sie bitte mit ins Büro, da kann ich Ihnen auch schnell einen Kaffee aufbrühen.«

Er marschierte auch schon los, Hansen folgte ihm. Haff-meyer blieb stehen und musterte die Kartons, die gerade in den Lastwagen geladen wurden.

»Ich komm gleich nach, ich schau mich nur kurz hier drau-ßen um«, sagte er und schlenderte langsam zu den arbeiten-den Männern hinüber.

»Wollen Sie denn keinen Kaffee?«, rief Heinerling ihm hin-terher.

»Nein danke.«

Einen Augenblick lang stand Heinerling unentschlossen da, dann eilte er auf den Lastwagen zu und schnitt Haffmeyer den Weg ab. Mit vor der Brust verschränkten Armen baute er sich zwischen ihm und dem Lastwagen auf.

»Haben Sie denn einen Durchsuchungsbeschluss für mein Firmengelände?«

»Nein«, antwortete Haffmeyer.

»Gut, dann möchte ich Sie bitten, mir in mein Büro zu fol-gen. Ich mag es nicht, wenn jemand in meiner Firma herum-schnüffelt, und deshalb möchte ich gern darauf bestehen, dass Sie mir einen Durchsuchungsbeschluss vorlegen, bevor Sie sich hier mal umsehen, wie Sie es ausdrücken.«

Heinerling sah sehr zufrieden aus mit sich. Er spannte die Muskeln in seinen verschränkten Oberarmen ein wenig an und wippte ganz leicht von den Fersen auf die Fußballen und wieder zurück.

»Ich sehe, Sie kennen Ihre Rechte«, versetzte Haffmeyer ruhig.

Heinerling nickte.

»Sehr gut«, lobte ihn Haffmeyer. »Ich finde es prima, wenn

sich die Leute nicht alles gefallen lassen, nur weil wir die Kripo sind. Einen Moment, bitte.«

Damit drehte er sich zur Seite, zog das Handy hervor und rief eine abgespeicherte Nummer auf.

»Haffmeyer hier«, meldete er sich kurz darauf. »Ist denn Frau Labranz gerade bei euch? Ah, gut, könnte ich sie bitte kurz sprechen? Ja, ich warte.«

Er ließ das Handy am Ohr, wandte sich nun aber wieder Heinerling zu.

»Gudrun Labranz ist Staatsanwältin, und weil wir ihr mit unserer Soko Tegelberg im Mordfall Möller zuarbeiten, haben wir derzeit einen ganz kurzen Draht. Das ist praktisch, gerade wenn man einen Durchsuchungsbeschluss braucht, wissen Sie?«

Heinerling schluckte, und es war ihm anzusehen, dass es hinter seiner Stirn fieberhaft arbeitete.

»Äh …«, setzte er an, aber Haffmeyer tat so, als höre er ihn nicht. »Äh … vielleicht wollen Sie doch mal kurz einfach so einen Blick in den Lastwagen werfen?«

Haffmeyer winkte ab.

»Dauert nicht mehr lange, die Staatsanwältin ist gleich am Apparat.«

»Das wird nicht nötig sein, Herr Haffmeyer«, schob Heinerling schnell nach. »Sie brauchen keinen Durchsuchungsbeschluss, wenn Sie nur einmal kurz auf die Ladefläche schauen wollen. Kein Problem. Ich hab ja nichts zu verbergen, nicht wahr?«

Haffmeyer sah ihn fragend an. Heinerling nickte, um seine Sätze von eben zu bekräftigen, und Haffmeyer rief ein paarmal ein lautes »Hallo?« ins Handy, bis sich am anderen Ende jemand meldete.

»Das mit der Staatsanwältin hat sich gerade erledigt. Sagt ihr doch bitte Bescheid, und entschuldigt das Durcheinander.«

Dann trennte er das Gespräch und steckte das Handy weg. Hansen stand im Hintergrund und bemühte sich sehr, ernst zu bleiben.

»Was verladen Sie denn da gerade?«, fragte er Heinerling und deutete zu dem Lastwagen.

»Ihre Kollegen von der Spurensicherung haben den Betrieb heute ganz schön aufgehalten, jetzt müssen wir halt zusehen, dass wir alle Bestellungen noch halbwegs pünktlich ausliefern.«

»So, so, Bestellungen ... Was denn für Bestellungen?«

»Ach, dies und das, meistens nur Kleinkram, der für Sie ganz sicher nicht von Interesse ist. Schauen Sie nur rein.«

Haffmeyer trat hinter das Heck des Lastwagens und warf einen Blick hinein. Die Ladefläche war gut zur Hälfte mit Paletten voller gleich großer Kartons belegt, die akkurat nebeneinanderstanden. Sie waren sauber und unbeschädigt und wiesen keinerlei Beschriftung auf. Haffmeyer wiegte den Kopf, dann lächelte er Heinerling an.

»Sieht ja alles sehr ordentlich aus. Dass Sie den Überblick behalten können, was in diesen unbeschrifteten Kartons drin ist, kann ich ja nur bewundern.«

Auf Heinerlings hoher Stirn hatte sich etwas Schweiß gebildet.

»Oje«, spielte er den Zerknirschten, »haben meine Leute wieder alles falsch herum reingepackt?« Er wandte sich an die Männer, die das Gespräch stumm verfolgten. »Wie oft muss ich es euch noch sagen: Die Paletten kommen so in den Lastwagen, dass man von hinten die Etiketten mit den Barcodes sehen und scannen kann!«

Die Männer nickten ergeben, der dünne Endsechziger murmelte eine lahme Entschuldigung. Heinerling legte den Kopf mit einem leichten Grinsen etwas schräg und streckte beide Arme aus, die Handflächen erhoben.

»Kommen Sie jetzt bitte mit in mein Büro? Da redet es sich doch viel angenehmer als hier draußen.«

Damit nahm er ein zweites Mal Kurs auf den Eingang des Flachbaus. Hansen folgte ihm. Haffmeyer ging ein paar Schritte hinter ihm. Nach einem kurzen Blickwechsel mit seinem Chef tippte er ein wenig auf seinem Handy herum, bevor er zu Hansen aufschloss.

Seinen Kaffee musste Heinerling allein trinken. Hansen fragte ihn nach dem Aufgabenbereich, für den Helmut Möller zuständig gewesen war, doch die ausweichende Antwort, die er bekam, legte nahe, dass sich in diesem Büro entweder alle um alles kümmerten – oder aber dass Heinerling wirklich so viel Dreck am Stecken hatte, wie es das von ihm selbst zitierte Klischee nahelegte.

»Wie lange war Herr Möller denn schon bei Ihnen beschäftigt?«, fragte Hansen.

»Seit fast vier Jahren.«

»Dürften wir seine Bewerbungsunterlagen sehen?«

»Oje, bis ich die gefunden habe … Ich bin in Bürodingen

nicht der Allersortierteste, wissen Sie? Tut mir leid, aber ich kann die Papiere gern bei Ihnen vorbeibringen, sobald ich sie gefunden habe. Es kann aber auch sein, dass ich das schon längst weggeworfen habe.«

Sie befanden sich in einem großen Raum, in dem vier unterschiedlich große Schreibtische standen. Der größte Tisch, der Josef Heinerling gehörte, stand so, dass man beim Arbeiten das Zimmer überblicken und zum Hof hinausschauen konnte. Er war über und über mit Papieren bedeckt, eine benutzte Kaffeetasse mit der Aufschrift »Heini« stand darauf, und drum herum lagen mehrere zerknüllte Bäckertüten. Zwei kleinere Tische wirkten verwaist, nur am Rand des einen stapelten sich Kartonmappen mit Eselsohren, die laut Heinerling die Frachtpapiere anstehender und gerade abgewickelter Aufträge enthielten.

Der vierte Schreibtisch war penibel aufgeräumt. Nicht einmal ein Bleistift lag herum, es gab keine Krümel auf der Arbeitsplatte, und alle vorhandenen Unterlagen waren säuberlich in offenen Schubfächern abgelegt. Hier hatte Helmut Möller gearbeitet.

»Hatte er für heute freigenommen?«

»Ja, für heute, für gestern und für kommenden Montag«, antwortete Heinerling. »Er hat gern mal ein Wochenende verlängert, und es kam vor, dass er an einzelnen Tagen auch mal schon mittags nach Hause ging oder dass er erst mittags ins Büro kam. Aber Helmut hat das immer rechtzeitig vorher angemeldet, deshalb hatte ich nie ein Problem damit. Er war fleißig, schnell und gewissenhaft, ein Mitarbeiter, wie man ihn sich nur wünschen kann.«

»Wissen Sie denn, ob er nach Hause gefahren ist, wenn er zum Beispiel früher Feierabend gemacht hat?«

Heinerling stutzte, dann grinste er anzüglich.

»Das weiß ich nicht, und es geht mich auch nichts an. Aber wenn Sie mich so fragen, haben Helmuts Nachbarn offenbar etwas anderes beobachtet. Wundern würde mich das nicht. Wie soll ich sagen … Er hatte einen ganz schönen Schlag bei Frauen, wenn Sie verstehen, was ich meine. Falls er also mit einer was laufen hatte, kann ich natürlich auch nicht ausschließen, dass er zu ihr und nicht zu sich gefahren ist. Aber das ist dann natürlich seine Sache.« Er räusperte sich. »War es, meine ich.«

»Wie haben Sie denn bemerkt, dass er einen Schlag bei Frauen hatte, wie Sie es ausdrückten?«

»Wir hatten bis vor ein paar Monaten noch ein paar Mitarbeiterinnen in Teilzeit, eine etwas ältere und zwei jüngere. Helmut hat alle drei behandelt wie ein Gentleman der alten Schule – und dafür haben sich die fast drum gebalgt, wer ihm Kaffee machen oder für ihn Überstunden schieben durfte, wenn er mal wieder freimachen wollte.«

Heinerling zwinkerte Hansen zu.

»Mit Lea, das war eine der beiden Jüngeren, hatte er meiner Meinung nach was laufen. Die war nun wirklich nicht hübsch, hatte aber eine ganz gute Figur – und Sie wissen ja, was man über hässliche Frauen sagt, oder?«

»Das muss ich, glaube ich, nicht wissen. Und Sie haben die beiden mal … nun ja … miteinander erwischt?«

»Wo denken Sie hin? Glauben Sie, ich bespitzle meine Mitarbeiter? Aber wenn Helmut mit ihr im Lager nach Ware suchte, waren die beiden in der Regel schon etwas länger weg, als es nötig gewesen wäre – und Lea wirkte danach immer ziemlich aufgekratzt, wenn Sie verstehen ...«

Das ölige Grinsen auf Heinerlings Gesicht ging Hansen auf die Nerven.

»Gut, dann schreiben Sie uns mal den vollständigen Namen und die Adresse der Dame auf. Mit ihr werden wir wohl auch reden müssen.«

Heinerling holte Stift und Papier, zog einen schmalen Ordner aus einem Regal, blätterte darin und schrieb dann die Kontaktdaten von Lea ab.

»Ach, die Unterlagen über Ihre Mitarbeiter.«

»Ja, ja, immer zur Hand, nicht wahr?«

Heinerling lachte, dann sah er Hansens finsteren Blick und wurde ernst.

»Wie schön«, sagte Hansen, »dass Sie das nun doch recht schnell gefunden haben.«

Hansen streckte die Hand aus und nickte Heinerling zu. Der klappte den Ordner zu und sah den Kommissar trotzig an.

»Ich muss Ihnen das nicht geben.«

»Das stimmt. Vielleicht ruft mein Kollege doch noch einmal kurz bei der Staatsanwältin an?«

Zögernd gab Heinerling den Ordner aus der Hand. Hansen blätterte in den Papieren. Für die drei Teilzeitkräfte, von denen Heinerling erzählt hatte, war jeweils ein Trennkarton eingelegt, dahinter fanden sich die Kontaktdaten, jeweils ein Bewerbungsschreiben, ein kurzer Lebenslauf und ein, zwei Zeugnisse – sowie einige Anmerkungen in einer sehr ansehnlichen Handschrift. Heinerling hatte Hansen beobachtet und sah nun auch, was er überflog.

»Das sind Anmerkungen zu den Leistungen der Mitarbeiterinnen«, erklärte er. »Helmut hat den Ordner geführt, deshalb ist er auch so ordentlich – das würde bei mir ganz anders aussehen, ich hab kein Händchen für so was.«

Hansen blätterte weiter, aber kein Trennblatt war mit dem Namen Helmut Möller beschriftet, und es fanden sich auch keine Unterlagen zu ihm. Hansen klappte den Ordner zu und gab ihn zurück.

»Falls wir da noch einmal einen Blick reinwerfen müssten, ist der doch sicher noch da, oder?«

»Natürlich. Aber Sie haben ja selbst gesehen: Über Helmut habe ich da nichts drin. Keine Ahnung, wo das wieder steckt.«

Hansen hatte keine Lust, auf dieses Spielchen einzugehen, deshalb wechselte er das Thema.

»Arbeitet Frau …« – Hansen sah kurz auf den Zettel, den Heinerling ihm gegeben hatte – »… arbeitet Frau Kärrner nicht mehr für Sie?«

»Nein, wir hatten vor einer Weile …«

Heinerling stockte und überlegte einen Moment, bevor er neu ansetzte.

»Wir hatten drastische Umsatzeinbußen, da konnte ich sie und die anderen beiden Damen leider nicht mehr bezahlen. Aber sollte es mal wieder besser laufen, könnten sie jederzeit wieder hier anfangen. Wobei …«

Er blickte auf Möllers verwaisten Stuhl.

»Eigentlich ist es jetzt ja so weit. Vielleicht ruf ich die drei gleich mal an, ob sie Zeit und Lust haben.«

Heinerling griff nach dem Telefon. Noch bevor er die erste Ziffer eintippen konnte, wurde es draußen im Hof lebhaft. Man hörte aufgeregte Männerstimmen, dann näherten sich eilige Schritte, und der Endsechziger streckte seinen Kopf durch die Tür.

»Chef, draußen sind jetzt noch mehr Bullen gekommen! Äh ... sorry ... ich meine ...«

»Schon gut«, sagte Hansen und wandte sich an Heinerling. »Das sind unsere Kollegen. Die kümmern sich um Wirtschaftsdelikte, und die übernehmen jetzt. Einen schönen Abend noch.«

Er nickte Heinerling zum Abschied zu und verließ das Büro, dicht gefolgt von Haffmeyer. Der aufgebrachte Firmenchef rief ihm etwas nach, das klang wie »Hinterfotziges Arschloch!«. Hansen tat, als hörte er es nicht.

Selbst am frühen Abend klingelte das Telefon von Kripochefin Vroni Schliers ohne Unterlass. Von allen Seiten gingen die unterschiedlichsten Informationen ein, die mal mehr, mal weniger hilfreich für die Lösung des Mordfalls schienen. Hansen hatte ihr durchgegeben, was sich in Altusried ergeben hatte. Dass dort inzwischen die Kollegen von der Wirtschaftskriminalität stöberten, wusste sie bereits: Sie hatte das Team in Absprache mit der Staatsanwältin selbst losgeschickt. Immer wieder besprach sich die Kripochefin zwischendurch mit den Kollegen aus dem Innendienst der Soko Tegelberg, manchmal stieß auch Staatsanwältin Gudrun Labranz dazu oder einzelne Beamte, die gerade von ihren Recherchen vor Ort zurück nach Kempten gekommen waren.

Stets mit dabei war Sekretärin Rosemarie Schwegelin, die nicht an allen Tagen gut gelaunt war, in den hektischen Phasen einer solchen Ermittlung aber verlässlich aufblühte. Sie kümmerte sich darum, dass auch ja alle ausreichend mit Kaffee, Tee, Saft oder Sprudel versorgt waren. Zwischendurch flitzte sie los, um für die Kollegen Schnittchen, Kuchen und Kekse zu besorgen, und in den Besprechungen schrieb sie nicht nur die Protokolle, sondern schlug auch den einen oder anderen Punkt vor, dem man noch nachgehen könnte.

Gegen halb acht stellte sie das nächste Gespräch zu Vroni Schliers durch und kündigte den Anrufer geheimnisvoll als »ein hohes Tier aus dem Ministerium« an. Ganz so hochgestellt war der Mann, der die Kemptener Kripochefin sprechen wollte, dann doch nicht. Aber er ließ keinen Zweifel daran, dass seine Anweisung von ganz oben gedeckt war. Diese Anweisung war kurz und ließ keinen Spielraum für Interpretationen.

»Die Kripo Kempten ist mit sofortiger Wirkung von den Ermittlungen im Todesfall Helmut Möller entbunden. Das Bundeskriminalamt übernimmt den Fall, und Sie, Frau Schliers, werden dem BKA alle bisher gesammelten Informationen und Unterlagen zur Verfügung stellen. Eine Abordnung des BKA wird morgen früh zusammen mit Beamten des Landeskriminalamts alles bei Ihnen in Kempten abholen.«

Vroni Schliers bot noch an, dass die Soko Tegelberg dem BKA in diesem Fall zuarbeiten könnte, doch das war nicht erwünscht.

»Es gibt vom jetzigen Zeitpunkt an keine Soko Tegelberg mehr, Frau Schliers. Und ich erwarte, dass Sie das unverzüglich allen betroffenen Beamten mitteilen. Einen schönen Abend noch.«

Und schon hatte der Mann aufgelegt. Ihrer ersten Empörung fielen zwei frisch gespitzte Bleistifte zum Opfer, die Bruchstücke warf sie wütend in den Papierkorb. Dann ging sie eine Weile in ihrem Büro auf und ab, aber das ließ ihren Zorn nicht verrauchen. Also riss sie ihre Tür auf und stapfte zur Teeküche hinüber. Nicht viel besser gelaunt kam sie mit einem dampfenden Kaffeebecher zurück. Rosemarie Schwegelin blinzelte zwar irritiert, aber sie sah ihrer Chefin an, dass jetzt nicht der richtige Moment war, sie darauf hinzuweisen, dass doch im Sekretariat jederzeit frisch gebrühter Kaffee bereitstand.

»Heute etwas Milch?«, bot sie deshalb nur an und hielt Vroni Schliers das kleine Kännchen hin.

»Nein danke – aber wenn Sie einen Schuss Cognac hätten, den würd ich nehmen.«

Schon wollte Rosemarie Schwegelin an den Schrank treten, in dem für solche Fälle allerlei vorrätig war, als sie das flüchtige Grinsen der Kripochefin bemerkte. Also ließ sie es bleiben und schaute ihrer Chefin stattdessen tief in die Augen.

»So schlimm?«, fragte sie.

»Schlimmer.«

»Der Typ aus dem Ministerium?«

Vroni Schliers nickte. Vom Flur her war Türenschlagen zu hören. Mit schnellen Schritten marschierte Staatsanwältin Gudrun Labranz an der offenen Tür des Sekretariats vorbei. Sie schaute finster drein und stopfte ihr Handy im Gehen in die Handtasche.

»Sieht ganz so aus, als habe der Typ auch die Staatsanwältin angerufen«, sagte Rosemarie Schwegelin. »Dürfen Sie mir sagen, worum es in dem Telefonat ging?«

»Dürfen?« Vroni Schliers schnaubte. »Ich muss sogar! Uns wurde der Fall Möller entzogen. Die Soko ist mit sofortiger Wirkung aufgelöst, wir haben alle Ermittlungen unverzüglich zu beenden, und morgen früh holen LKA und BKA alle Unterlagen ab, die wir bisher zu Möllers Tod zusammengestellt haben.«

»Oh …«

Die Sekretärin nahm sich nun selbst einen Kaffee, holte die Cognacflasche aus dem Schrank und goss sich etwas davon in ihre Tasse. Dann bot sie ihrer Chefin die Flasche an, die zuckte nur mit der Schulter und streckte ihr den Becher hin. Daraufhin prosteten sich die beiden Frauen zu und nahmen einen ordentlichen Schluck. Vroni Schliers schüttelte sich.

»Kaffee mit Alkohol – ich glaube, daran gewöhne ich mich in diesem Leben nicht mehr.«

»Hilft aber manchmal, glauben Sie mir.«

»Mag sein, aber ich lass lieber die Finger von dieser Mischung. Im Büro lass ich den Schnaps weg – und daheim den Kaffee.«

»Und jetzt?«

»Jetzt schicke ich Sie nach Hause. Wir haben ja nichts mehr mit dem Mordfall Möller zu tun, und die Unterlagen können wir genauso gut morgen früh zur Übergabe vorbereiten.«

»Soll ich noch die Kollegen anrufen, damit auch alle schnell Bescheid wissen?«

»Nein, nein, das mach ich schon selbst. Und wenn ich Glück habe, rufe ich den einen oder anderen zu spät an und kann leider nicht verhindern, dass wir noch etwas über Möllers Vorgeschichte erfahren.«

Sie lächelte die Sekretärin müde an.

»Aber das habe ich offiziell natürlich nie gesagt, liebe Rosi. Sie gehen jetzt nach Hause, das ist ein Befehl. Und alles andere nehme ich auf meine Kappe.«

»Ja?« Der grauhaarige Herr war aus alter Gewohnheit schon nach dem zweiten Läuten ans Handy gegangen, und aus ebenso alter Gewohnheit hatte er sich nicht mit seinem Namen gemeldet. Der Anrufer erkannte ihn trotzdem sofort an seiner Stimme.

»Ich höre, es geht Ihnen gut«, sagte der Mann am anderen Ende der Leitung.

»Unkraut vergeht nicht.«

»Ich hätte es höflicher formuliert, aber ich erinnere mich immer noch gern daran, dass Sie schon im Dienst kein Blatt vor den Mund genommen haben.«

»Aus dem, was mir so zu Ohren kommt, schließe ich, dass auch Sie selten um ein klares Wort verlegen sind.«

»Das nehme ich jetzt mal als Lob. Und ein Lob vom Vorgänger tut ja doppelt gut.«

»Schön. Aber Sie haben mich sicher nicht angerufen, um mit mir Nettigkeiten auszutauschen. Worum geht's?«

In die kleine Pause hinein konnte sich der grauhaarige Herr gut vorstellen, wie sein Nachfolger grinsend nach der Zigarette griff.

»Haben Sie eigentlich immer noch diesen scheußlichen Aschenbecher?«, schob er deshalb nach.

Der Anrufer lachte. »Ertappt! Ja, den habe ich noch. Aber um auf Ihre Frage zurückzukommen: Wir haben ein Problem, und womöglich brauchen wir Ihre Hilfe, um es zu lösen.«

»Ach?«

»Bei Füssen ist ein Mann ums Leben gekommen, mit dem wir früher mal zu tun hatten.«

»Jemand, an den ich mich erinnern müsste?«

»Abgesehen davon, dass Sie sich wahrscheinlich noch an alle Leute erinnern, mit denen wir zu tun hatten: An diesen speziellen Fall würde sich auch jemand mit einem weniger brillanten Gedächtnis erinnern.«

»Wer ist es?«

»Zuletzt hieß er Helmut Möller.«

Der Grauhaarige pfiff leise durch die Zähne.

»Immerhin ist diese leidige Geschichte damit abgeschlossen«, sagte er. »Ich brauche Sie gar nicht erst zu fragen, ob Sie etwas damit zu tun haben, richtig?«

»Richtig.«

»Aber Sie sprachen von einem Problem – der Tod unseres alten … nun ja … Freundes stellt ja wohl eher eine Lösung dar.«

»Er starb nicht einfach so. Er wurde vergiftet, und sein Tod trat ausgerechnet in einer voll besetzten Gondel der Tegelbergbahn ein.«

»Das heißt, Sie ziehen die Ermittlungen an sich oder schicken das BKA vor. Damit ist die Kripo außen vor, und falls schon eine Ermittlungsgruppe gebildet wurde, wird sie mit sofortiger Wirkung aufgelöst. Ich nehme an, das haben Sie alles schon in die Wege geleitet?«

»Natürlich.«

»Gut. Dann sitzen Sie noch ein paar Presseberichte aus, zünden ein paar Nebelkerzen, und damit ist die Sache ausgestanden wie viele andere zuvor auch. Worin besteht nun das Problem, von dem sie sprachen?«

»Es ist ein alter Bekannter von Ihnen mit im Spiel. Oder eher der Sohn eines alten Bekannten.«

»Oh … Die zuständige Kripo ist die in Kempten, richtig?«

»Ja.«

»Und Sie spielen auf Eike Hansen an, der dort das KI leitet?«

»Ja. Möller starb direkt neben Hansen, der gerade mit seiner Verlobten auf dem Weg zu einem Ausflug war.«

»Ich verstehe.«

»Wie schätzen Sie Hansen ein? Wird er die Finger von einem Mordfall lassen, den ihm das BKA wegnimmt?«

»Das würde mich wundern.«

»Dachte ich mir.«

Der grauhaarige Herr ging eine Weile auf und ab, bevor er weitersprach.

»Ich soll ein Auge auf Hansen haben, nehme ich an.«

»Ja.«

»Und ich soll dafür sorgen, dass er nicht in Möllers Vergangenheit herumstochert.«

»Das wäre optimal.«

»Dann müssen Sie mir wohl doch verraten, ob Sie mit Möllers Tod zu tun haben.«

Es wurde noch ein ausführliches und sehr informatives Telefonat, und als das Gespräch beendet war, stand der grauhaarige Herr lange nachdenklich am Fenster. Dann seufzte er, holte ein Fotoalbum aus dem Regal, trug es zum Küchentisch und begann darin zu blättern.

Vroni Schliers rief nacheinander alle Mitglieder der Soko Tegelberg an, und sie sagte jedes Mal brav das Sprüchlein auf, das ihr der Typ aus dem bayerischen Innenministerium aufgetragen hatte. Gudrun Labranz hätte sie auslassen können, aber von ihr wollte sie hören, ob sie womöglich noch weitere Informationen aus dem Ministerium erhalten hatte. Zweimal versuchte sie es vergeblich auf dem Handy der Staatsanwältin, doch kurz darauf rief Gudrun Labranz zurück.

»Schöner Mist, was?«, knurrte sie, ohne sich lange mit einer Begrüßung aufzuhalten.

»Kann man so sagen«, erwiderte Vroni Schliers. »Immerhin können wir jetzt davon ausgehen, dass wir nicht nur deshalb keine älteren Informationen über Helmut Möller hatten, weil irgendjemand im Einwohnermeldeamt geschlampt hätte.«

»Dafür hätte es die Blutgrätsche des BKA nicht gebraucht. Offenbar sind sie dort hellhörig geworden, als wir Möllers DNA durch die Zentraldatei gejagt haben. Was meinen Sie, war dieser Möller ein Mitarbeiter, oder stand er unter Zeugenschutz?«

»Keine Ahnung. Aber falls einer wie der früher als Agent unterwegs war, fange ich an, mir um unsere Geheimdienste Sorgen zu machen. Ein Mann, der sich heimlich mit einer

Arztgattin vergnügt und wohl auch im Büro dieser Import-Export-Klitsche seine Finger nicht bei sich behalten konnte – im Kino würden MI6 und CIA einem solchen Burschen sicher keine Mission anvertrauen.«

»Vielleicht war er ja undercover tätig und sollte diesen Exportfritzen Heinerling im Auge behalten?«

»Bisher haben die Kollegen nichts gefunden, was den Aufwand rechtfertigen würde, einen Mitarbeiter für so lange Zeit dort einzusetzen. Und jetzt werden wir es wohl auch nicht mehr erfahren.«

»Einerseits schade, andererseits geht mir auch ohne den Mordfall Möller die Arbeit nicht aus.«

»Uns natürlich auch nicht, aber es wurmt einen doch, wenn man so rausgekegelt wird. Sie nicht?«

»Und wie, aber es hilft ja nichts.«

Als das Telefonat mit der Staatsanwältin beendet war, stand nur noch eine Nummer aus, die Vroni Schliers wählen musste. Doch das würde sie nicht von ihrem Büro aus tun. Also fuhr sie den Computer herunter, schnappte sich ihre Jacke und machte sich auf den Heimweg. Zu Hause angekommen, setzte sie erst Wasser für einen Tee auf, nahm dann aber doch ein Weißbier aus dem Kühlschrank und setzte sich damit ins Wohnzimmer. Erst jetzt zückte sie das Smartphone und wählte Hansens Handynummer. Er ging schon nach dem zweiten Läuten dran. Im Hintergrund waren Stimmen zu hören.

»Wo erwische ich Sie denn gerade, Hansen?«

»Ich sitze gerade mit Hanna und Haffmeyer im Bären in Zell. Wir machen eine kleine Lagebesprechung. Ich werde

Hanna später in Füssen absetzen, dann kann ich alle beide morgen auf dem Weg zu unseren Ermittlungen wieder einsammeln.«

»Das wird nicht nötig sein«, sagte Vroni Schliers.

»Wie meinen Sie das?«

»Ich habe einen Anruf aus dem Innenministerium erhalten: Das BKA übernimmt den Fall und lässt morgen alle Unterlagen zum Tod von Möller abholen. Wir sind von den Ermittlungen entbunden.«

»Aha, da hatte Kayserlings Mitarbeiter also doch recht …«

»Womit?«

»Als Haffmeyer und ich uns heute die Wohnung von Helmut Möller in Dietmannsried ansahen, hat mir ein Kriminaltechniker ein kleines Stück Grünzeug gezeigt und dazu eine ziemlich steile These aufgestellt.«

Er erzählte der Kripochefin von dem Radieschengrün und davon, dass sich der Techniker bei Möllers Wohnung an das Zuhause eines Mannes aus dem Zeugenschutzprogramm erinnert gefühlt hatte.

»Und dass uns das Ministerium zurückpfeift, bevor wir womöglich doch noch etwas über Möllers Vorleben herausfinden«, schloss Hansen, »passt natürlich wunderbar zu einer solchen Theorie.«

»Tja, nun werden wir nichts mehr von dem herausfinden, was Möller bis vor vier Jahren angestellt hat. Hätten S' denn noch ein paar vielversprechende Ansätze gehabt?«

»Darüber haben wir uns gerade die Köpfe zerbrochen. Ist denn durch die Durchsuchung von Heinerlings Firma schon was Brauchbares herausgekommen?«

»Der hatte einige krumme Dinger laufen, und vermutlich konnte er ein paar Sachen verschwinden lassen, bevor Sie dort eintrafen.«

»Ja, gerade als wir ankamen, flitzte ein Transporter davon.«

»Und das wird nicht der erste gewesen sein, aber bisher war nichts Sensationelles dabei. In den neutralen Kartons im Lastwagen war Computerkram mit gefälschten Markenkennzeichnungen. Wobei das Zeug wohl in China hergestellt wurde, vielleicht in einer Fabrik, die nur ein paar Kilometer von der Originalfabrik entfernt dasselbe macht, ohne eine Lizenz dafür zu besitzen. Also zumindest vom technischen Standard her sind es dann doch schon fast wieder Originale, was?«

Sie lachte freudlos, bevor sie fortfuhr:

»Heinerling wird seinen Laden möglicherweise dichtmachen müssen, und ich könnte mir gut vorstellen, dass die Kollegen auch noch etwas finden, das ihn hinter Gittern bringt oder ihm zumindest eine empfindliche Geldstrafe beschert. Aber den Einsatz eines Undercoveragenten dürfte das, was wir gefunden haben, nicht rechtfertigen. Dem BKA geht es wohl vor allem darum, dass wir nicht herausfinden, was Möller früher mal gemacht hat – weniger um die Bezüge zu unserem aktuellen Fall.« Vroni Schliers räusperte sich. »Ich meine, zu unserem ehemaligen Fall.«

»Dass uns das BKA ins Handwerk pfuscht, ist wirklich ärgerlich«, brummte Hansen nach einer Weile. »Und wegen Ihrer Frage von vorhin: Wir sehen im Moment zwei mögliche Ansätze im Fall Möller. Entweder hatte jemand mit ihm eine alte Rechnung aus seinem vorigen Leben offen, oder es ist eine Eifersuchtsgeschichte. Der Ehemann der Frau, die sich auf dem Tegelberg mit Möller treffen wollte, ist Chefarzt in Kempten. Da passt eine Giftspritze als Tatwaffe also durchaus. Hanna hat inzwischen erfahren, dass der Gatte von Möllers Geliebter derzeit zwar an einem Symposium in München teilnimmt, doch gerade heute war das Programm eher luftig gestrickt. Gesetzt den Fall, er hätte vom Verhältnis seiner Frau gewusst und von dem geplanten Treffen auf dem Tegelberg erfahren, hätte er durchaus zwischendurch seinen Nebenbuhler ins Jenseits befördern können.«

»Oder Möller hat mit einer seiner anderen Affären jemanden bis aufs Blut gereizt.«

»Oder das, genau. Ich könnte mir gut vorstellen, dass die Arztgattin und die ehemalige Kollegin bei ExTrans nicht die Einzigen waren, mit denen er was hatte. Heinerling erzählte, dass Möller immer wieder mal erst mittags zur Arbeit kam oder dass er um diese Zeit schon Feierabend machte. Seine Nachbarn wiederum sahen ihn immer nur morgens wegfahren und abends heimkommen – die Fehlzeiten tagsüber passen natürlich wunderbar für heimliche Treffen mit verheirateten Frauen.«

Eine Pause entstand.

»Ist Ihnen das denn in Hannover auch schon mal passiert?«, fragte Vroni Schliers schließlich.

»Dass mir das Ministerium dazwischenfunkte? Selten, aber es kam vor. Meistens hatte ich mit dem Ministerium aber aus privaten Gründen Probleme: Mein früherer Schwiegervater ist ein hohes Tier im niedersächsischen Innenministerium – und dass seine Tochter und ich uns getrennt haben, hat er nicht gut aufgenommen, wie Sie sich denken können.«

»Da würden Sie es mit Resi deutlich unkomplizierter treffen. Wir stammen ja beide aus Roßhaupten, und ihre Eltern sind richtig liebe Leute.«

»Ganz wie die Resi selbst, nicht wahr?«

Sie lachten, wurden aber schnell wieder ernst.

»Dann haben S' jetzt zwar gut gegessen«, setzte Vroni Schliers neu an, »aber völlig umsonst darüber beraten, was als Nächstes zu tun wäre ...«

»Sieht ganz so aus.«

»Vorausgesetzt, Sie und die beiden Kollegen wüssten, dass die Soko Tegelberg aufgelöst wurde.«

Hansen sagte nichts, aber er konnte sich schon vorstellen, worauf die Kripochefin hinauswollte.

»Aber ...«, fuhr Vroni Schliers langsam fort, »... aber es ist ja bekannt, dass Sie Ihrer Arbeit manchmal etwas eigenwillig nachgehen, dass Sie, Hanna und Haffmeyer ein eingeschworenes Team sind und dass ... dass Sie sich nicht immer regelmäßig telefonisch mit den Kollegen in der Soko abstimmen.«

Ein leichtes Grinsen spielte um seine Mundwinkel. Hanna und Haffmeyer, die sich aus dem, was Hansen zum Telefonat beitrug, den Inhalt des Gesprächs halbwegs zusammenreimen konnten, sahen ihren Vorgesetzten irritiert an.

»Wenn Sie, Herr Hansen, wüssten, dass uns das Ministerium mit sofortiger Wirkung vom Fall Möller abgezogen hat, würden S' natürlich sofort alle Ermittlungen einstellen.«

»Selbstverständlich.«

»Aber leider habe ich Sie ja nicht erreicht.«

»Ja, das ist ein Jammer.«

»Sie sagen es. Eins vielleicht noch, aber auch das habe ich natürlich nie zu Ihnen gesagt: Normalerweise würden S' ja morgen gegen zehn zur nächsten Soko-Besprechung nach Füssen kommen und spätestens dort erfahren, dass die Kripo raus ist. Ich schlage vor, Sie können es irgendwie nicht einrichten, rechtzeitig da zu sein. Sie schaffen es vielleicht erst … sagen wir … um die Mittagszeit, hier vorbeizuschauen.«

»Ich fürchte, genau so wird es kommen. Ermittlungen machen einem manchmal durch die schönsten Pläne einen dicken Strich.«

»Gut. Dann machen Sie drei jetzt mal lieber Ihre Handys aus. Wir sehen uns morgen, frühestens gegen Mittag, ja?«

»Geht klar!«, antwortete Hansen und beendete das Gespräch mit einem breiten Grinsen.

Max Holter hatte sich beherrschen müssen, das Telefon ruhig in die Ladeschale zu legen. Gerade jetzt hätte er sich einen dieser alten Apparate zurückgewünscht, die man mit voller Wucht auf die Telefongabel schmettern konnte. Stattdessen lehnte er sich nur in seinem Ledersessel zurück und drehte sich so, dass er durchs Fenster hinausschauen konnte.

Der Bahnhof ein Stück die Straße hinunter war stillgelegt, und der neue Haltepunkt mitten im Ort war zum Glück weit genug entfernt, um seine Gäste nicht zu stören. Max Holter hatte auf eigene Kosten einen Erdwall aufschütten und bepflanzen lassen, der den Lärm der Züge vom Hotel fernhielt und zugleich einen wunderbaren Rahmen für den kleinen Hotelgarten bildete.

Vor ein paar Minuten war die Sonne untergegangen, und

unten im Restaurant war jetzt die betriebsamste Zeit des Tages – was leider nicht mehr viel zu sagen hatte. Es war schon mehr los gewesen im Vilsegger Hof und seinem Hauslokal Zur Goldenen Geige. Und sollten sich Holters finanzielle Schwierigkeiten herumsprechen im Ort und unter den Reiseveranstaltern, würde das auf keinen Fall besser werden.

Deshalb musste er schnell eine Lösung finden für das Problem, das mit dem Telefonat soeben hinzugekommen war. Und dass der Bankdirektor ihn persönlich von zu Hause anrief, um ihn vor dem zu warnen, was ihm ab kommender Woche drohte, musste er ihm zwar hoch anrechnen – aber letztendlich würde auch der Direktor keinen Finger für ihn krumm machen, wenn die Kreditabteilung seiner Bank ihm den Geldhahn zudrehte.

Der Bankdirektor hatte ihm aus »alter Verbundenheit« sogar angeboten, ihn in seiner Villa in Ulm zu besuchen und mit ihm die Businesspläne durchzugehen, mit deren Erwähnung Holter den Banker zu einer Verlängerung der Kredite bewegen wollte. Doch es gab weder die alte Verbundenheit noch die Businesspläne: Holter hatte nicht die geringste Idee, wie er aus dieser Geschichte halbwegs ungerupft herauskommen sollte – und der Bankdirektor steckte ihm die Informationen nur deshalb unter der Hand zu, weil er ein paarmal zu sehr ermäßigten Preisen mit wechselnden weiblichen Begleiterinnen eine Suite im Vilsegger Hof bezogen hatte.

Einen Moment lang musste Holter grinsen. Seine Diskretion zahlte sich immer aus, wenn er nichts über seine Gäste erzählte. Und manchmal noch mehr, wenn er den einen oder anderen Gast darauf hinwies, dass das heutzutage nicht mehr unbedingt die Regel war.

Dann wurde er ernst und kaute auf der Unterlippe.

Wieder einmal verfluchte er sich für die Idee, sich in Deutschland Geld zu leihen, um für die Projekte einiger deutscher Reiseveranstalter in Vorleistung gehen zu können. Aus keinem der Projekte war am Ende etwas geworden, und die Ulmer Tochterfirma, die er für Buchungen aus Deutschland eigens gegründet hatte, würde er wohl in absehbarer Zeit abwickeln müssen. Den Kredit könnte er normalerweise problemlos aus dem laufenden Hotelbetrieb begleichen – wenn die Geschäfte nur etwas besser laufen würden. Wenn nicht ausgerechnet jetzt sein Bruder gestorben wäre, dem ein Drittel des Hotels gehörte. Und wenn nicht auch noch dessen einzige Tochter ihr Erbe für den Kauf eines Hauses in Reutte verwenden wollte – und dazu auf die Auszahlung ihres Anteils bestand. Es war zum Haareraufen.

Erneut blätterte Max Holter in den Unterlagen, die über seinen Schreibtisch verstreut waren. Er griff nach der Pfeife, die ihm vorhin ausgegangen war, und hantierte so lange daran herum, bis sich der Tabak endlich wieder entzündet hatte. Ein süßlicher Geruch breitete sich in seinem Büro aus, und wie er so vor sich hin schmauchte und den dichten Qualmwölkchen nachsah, die er ins Zimmer blies, fiel ihm etwas ein.

Unter einigen anderen Papieren zog er die Buchung des Gastes hervor und las den Absender. Dann weckte er seinen Rechner aus dem Ruhezustand, rief das Navigationsprogramm auf und gab erst die Adresse des Gastes und danach die Anschrift des Bankdirektors ein. Gut achtzig Minuten Fahrt bis zum Bankdirektor, und der Gast wohnte fast direkt an der A7, die er nehmen musste. Eine Weile dachte er noch nach, wog Vor- und Nachteile seiner Idee ab, doch dann klickte er die Straßenkarte weg, überflog seine Termine für den morgigen Samstag und schenkte sich mit grimmiger Miene einen Kaffee aus der Thermoskanne ein, die das Personal zweimal am Tag für ihn bereitstellte.

Der Kaffee würde ihn heute lange wach halten müssen. Er musste sich zwei Businesspläne aus den Fingern saugen. Vorher mailte er dem Bankdirektor an dessen private Adresse, dass er sein großzügiges Angebot gerne wahrnehmen wolle, und fragte, ob ein Besuch im Lauf des Samstagvormittags genehm sei. Die Zustimmung ging per Mail ein, als Max Holter schon die Idee für den ersten Businessplan skizziert hatte.

Ja, dachte er und hackte zunehmend euphorisch in die Tasten, so würde es gehen. Und mit etwas Glück würde er auch den Gast antreffen und zur Rede stellen. Und für alle Fälle würde er ihm einen Brief hinterlassen, den er ihm auch noch schreiben würde. Darauf kam es in dieser Nacht dann auch nicht mehr an.

Anders als ursprünglich geplant fuhr Hansen nach dem Essen zusammen mit den beiden Kollegen zum Bauernhaus am Forggensee, in dem er seit seiner Ankunft im Allgäu vor fast fünf Jahren wohnte. Resis kleines Auto stand auf dem Hof, und als die drei das Wohnzimmer betraten, hockte Resi auf dem Sofa und rührte mit finsterer Miene in einer Tasse.

Hansen ging zu ihr und gab ihr einen Kuss auf die Wange.

Sie blickte zu ihm auf und schaute dann in die Tasse, als wisse sie gar nicht mehr, was sie da vor sich hatte.

»Na, der ist inzwischen auch kalt.«

Sie erhob sich so schnell, dass die Flüssigkeit in der Tasse überschwappte. Ein paar Tropfen landeten auf Hansens Hose. Ein leichter Geruch von Baldrian und Hopfen lag in der Luft. Offenbar hatte sich Resi den stärksten Beruhigungstee aufgesetzt, den er im Haus hatte. Und offenbar hatte sie nicht genug davon getrunken. Hansen folgte Resi in den Flur, doch als er sah, wie sie in die Küche schlurfte und dort den kalten Tee wegschüttete, ging er ins Schlafzimmer und wechselte die Hose. Als er wenig später die Küche betrat, saßen seine beiden Kollegen schon bei Resi am Küchentisch, jeder hatte ein Glas mit schaumgekröntem Weißbier vor sich. Auch für ihn stand schon ein Weißbier bereit.

»Anderes Bier war nicht kaltgestellt«, erklärte Resi und prostete ihm zu. Dann berichtete sie, was ihr die Laune verhagelt hatte.

»Meine Leiche ist weg«, knurrte sie. »Ein Anruf aus dem Ministerium, und schon war ich raus aus dem Fall. Möller wurde inzwischen abgeholt, das BKA übernimmt. Und sie haben auch gleich noch alles eingesammelt, was mit dem Wirkstoff zu tun hatte, der Möller gespritzt wurde. Dazu kann ich euch also auch nichts sagen. Mann, wie mich das ankotzt!«

»Wie du dir denken kannst, geht es uns nicht anders«, erwiderte Hansen.

»Na ja, immerhin habe ich dadurch jetzt ein freies Wochenende vor mir.«

Resi sah nicht so aus, als würde sie sich besonders darüber

freuen. Deshalb horchte sie auch sofort auf, als Haffmeyer amüsiert bemerkte: »Schaumermal …«

Sie sah Hanna, Haffmeyer und schließlich Hansen eindringlich an und musste grinsen.

»So, so«, sagte sie und nickte bedächtig. »Die Herrschaften wollen weitermachen, als hätte sie gar niemand gestoppt.«

»Hat genau genommen bisher auch niemand«, antwortete Hansen und erzählte ihr von seinem Gespräch mit Kripochefin Vroni Schliers.

Resi nahm einen großen Schluck Weißbier und wischte sich hinterher mit dem Handrücken den Schaum vom Mund.

»Und jetzt?«, fragte sie nach einer Weile.

»Jetzt wollen wir hier noch ein bisschen darüber nachdenken, was wir in diesem Fall noch ausrichten können. Morgen um die Mittagszeit herum soll ich mich wieder bei den Kollegen melden. Wir haben also noch den ganzen morgigen Vormittag. Und was wir da anstellen, besprechen wir jetzt.«

Er sah Resi forschend an.

»Bist du dabei?«

Sie grinste und schüttelte tadelnd den Kopf.

»Allein für diese Frage sollte ich unsere Hochzeit platzen lassen. Ich dachte, du kennst mich besser.«

Sie beugte sich über den Tisch, küsste ihn und ging zum Kühlschrank, um neben weiterem Weißbier auch ein paar Flaschen von Hansens Hannoveraner Bier kalt zu stellen.

Samstag, 28. April

Vor dem Einschlafen hatte sich Hansen noch eifrig Notizen gemacht, und auch wenn er sein Gekrakel am nächsten Morgen kaum entziffern konnte, war er doch froh, alles aufgeschrieben zu haben, was sie gestern Nacht ausgebrütet hatten. Sein Schädel brummte wie ein Bienenstock, und das lag weder am bayrischen Weißbier noch am Hannoveraner Pils, sondern eher an den Schnäpsen, mit denen sie am Ende voller Euphorie alles hinuntergespült hatten.

Hansen blieb noch einen Moment an der Bettkante sitzen und erhob sich schließlich. Resi schnarchte leise und sah einfach hinreißend aus, wie sie da in den völlig zerwühlten Bettlaken lag. Umständlich schlüpfte Hansen in Socken, Hemd und Hose, schlich leise um das Bett herum und zog die Tür behutsam hinter sich zu. Auf dem Weg durchs Haus hörte er leise Stimmen aus der Küche. Hanna und Haffmeyer, die im Gästezimmer übernachtet hatten, waren schon wach, hatten den Tisch gedeckt und Kaffee aufgesetzt. Im Brotkorb lagen frische Semmeln. Hansen sah Haffmeyer fragend an, aber der wehrte lachend ab.

»Nein, das war ich nicht. Deine Vermieterin, die Frau Walburga, war da, um bei ihrem preußischen Mieter nach dem Rechten zu sehen. Und auf dem Weg hierher hat sie beim Bäcker vorbeigeschaut und dir ein paar frische Sachen mitgebracht.«

»Und gleich wieder Weißbier in den Kühlschrank gestellt, richtig?«

»Richtig«, sagte Hanna. »Und etwas Aufschnitt dazu. Falls du hier mal nicht mehr wohnen magst, sag mir Bescheid, Chef – für diese Vermieterin würde ich sofort meine Wohnung mit diesem Haus tauschen.«

»Ja, sie ist sehr nett, aber zum Haus gehört halt auch Ignaz, und der …«

Wie aufs Stichwort trippelte der Kater in die Küche, sah sich um, bedachte Hansen mit einem vernichtenden Blick, wandte sich dann Hanna zu und schnurrte schon, bevor sie in die Hocke ging und ihre Finger in seinem Nackenfell versenkte.

»Ach, mit unserem lieben Ignaz würd ich schon klarkommen«, gurrte Hanna und stupste den Kater liebevoll auf die Nase.

»Guten Morgen.«

Resi lehnte im Türrahmen und gähnte herzhaft. Sie trug eine Jeans und ein übergroßes T-Shirt, auf dem vorn in glänzenden Lettern der Spruch »Life begins after coffee« prangte.

»Seh ich genauso«, sagte Haffmeyer und deutete auf Resis Shirt.

Wenig später fielen sie über die frischen Semmeln her und sprachen zunehmend lebhaft noch einmal durch, wie sie den heutigen Vormittag nutzen wollten. Ignaz, der anfangs noch ein paarmal um Hannas Beine gestrichen war, aber auch damit ihre Aufmerksamkeit nicht mehr erregen konnte, trottete zu seinem Futternapf. Er war mit frischem Trockenfutter gefüllt, auch das Wasser hatte Hanna gewechselt, aber trotzdem setzte er sich mit vorwurfsvoller Miene neben den Napf und maunzte kläglich. Als die lärmenden Zweibeiner auch davon keine Notiz nahmen, tapste er aus der Küche und kam wenig später mit den noch recht gut erhaltenen Resten einer Maus zurück. Er legte sie mitten auf den Küchenboden und maunzte erneut. Doch auch diesmal konnte er das angeregte Gespräch der Menschen nicht unterbrechen. Die Augen des Katers wurden schmal. Mit der Tatze verschob er den Mauskadaver mehrmals, bis er mit der Position zufrieden war. Dann zog er sich in eine Ecke der Küche zurück, in der eine Decke für ihn bereitlag. Er streckte sich genüsslich aus und schien zu schlafen. Doch zwischen den fast geschlossenen Lidern hindurch hatte er die tote Maus im Blick – und wartete, bis sein zweibeiniger Mitbewohner auf dem Weg zur Spüle mit dem nackten Fuß mitten in die ausgelegte Opfergabe treten würde.

Erst hörte man draußen mehrere laute Stimmen, dann ein knappes Kommando von Rosemarie Schwegelin, und damit war vorübergehend Ruhe. Die Sekretärin schlüpfte im nächsten Moment in das Büro von Vroni Schliers und drückte sofort die Tür hinter sich ins Schloss. Die Kripochefin saß in ihrem Sessel, bequem zurückgelehnt, und sah ihrer Mitarbeiterin amüsiert entgegen.

»So, jetzt weiß also auch das BKA, was ich für eine tüchtige Assistentin habe«, sagte sie. »Ich nehme doch an, dass dort draußen jemand vom BKA wartet?«

Rosemarie Schwegelin glühte vor Eifer und nickte zufrieden. »Diese beiden Trampel wollten einfach zu Ihnen ins Büro marschieren. Ich wollte sie aufhalten, und als sie in ihrer arroganten Art einfach weitergingen und mir von oben herab erklärten, sie seien vom BKA und das gehe schon in Ordnung, musste ich ihnen halt etwas deutlicher erklären, wie das bei uns läuft. Jetzt stehen sie draußen und warten, wie sich das gehört.«

Vroni Schliers prustete los, unterdrückte aber ein lautes Lachen, weil sie nicht zusätzlich Öl ins Feuer gießen wollte.

»Das haben S' toll gemacht, Rosi, wie immer. Aber jetzt lassen S' die Herrschaften halt rein zu mir.«

Die Sekretärin drehte sich um, zog die Tür auf und stolzierte hinaus.

»Sie können jetzt zu Frau Schliers«, erklärte sie gnädig.

Kurz darauf betraten zwei Männer den Raum. Der eine war um die fünfzig und ein Schrank von einem Mann. Der andere war dünner und jünger, aber seinem federnden Schritt nach zu urteilen ebenfalls gut in Form. Vroni Schliers erhob sich und deutete auf ihre Besucherecke. Auf dem Tisch standen schon einige Kartons zur Abholung bereit.

»Das ist alles, was Sie an Unterlagen im Fall Möller haben?«, fragte der Schrank, ohne sich zu setzen.

»Ja. Das meiste haben wir nur in digitalisierter Form, die DVDs, Sticks und so weiter finden Sie obenauf. Meine Sekretärin hat Ihnen eine grobe Übersichtsliste erstellt – Sie haben Frau Schwegelin ja schon kennengelernt.«

Der Jüngere nickte und schaute finster drein. Um den Mund des Älteren spielte ein leichtes Lächeln.

»Gut«, sagte er und klopfte zweimal mit der flachen Hand auf einen der Kartons. »Dann richten Sie Ihrer Sekretärin doch bitte meinen Dank aus. Ich fürchte, von mir wird sie das nicht hören wollen.«

Er gab dem Jüngeren ein Zeichen, der sich daraufhin zwei der Kartons auflud. Er selbst nahm sich den dritten.

»Ich gehe davon aus, dass Sie keine Kopien mehr von diesen Unterlagen haben, Frau Schliers.«

»So lautete meine Anweisung«, erwiderte sie knapp.

»Gut«, meinte der Schrank. Es schien ihm schwerzufallen, seine Belustigung zu verbergen.

Dabei hatte Vroni Schliers den Eindruck, dass er sie durchschaute und ihr mit seinem Grinsen eher Respekt zollte, als sich über sie lustig zu machen. In der Tat senkte er die Stimme, als sein jüngerer Kollege schon durch die Tür war.

»Ich kann Sie gut verstehen«, raunte er ihr zu. »Wir machen alle nur unseren Job, aber ich würde Ihnen den Rat geben, diese Anweisung wirklich zu befolgen. Es ist keinem geholfen, wenn es durch … sagen wir … Missverständnisse zu unschönen Konsequenzen kommt.«

Sein freundlicher Ton und sein Lächeln signalisierten, dass er sie keineswegs bedrohen, sondern ihr einen ehrlich gemeinten Ratschlag erteilen wollte. Vroni Schliers verkniff sich den bissigen Kommentar, der ihr auf der Zunge lag, und nickte nur stumm.

»Haben Sie denn die Soko schon aufgelöst?«, erkundigte er sich.

»Ja.«

»Und … hat das auch jeder der Betroffenen schon mitbekommen?«

Noch während Vroni Schliers überlegte, wie sie Hansen unerwähnt lassen konnte, ohne den BKA-Beamten offen anzulügen, grinste der nur noch breiter und schüttelte den Kopf.

»Es ist immer dasselbe mit euch von der Kripo«, sagte er gutmütig. »Aber ich gestehe Ihnen gern: Ärger hat man eigentlich nur mit denen, die ihren Job gut und sorgfältig machen. Ein Jammer, nicht wahr?« Er wandte sich zum Gehen. »Passen Sie auf, dass Ihr Hansen keinen Mist baut, bis er irgendwann offiziell erfährt, dass er raus ist, ja?«

Sie sah ihm nachdenklich hinterher und stand auch dann noch mit besorgter Miene im Raum, als Rosemarie Schwegelin eintrat und frischen Kaffee brachte.

Nach dem Frühstück wäre Hansen um ein Haar in einen Mäusekadaver getreten, aber Resi hatte die Sauerei rechtzeitig bemerkt und ihn gerade noch rechtzeitig davon abgehalten, mit dem Fuß die Reste noch weiter zu zerquetschen. Hansen schaute finster zu Ignaz hinüber, aber der Kater lag auf seiner Decke und tat, als schlafe er tief und fest.

»Du brauchst dich gar nicht zu verstellen, du Mistvieh!«, rief er ihm zu. »Ich weiß ganz genau, dass die Maus hier nicht zufällig liegt!«

Doch Ignaz regte sich nicht.

Wenig später waren sie bereit zum Aufbruch. Resi und Hanna wollten nach München fahren, um mehr darüber zu erfahren, wo sich Dr. Hannsdieter Schwerdtfeger am Tag von Möllers Tod genau aufgehalten hatte.

Haffmeyer und Hansen wiederum machten sich auf den Weg nach Dietmannsried, in der Hoffnung, dort doch noch etwas über Möller herausfinden zu können. Die Kollegen, die sich in der Nachbarschaft umhören sollten, hatten natürlich auch Gespräche mit den Mitarbeitern der umliegenden Gaststätten, Bäckerläden und Metzgergeschäfte wiedergegeben, die alle nicht viel gebracht hatten. Im Fleischerladen hatte allerdings gestern eine der Verkäuferinnen gefehlt, weil sie kurzfristig mit ihrem kleinen Sohn zum Arzt hatte fahren müssen. Vielleicht wusste sie noch etwas über Möller zu sagen.

In der Metzgerei herrschte Hochbetrieb, aber geduldig warteten die Kunden, bis sie an der Reihe waren – und entsprechend geduldeten sich auch Hansen und Haffmeyer, während zwei Frauen routiniert und freundlich die Kundenwünsche abarbeiteten.

»Was darf's sein, bittschön?«

Hansen musste sich kurz besinnen, weil er gerade noch überlegte, ob er mit Resi am Wochenende einen Braten zubereiten oder ob er den Grill einweihen sollte. Haffmeyer bemerkte das Zögern seines Chefs und sprang ihm bei.

»Erst einmal zwei Leberkässemmeln, bitte«, sagte er. »Zum Mitnehmen. Einmal mit scharfem Senf und einmal ohne.«

Die Verkäuferin schnitt und wog und verpackte, und dann stand sie auch schon wieder mit einem Lächeln parat, die weitere Bestellung aufzunehmen.

»Und einen Krustenbraten, bitte«, meldete sich Hansen zu Wort.

Sie griff in die Auslage und hielt ein ziemlich stattliches Stück Fleisch hoch.

»Ist das recht, oder ist Ihnen das zu viel?«

»Nein, das passt«, antwortete Haffmeyer schnell. »Das sieht so lecker aus, da lass ich mich glatt einladen – das geht doch klar, Chef, oder?«

Die Verkäuferin lachte, wog den Braten und verpackte ihn.

Hansen musterte sie: Eine schlanke Frau von siebenundzwanzig Jahren, lange, dunkelblonde Haare – so hatte der Besitzer der Metzgerei jene Mitarbeiterin beschrieben, die gestern nicht zur Verfügung gestanden hatte.

»Sind Sie Frau Spehner?«, fragte Hansen. Als sie nickte, legte er seinen Dienstausweis auf die Theke.

»Oje«, seufzte sie, »geht es um den Toten in der Tegelbergbahn? Mein Chef hat mir heute früh davon erzählt. Schlimme Sache. Er war Kunde hier, aber das wissen Sie sicher schon.«

»Ja, aber keine Ihrer Kolleginnen und auch Ihr Chef konnten uns viel über Herrn Möller erzählen. Kannten Sie ihn denn etwas besser?«

»Na ja, kennen wäre zu viel gesagt, aber …«

Sie flüsterte ihrer Kollegin etwas ins Ohr, die daraufhin den beiden Kripobeamten einen kurzen Blick zuwarf und dann nickte.

»Können wir vielleicht draußen weiterreden, Herr Hansen?«, fragte Frau Spehner. »Gehen Sie doch bitte kurz aus dem Laden raus und dann einmal rechts ums Haus herum, ja?«

Damit verschwand sie durch eine Tür in den hinteren Bereich des Ladengeschäfts. Hansen und Haffmeyer traten ins Freie und gingen neben dem Gebäude eine abschüssige Hoffläche hinunter, an deren Ende Lisa Spehner gerade eine Treppe herunterkam und telefonierte.

»Nein, Leon, ich kann jetzt nicht nach Hause kommen. Du musst also nicht extra die Luft anhalten, damit dir wieder schlecht wird. Ich muss arbeiten und habe keine Zeit, jetzt mit dir Karten zu spielen.«

Sie machte eine entschuldigende Geste zu den beiden Kripobeamten, aber Hansen winkte nur ab.

»Genau, Leon«, redete sie weiter auf ihren Sohn ein. »Du legst dich jetzt wieder hin, liest ein Buch und ... ja, meinetwegen, du kannst auch fernsehen, aber übertreib's nicht, hörst du? Und jetzt lässt du mich weiterarbeiten. Ich komme nach Hause, sobald ich Feierabend habe, ja?«

Sie beendete das Gespräch, steckte das Handy weg und zuckte mit den Schultern.

»Kinder! Haben Sie auch welche?«

Hansen und Haffmeyer schüttelten den Kopf.

»Na, mir reicht der eine, auch wenn es schön ist, so einen Racker daheim zu haben.«

Sie lachte, wurde aber schnell wieder ernst.

»Der Herr Möller ist also tot«, sagte sie, »und wenn die Kripo ermittelt, ist er wahrscheinlich nicht am Herzinfarkt gestorben. Genaueres dürfen Sie mir vermutlich nicht sagen – na ja, geht mich ja auch nichts an.«

Hansen lächelte. »Schön, dass Sie das verstehen. Was können Sie uns denn nun über Herrn Möller erzählen?«

»Wirklich gekannt habe ich ihn nicht, man sieht sich halt in der Fleischerei, grüßt sich, wechselt ein paar Worte.«

»Worüber?«

»Na, vor allem darüber, ob er feinen oder groben Fleischkäs möchte, ob das Grillfleisch eher mehr oder eher weniger Fett haben darf. Pute hat er nicht gemocht, Rind dagegen schon, aber das hat er immer nur gekauft, wenn es im Angebot war. Geräucherte Wurst lieber als frische, vom Rauchfleisch eher das magere und Hackfleisch immer gemischt.«

Hansens Miene ließ unschwer erkennen, dass er auf andere Informationen gehofft hatte. Lisa Spehner grinste.

»Das wird Sie nicht so arg interessieren, fürchte ich. Dann komm ich jetzt mal lieber zu dem Thema, das ich nicht vor der Kundschaft mit Ihnen besprechen wollte. Und auch nicht vor der Kollegin oder dem Chef. Wissen Sie, der Herr Möller war wohl ein ziemlicher Schürzenjäger. Jedenfalls hat er sich mir gegenüber so verhalten. Irgendwann einmal hat er mitbekommen, dass ich kurzfristig mit meinem Leon zum Arzt musste – so wie gestern ja auch. Er hat gefragt, ob das nicht mein Mann übernehmen könnte, und ich war in diesem Moment arg im Stress, also ist mir die Antwort herausgerutscht, dass ich mit meinem Sohn allein lebe. Von da an hat er jedes Mal so komische Andeutungen gemacht, hat mir geschmeichelt und mich auf eine Art angesehen, die er vermutlich für besonders ansprechend hielt. Aber der Herr Möller war ja ein alter Mann, sicher schon über vierzig. So große Not leide ich dann doch noch nicht …«

Sie lachte, doch dann fiel ihr Blick auf Hansen und den noch ein wenig älter wirkenden Haffmeyer, und sie unterbrach sich und biss sich auf die Unterlippe.

»Tut mir leid, aber … Ach, mich ärgert's halt immer, wenn Männer glauben, eine alleinstehende Frau sei Freiwild oder sie sei von vornherein darauf aus, sich einen Ernährer anzulachen. Er hat übrigens nicht nur mir schöne Augen gemacht – auch drüben in der Bäckerei hat er versucht, mit einer Verkäuferin zu flirten.«

»So? Davon steht nichts in den Berichten unserer Kollegen, die in der Bäckerei alle Mitarbeiter befragt haben.«

»Mir hat sie's ja auch nur im Vertrauen erzählt. Kein Wunder, dass sie das nicht jedem auf die Nase bindet. Man will als alleinstehende Frau ja auch in nichts hineingeraten, gell?«

»Wissen Sie sonst noch etwas von Herrn Möller?«

»Nein, tut mir leid. Jedenfalls habe ich ihn nie auf Dorffesten oder in einem der Lokale hier im Ort getroffen, was mir natürlich ganz recht war. Er sprach nie mit anderen Kunden im Laden, und mir ist auch nie aufgefallen, dass er jemanden begrüßt oder mit ihm einen Tratsch gehalten hätte. Doch, halt: Die alte Frau Hornitzer war mal zur selben Zeit wie er in der Metzgerei, die beiden haben sich gegrüßt, aber mehr war da nicht. Sie wohnt im selben Haus wie Herr Möller, glaube ich. Vielleicht sollten Sie sie mal fragen, ob sie mehr zu erzählen hat.«

»Gut, Frau Spehner, vielen Dank«, sagte Hansen zum Abschied. »Und Ihrem Sohn gute Besserung.«

Nach dem wenig ergiebigen Gespräch mit der Verkäuferin wollten sich Hansen und Haffmeyer in einem nahen Supermarkt noch ein Getränk kaufen und dann zu Limo und Leberkässemmel darüber nachdenken, ob sie noch etwas unternehmen konnten, bevor sie in Füssen eintrafen und vollends vom Fall abgezogen wurden. Als sie an dem Haus vorbeikamen, in dem sich Möllers Wohnung befand, sahen sie einen schwarzen Kombi vor dem Gebäude stehen. Haffmeyer deutete auf das österreichische Kennzeichen.

»Schau, Chef, RE für Bezirk Reutte – also direkt hinter der Grenze. Fällt dir da auch sofort die Import-Export-Klitsche ein, in der Möller gearbeitet hat?«

Langsam ließ Hansen den Dienstwagen an dem Kombi vorbeirollen. An der Seite des Wagens war Werbung für ein Hotel namens Vilsegger Hof angebracht. Hinter dem Steuer saß ein Mann um die sechzig, der sich zur Beifahrerseite gebeugt hatte und offenbar etwas im Handschuhfach suchte. Als er wieder auftauchte, hielt er einen Brief in der Hand. Das schüttere Haar des Mannes leuchtete in einem unnatürlichen Schwarz, ebenso wie sein schmaler Oberlippenbart, beides vermutlich gefärbt. Er sah sich aufmerksam um, ob er wohl gefahrlos die Fahrertür öffnen könne. Dabei traf sich sein Blick einen Moment lang mit dem von Hansen, der sich gleich wieder abwandte und langsam weiterfuhr, bis er die nächste Gelegenheit zum Abbiegen nutzte. Er wendete und stellte den Wagen so, dass er und Haffmeyer beobachten konnten, wie der Österreicher an der Haustür stand und wartete. Offenbar hatte er geklingelt, ohne dass geöffnet wurde. Nun schob er den Brief in den Briefkasten, ging zurück zu seinem Wagen und fuhr in Richtung Autobahnauffahrt.

Hansen ließ ihn noch passieren, dann fuhr er eilig zu Möllers Haus. Haffmeyer stieg aus und versuchte durch die Schlitze der Briefkastenanlage zu lugen. Dann kam er zurück und drängte Hansen zum Weiterfahren.

»Ganz genau konnte ich's nicht sehen, aber ich glaube schon, dass er seinen Brief bei Möller eingeworfen hat. Schaun wir mal, ob wir den Österreicher noch einholen.«

Hansen gab ordentlich Gas, und Haffmeyer nahm die Stellplätze und Einfahrten entlang der Straße in Augenschein. Tatsächlich entdeckte er den Kombi auf dem Parkplatz eines Supermarkts. Wenige Minuten später kam der Österreicher wieder zu seinem Wagen zurück. Er hatte eine Flasche und eine Papiertüte bei sich, stieg ein, fuhr los und nahm schließlich die Autobahnauffahrt in Richtung Ulm. Hansen folgte ihm, während Haffmeyer mit dem Handy durch die Internetseite des Vilsegger Hofs navigierte. Das Foto des Mannes, den sie verfolgten, fand er ganz oben auf der Seite mit dem Team des Hotels: Max Holter, Direktor des Vilsegger Hofs und Urenkel des Hotelgründers.

Am Dreieck Hittistetten bogen sie auf die B28 in Richtung Ulm ab, südlich von Neu-Ulm ging es weiter in Richtung Laupheim, und kurz darauf nahmen sie die Ausfahrt Wiblingen. Der Kombi vor ihnen hielt sich rechts und dann gleich noch einmal. Hansen war dem Wagen gefolgt, noch ehe Haffmeyer ihn stoppen konnte.

»Halt, Chef, nicht weiterfahren. Da rein, bitte.«

Hansen fuhr an den Rand der schmalen Zufahrtsstraße und sah seinen Kollegen fragend an.

»Tut mir leid, dass ich nicht schneller geschaltet habe«, sagte Haffmeyer.

»So, und jetzt?«, fragte Hansen. »Immerhin freut es mich, dass auch du mit deiner Ortskenntnis mal an Grenzen stößt.«

»Wie du vielleicht auf dem Ortsschild gesehen hast, gehört Wiblingen zu Ulm und ist nicht mehr unser Zuständigkeitsbereich. Wir sind jetzt in Baden-Württemberg. Aber ein Kumpel von mir hat hier mal eine Weile gewohnt, und dessen Sohn war Torwart beim hiesigen TV.«

Hansen winkte lachend ab.

»Schon gut, du Alleswisser. Dann sag mir mal, wohin ich jetzt fahren soll.«

»Dort hinten kommen nur noch der Parkplatz am Wiblinger Stadion und ein Vereinsheim. Vielleicht trifft der Hoteldirektor hier im Ort jemanden, ist noch zu früh dran und will noch vespern.«

Der Hotelkombi kam etwa zehn Minuten später wieder in ihr Blickfeld. Nun ging es den Wiblinger Ring entlang und in ein Wohngebiet, das von einem Waldstück eingerahmt wurde. Vor einem schmucken Einfamilienhaus blieb der Österreicher schließlich stehen. Hansen bog unbemerkt in eine kleine Stichstraße ein und stellte den Wagen dort ab. Haffmeyer lugte um die Ecke und beobachtete, wie der Österreicher an der Haustür von einem etwa gleichaltrigen Herrn in gediegener Kleidung empfangen und hereingebeten wurde. In der Zwischenzeit hatte Hansen den Wagen wieder gewendet und parkte ihn so, dass sie die Haustür einigermaßen im Blick behalten konnten.

»Und was machen wir jetzt?«, fragte Haffmeyer, als er wieder neben Hansen saß. »Das Einfachste wäre, wir würden die Kollegen vom Innendienst fragen, wer alles hier in der Straße wohnt. Vielleicht fällt uns eine mögliche Verbindung zu Möller und diesem Vilsegger Hof auf. Aber wenn wir dort anrufen, erfahren wir natürlich auch offiziell, dass wir die Finger von dem Fall lassen sollen.«

»Also suchen wir privat.«

»Geht klar, Chef.«

Er zückte sein Smartphone, rief das digitale Telefonbuch auf und ließ sich mit einer erweiterten Suche alle Bewohner der Straße anzeigen. Die Einträge füllten mehrere Seiten und führten neben einem Kosmetikinstitut, einer Hebamme und einer Logopädin unter anderem auch den Namensvetter eines berühmten deutschen Schriftstellers auf. Haffmeyer versuchte zu erkennen, welche Hausnummer das Gebäude hatte, in dem der Österreicher verschwunden war. Er konnte es auf die Entfernung nicht mit Sicherheit erkennen, aber zumindest ließ sich das Suchergebnis jetzt auf drei Einträge eingrenzen. Haffmeyer machte sich sofort daran, im Internet nach Informationen zu den drei Familiennamen zu suchen. Eine Familie engagierte sich wohl für den örtlichen Fußballverein, eine weitere hatte eine erwachsene Tochter, die in Ulm einen regionalen Schachwettbewerb gewonnen hatte, und der Mann, auf den der dritte Eintrag lautete, war entweder Direktor einer in Ulm ansässigen Bank oder trug denselben Namen wie der Bankdirektor.

Sie warteten über eine Stunde, ohne dass sich drüben an dem Haus etwas tat. Dafür kam Leben in das Gebäude, in dessen Nähe sie parkten. Eine Frau um die dreißig öffnete ein Fenster zur Straße hin und musterte Hansens Dienstwagen misstrauisch. Fünf Minuten später kam ein Schulkind angeradelt und wurde von der Frau an der Haustür in Empfang genommen. Noch einmal fünf Minuten später bog ein älterer Kombi in die kleine Straße ein und parkte in der Garageneinfahrt des Gebäudes. Ein Mann um die dreißig stieg aus, warf dem Kemptener Wagen mit den beiden Männern einen prüfenden Blick zu und betrat dann das Haus. Als sich kurz darauf die Haustür wieder öffnete und der Mann herauskam und auf sie zuhielt, startete Hansen den Motor und fuhr davon.

Im Rückspiegel konnte er sehen, wie sich der Mann das Kennzeichen seines Wagens notierte.

Auf der Rückfahrt übernahm Haffmeyer das Steuer. Statt für die Autobahn entschied er sich für eine Strecke über Land, die gut eine halbe Stunde mehr Zeit in Anspruch nahm. Unterwegs holten er und Hansen sich noch die Limonade, zu der es vorhin nicht mehr gereicht hatte. Auf dem Parkplatz vor dem Laden ließen sie sich auch die Wurstsemmeln schmecken, um ihre Ankunft in Kempten noch ein wenig mehr hinauszuzögern. Doch trotz aller Trödelei trafen sie gegen zwei in der Kripoinspektion ein, und der erste Beamte, der ihnen begegnete, richtete ihnen mit frustriertem Gesichtsausdruck aus, dass die Soko Tegelberg aufgelöst sei und sie beide schon dringend im Büro der Kripochefin erwartet würden.

Vroni Schliers saß hinter ihrem Schreibtisch und sah nachdenklich zum Fenster hinaus, als die beiden ihr Büro betraten. Sie kamen in Begleitung der Sekretärin Rosemarie Schwegelin, und weil diese so neugierig war, dass sie irgendwann sowieso alles herausbekam, machte sich auch niemand die Mühe, sie wieder hinauszuschicken, als Hansen und Haffmeyer von ihren Beobachtungen berichteten.

»Ein Hotelier aus Österreich hat also einen Brief in Möllers Briefkasten gesteckt, und danach ist er bei Ulm von einem Mann empfangen worden und lange in dessen Haus geblieben«, fasste Vroni Schliers zusammen. »Schade, dass uns der Fall entzogen wurde – das klingt recht spannend.«

»Sehr sogar«, meldete sich Rosemarie Schwegelin zu Wort. »Und das lassen wir jetzt einfach das BKA machen?«

»Selbstverständlich«, antwortete die Kripochefin ernst.

Die Sekretärin sah ihre Vorgesetzte mit großen Augen an und entspannte sich erst wieder, als diese ihr zuzwinkerte.

»Ach so, jetzt verstehe ich«, sagte Rosemarie Schwegelin, »offiziell interessiert uns der Fall nicht mehr, aber unter der Hand ermitteln wir weiter …«

Das »wir« der Sekretärin ließ auch Hansen schmunzeln.

»Und wer soll alles dabei sein?«, fuhr sie fort. »Nur wir vier, oder werden auch die anderen Kollegen eingeweiht?«

»Nun mal langsam, meine liebe Rosi«, wiegelte Vroni Schliers ab. »An richtige Ermittlungen – auch unter der Hand – ist nicht zu denken. Was sollten wir auch herausfinden, wenn wir nicht auf unseren üblichen Apparat zurückgreifen können? Sobald wir irgendwo nachforschen, wird das dem BKA zu Ohren kommen – und die lassen es sicher nicht durchgehen, dass wir entgegen der Weisung aus dem Ministerium einfach weiterermitteln. Also werden Sie und ich mal schön die Beine still halten – und Sie, Herr Hansen, werden sich mit Ihrem Team auf die Tagesarbeit konzentrieren.«

Rosemarie Schwegelin schürzte enttäuscht die Lippen, doch Hansen hatte bemerkt, dass seine Vorgesetzte noch etwas sagen wollte.

»Aber wenn Sie … sagen wir … im Zuge anderer Ermittlungen oder auch einfach so ganz zufällig etwas aufschnappen, das mit Möllers Tod zu tun haben könnte …«, fuhr Vroni Schliers fort, »… da könnt ich mir vorstellen, dass Sie sich erst noch ein wenig genauer umhören, bevor S' alles selbstverständlich an die Kollegen des BKA weiterleiten.«

Haffmeyer grinste, Hansen nickte lächelnd, und auch Rosemarie Schwegelin war wieder besänftigt. Vroni Schliers sah, dass ihre Botschaft angekommen war.

»Es wird ja noch gegen diesen Heinerling und seine Import-

Export-Klitsche in Altusried ermittelt«, fügte sie hinzu. »Am besten halten S' losen Kontakt zu den Kollegen, die diese Ermittlungen durchführen – dagegen kann ja niemand etwas haben. Außerdem erinnere ich mich vage an eine Sache, mit der die Kollegen von der Polizeiinspektion befasst waren. Da ging es um einige junge Frauen in Dietmannsried, die sich am Bahnhof von einem Mann belästigt fühlten. Das Ganze hat sich schon vor ein paar Wochen abgespielt und ist mittlerweile im Sand verlaufen, und sie wird ganz sicher nichts mit Möller zu tun haben. Aber ich könnte den Kollegen Bescheid geben, dass Sie sie mit ein paar zusätzlichen Ermittlungen unterstützen wollen, wenn Sie gerade kein anderer Fall davon abhält. Da könnten Sie sich noch ein wenig in Dietmannsried umhören – und sollten S' dabei etwas über Möller aufschnappen, ist das ja nicht Ihre Schuld, gell?«

Hansen zuckte mit den Schultern.

»Im Moment ist es wirklich etwas ruhiger bei uns im K1, das können wir also gern so machen.«

»Gut, dann wär das so weit besprochen. Sie halten mich bitte auf dem Laufenden, ja? Und wenn etwas von Ihren Ergebnissen für die Herrschaften vom BKA von Interesse sein sollte, geben wir die Informationen selbstverständlich weiter. Mehr oder weniger sofort.«

Am Esstisch in Hansens Küche wurden er und Haffmeyer schon von Resi und Hanna erwartet. Die beiden saßen vor einem ansehnlichen Berg frischer Schneckennudeln und hatten je einen dampfenden Becher vor sich stehen.

»Auch einen Kaffee?«, fragte Resi, stand auf und ging zur

Kaffeemaschine hinüber, ohne erst die Antwort abzuwarten. »Wisst ihr jetzt offiziell, dass die Kripo raus ist aus dem Fall?«

»Ja«, sagte Hansen und nahm vorsichtig einen kleinen Schluck von dem heißen Gebräu. »Aber unsere Chefin hat uns zwei Hintertürchen geöffnet.«

Er erzählte Hanna und Resi vom Ergebnis der Besprechung und von ihren Beobachtungen am Vormittag. Anschließend erfuhr er, was die beiden in München herausgefunden hatten. Dabei war es Resi eine große Hilfe gewesen, dass ein früherer Kollege von ihr auch am fraglichen Symposium teilgenommen hatte. Allerdings hatte er Hannsdieter Schwerdtfeger erst bei einem Vortrag am späteren Freitagnachmittag zu Gesicht bekommen. In Resis Auftrag hatte sich der Kollege unauffällig unter den anderen Teilnehmern umgehört. Einer wohnte im selben Hotel wie der Ehemann von Möllers Geliebter, aber er war ihm am Morgen nur kurz im Frühstücksraum begegnet. Auch die anderen hatten Schwerdtfeger erst beim Vortrag gesehen.

»Also hätte Schwerdtfeger am Freitag ausreichend Zeit gehabt, nach Füssen zu fahren, Möller die Spritze zu verpassen und rechtzeitig wieder in München zu sein.«

»Aber in Füssen beziehungsweise in der Nähe der Tegelbergbahn hat ihn auch niemand gesehen«, gab Hansen zu bedenken, »das beweist also noch nichts. Und wenn wir ihn direkt fragen, wo er sich in der fraglichen Zeit aufgehalten hat, wird er uns nur vielleicht die Wahrheit sagen. Obendrein wird er entweder aus allen Wolken fallen, weil er erfährt, dass ihn seine Frau betrügt – oder er weiß schon davon und macht

uns die Hölle heiß, weil wir in seinem Privatleben herumstöbern. Und die Nachricht davon wiederum dürfte recht schnell
im Ministerium oder beim BKA ankommen.«

»Und wenn ich mich noch einmal ganz unverfänglich
unter meinen früheren Münchner Kollegen umhöre?«, fragte
Resi nach einer kurzen Pause. »Vielleicht kennt einer diesen
Schwerdtfeger näher. Oder ich nehme selbst Kontakt zu ihm
auf und behaupte, dass ich für eine Obduktion seinen Rat als
Gastroenterologen brauche? Vielleicht schaff ich es ja, dass er
sich irgendwie verplappert.«

»Nein, lass das mal lieber«, bat Hansen sie. »Wir sollten
vermeiden, dass irgendjemand auf uns aufmerksam wird.
Schließlich haben wir den Täter ja vielleicht sogar gesehen.
Der Mörder weiß doch nicht, wie viel wir bezeugen und ob
wir ihn oder sie womöglich sogar beschreiben können.«

Resi blinzelte, dann lächelte sie ihn an.

»Süß«, sagte sie und legte die Hand auf seine. »Du machst
dir Sorgen um mich, stimmt's?«

»Ja, stimmt.«

Das brachte ihm einen innigen Kuss ein, aber dann auch
leise Kritik. Am Ende war Resi etwas frustriert, und als ihre
Mutter sie auf dem Handy anrief, schien sie beinahe erleichtert und verließ die Küche, um im Wohnzimmer in aller Ruhe
mit ihrer Mutter reden zu können.

»Tut mir leid, Eike«, sagte sie, als sie fünf Minuten später
wiederkam. »Meinem Vater geht es nicht so besonders. Ich
glaube nicht, dass es was Schlimmeres ist, aber meine Mutter
macht sich Sorgen. Die sieht in jeder Kleinigkeit ein Riesen-
problem, und manchmal steigert sie sich so sehr in ihre Ängste

hinein, dass ihr irgendwann der Kreislauf einen Streich spielt. Ich muss gleich los nach Roßhaupten und nach den beiden sehen. Wahrscheinlich bleibe ich über Nacht – ist das okay, Eike?«

»Klar ist das okay. Warum fragst du?«

»Na ja«, versetzte sie mit einem Zwinkern, »nicht, dass du noch glaubst, ich sei eingeschnappt, weil du mir meine Rumschnüffelei nicht erlaubst.«

Bald darauf hatte sie das Nötigste in eine Umhängetasche gestopft. Hansen begleitete sie zum Wagen und verabschiedete sie mit einem langen Kuss. Als er zurück in die Küche kam, improvisierte er ein Vesperbrett mit Käse, Brot und Räucherwurst, und dazu fachsimpelten sie noch ein Weilchen über die Möglichkeiten, die ihnen im Mordfall Möller blieben. Viele waren es nicht. Sie konnten sich das Hotel in Vils näher anschauen, vielleicht sogar unter einem Vorwand mit dem Hotelier reden – aber ob sie dadurch etwas Hilfreiches erfahren würden? Sie konnten sich an den Ermittlungen zur Import-Export-Firma von Heinerling beteiligen, aber dass Möllers Tod mit dortigen Machenschaften zu tun hatte, war eher unwahrscheinlich. Und alles andere würde sofort die Aufmerksamkeit des BKA oder des ominösen Geheimdienstes wecken. Es war zum Haareraufen, und entsprechend frustriert ging die Gruppe auch auseinander.

Als Hanna und Haffmeyer schließlich gefahren waren, schlurfte Hansen ins Wohnzimmer und zappte ohne großes Interesse durchs Fernsehprogramm. Nach einer Weile gab er auf und kehrte in die Küche zurück. Auf halbem Weg begegnete ihm der Kater, der irgendetwas Undefinierbares im Maul hielt, und Hansen fiel ein, dass er ganz vergessen hatte, die restlichen Stücke Wurst in den Kühlschrank zu räumen. Ein Blick zum Tisch machte ihm klar, dass er sich diese Arbeit jetzt nicht mehr zu machen brauchte.

Schluck für Schluck versuchte Hansen sich an das Weißbier zu gewöhnen, das seine Vermieterin Frau Walburga regelmäßig in seinem Kühlschrank kalt stellte – und dafür Platz schuf, indem sie das Hannoveraner Pils herausnahm, das sein Füssener Getränkehändler eigens für ihn beschafft hatte. Und man mochte von Bier aus Niedersachsen halten, was man wollte, aber warm schmeckte es auf keinen Fall. Und so stand Hansen mit dem noch immer halb gefüllten Weißbierglas am Küchenfenster und sah in den Garten hinaus.

Das Gras stand grün und saftig, in den nächsten Tagen würde er ihm wieder mit dem klapprigen Motormäher zu Leibe rücken müssen, den Frau Walburga ihm für diesen Zweck überlassen hatte. Weiter hinten in dem weitläufigen Garten stand die Zielscheibe, auf die Hansen in seiner Freizeit gern mit Pfeil und Bogen schoss – ohne die Scheibe allzu oft zu treffen.

Kater Ignaz kam von links in Hansens Blickfeld. Irgendetwas hatte offenbar seine Aufmerksamkeit erregt. Das Tier hatte die Ohren gespitzt und ließ eine Stelle, die Hansen vom Fenster aus nicht sehen konnte, nicht aus den Augen. Ganz langsam arbeitete sich der Kater durch das Gras, und nach einer Weile war er wieder aus Hansens Sicht verschwunden. Wenig später war ein Fauchen zu hören, dann gab Ignaz eine Art Jaulen von sich, und schon im nächsten Moment schoss er wie ein Pfeil nach links über die Wiese und war kurz darauf erneut nicht mehr zu sehen.

Hansen stellte das Weizenbier beiseite und trat durch die Hintertür in den Garten hinaus. Weder hinter dem Haus noch auf dem Durchgang zum vorderen Hof war zu erkennen, was den Kater so erschreckt hatte. Nur ein schwacher Duft nach Kräutern, den Hansen hier sonst nicht wahrnahm, hing in der Luft. Langsam ging er ums Haus herum, und als er seine Runde vollendete, indem er durch den Schuppen wieder in den Garten zurückkehrte, sah er nur Ignaz, der völlig verängstigt neben seinem Lager mit Käsestückchen und Mäuseresten kauerte, sonst aber nichts, das die Reaktion des Katers hätte erklären können.

Hansen kehrte in die Küche zurück, zog die Hintertür hinter sich zu und griff nach dem Weizenbierglas. Mitten in der Bewegung hielt er inne und erstarrte.

»Setzen Sie sich doch zu mir«, sagte eine Stimme.

Hansen wandte den Kopf. An der Stirnseite des Küchentischs saß ein älterer Herr. Auf der Lehne des benachbarten Stuhls hing ein dünner Mantel, darüber der gebogene Griff eines Regenschirms, und auf der Sitzfläche lag ein breitkrempiger Hut.

»Wer sind Sie?«, fragte Hansen und blieb stehen.

Der Herr deutete einladend auf die Eckbank links neben sich, als sei er hier der Gastgeber. Hansen starrte ihn an, aber auf der Miene des Älteren zeichnete sich nicht die Spur von Verlegenheit ab. Schließlich gab sich Hansen einen Ruck und setzte sich auf die Eckbank, wählte allerdings einen Platz gegenüber vom Eindringling.

»Wer sind Sie?«

»Die Antwort darauf muss noch ein wenig warten. Aber was ich Ihnen jetzt schon sagen kann: Ihr Vater, lieber Eike, war einer von den Besten.«

»Sie kannten meinen Vater?«

»Ja, das darf ich wohl behaupten. Und ich fürchte, dass ich ihn in mancher Hinsicht besser gekannt habe als sein eigener Sohn.«

Hansen versuchte seinen ungebetenen Gast einzuschätzen. Er mochte in den Siebzigern sein, wirkte aber sehr rüstig. Falten zogen sich über sein Gesicht, die verbliebenen Haare waren grau, und er trug eine völlig unbewegte, gleichgültige Miene zur Schau, mit der er einen guten Pokerspieler abgeben würde. Hansen ließ seinen Blick noch einmal über Hut, Schirmgriff und dünnen Mantel seines Besuchers gleiten, dann sah er ihm forschend ins Gesicht. Nun zuckte um die tief eingegrabenen Mundwinkel ein leichtes Grinsen.

»Ja, ich finde manchmal auch, dass ich es mit dem Erfüllen von Klischees übertreibe, aber immerhin macht es Ihnen das Raten ein bisschen leichter.«

»Das Raten? Ich soll erraten, woher Sie meinen Vater kannten?«

Der ältere Herr nickte langsam.

»Na ja … Wenn ich Sie mir im Mantel vorstelle, den Kragen hochgeschlagen und den Hut ins Gesicht gezogen – so sehen in schlechten Filmen meistens irgendwelche Agenten aus.«

»Ach, ich habe solche Agenten auch schon in guten Filmen gesehen, aber ja: richtig geraten, so weit.«

»Dann könnten Sie für den BND arbeiten. Oder eher gearbeitet haben – ich nehme an, auch für Spione gibt es eine Pensionsgrenze.«

»So etwas Ähnliches, ja.«

»Da Sie aber meinen Vater gut gekannt haben und er bis zu seinem Tod als Jetpilot der Bundeswehr auf dem Fliegerhorst Wunstorf stationiert war, würde ich eher auf den Militärischen Abschirmdienst tippen.«

Der ältere Herr grinste nun noch etwas breiter.

»Habe ich richtig geraten?«, fasste Hansen nach.

»Was mich betrifft, so ziemlich, aber es amüsiert mich jedes Mal, wie es die meisten hinbekommen, ihre wahre Tätigkeit selbst vor der eigenen Familie geheim zu halten.«

»Sie meinen, mein Vater war gar kein Jetpilot?«

»Doch, eigentlich schon.«

»Eigentlich? Und außerdem hat er mit Ihnen zusammen für den MAD gearbeitet?«

Der ältere Herr seufzte, und sein Grinsen wurde dünner.

»Bleiben wir einstweilen bei mir. Ja, ich habe früher für einen Geheimdienst gearbeitet. Ich bin im Prinzip im Ruhestand, aber ab und zu brauchen die alten Kameraden noch meine Hilfe. Und weil es im Ruhestand manchmal ein bisschen fad werden kann, lasse ich mich in solchen Fällen nicht lange bitten. Und in diesem Fall ohnehin nicht.«

»Wegen meines Vaters?«

»Seit er tot ist, geht es mir mehr um … mehr um Sie.«

Er räusperte sich.

»Wäre es für dich in Ordnung, wenn ich dich duze?«

»Warum sollten Sie das tun?«

»Weil ich dich kenne, seit du geboren wurdest. Und weil ich dich in deinen ersten Wochen oft auf dem Schoß gewiegt habe.«

Hansen blinzelte irritiert. »Sie waren bei uns zu Hause?«

»Natürlich. Ich habe auch deine Mutter recht gut gekannt, eine sehr feine Frau. Tut mir übrigens sehr leid, dass beide schon gestorben sind. Das wollte ich dir all die Jahre schon einmal sagen, aber es hat sich leider nicht ergeben.«

»Wann hätte sich das ergeben sollen? Ich bin mir ziemlich sicher, dass ich Sie noch nie zuvor gesehen habe.«

»Dann ist es ja gut«, versetzte der Alte und grinste wieder, machte aber keine Anstalten, diese Bemerkung zu erklären.

»Wie heißen Sie?«, fragte Hansen nach einer Weile.

Der Mann zuckte mit den Schultern.

»Du kannst mich Schubert nennen.«

»Heißen Sie denn so?«

»Nein, natürlich nicht, aber mein richtiger Name tut einstweilen nichts zur Sache.«

Hansen verzog das Gesicht.

»Tut mir leid, wenn dich das stört, aber solche alten Angewohnheiten legt man nicht so schnell wieder ab. Also Schubert, bitte.«

»Meinetwegen. Aber warum gerade Schubert?«

Der Alte schloss die Augen und begann leise zu singen.

»In einem Bächlein helle« – seine brüchige Stimme folgte einer munteren Melodie, die Hansen bekannt vorkam. Dann zuckte der Alte erneut mit den Schultern.

»Wegen Franz Schubert«, erklärte er, als Hansen ihn noch immer fragend ansah. »Ich mag seine Lieder.«

Hansen nahm einen kleinen Schluck von seinem Weißbier.

»Warum trinkst du das, wenn du es doch nicht magst?«

»Woher wissen Sie das?«

Schubert gönnte sich ein amüsiertes Lächeln.

»Ach so, der Geheimdienst, klar. Und was ist das für ein toller Dienst, der sich dafür interessiert, was ich gerne trinke und was nicht?«

»Dafür interessiere nur ich mich ganz privat. Ich glaube, über die Tatsache hinaus, dass du der Sohn deines Vaters bist, bist du für den Dienst nicht von Interesse.«

»Was hat mein Vater für den MAD gemacht?«

»Zu deinem Vater kann ich im Moment noch nichts sagen, aber soweit es mich betrifft, muss ich dich korrigieren: Ich war nicht für den MAD tätig. Stell dir meinen Dienst meinetwegen ungefähr so vor wie den MAD, nur dass er nicht so bekannt ist. Aber wie das eben so ist, wer weniger bekannt ist, steht weniger im Rampenlicht – und im Schatten lässt sich mehr bewegen, ohne dass es alle Welt mitbekommt.«

Schubert verstummte, und sein Blick bekam etwas Wehmütiges. Dass ihm seine aktive Zeit fehlte, worin auch immer sie bestanden hatte, war nicht zu übersehen.

»Ich nehme an, es ist kein Zufall, dass Sie gerade heute bei mir auftauchen«, sagte Hansen nach einer Weile. »Und vermutlich wollen Sie mit mir nicht nur über alte Zeiten reden.«

Der andere nickte, und in seinen Augen blitzte es amüsiert.

»Bestimmt wollen Sie mir erklären, warum die Kripo Kempten vom Mordfall Möller abgezogen wurde.«

»Mehr oder weniger«, sagte Schubert. »Auch wenn es knifflig ist, etwas zu erklären, über das man nicht viel sagen darf.

Möllers Tod hat nichts mit seiner Vergangenheit zu tun, soweit sie meinen Dienst betrifft.«

»Und das soll ich Ihnen einfach so glauben?«

Schubert zuckte mit den Schultern und grinste.

»Das wäre natürlich das Einfachste.«

»Andernfalls ...?«

Schubert schüttelte freundlich lächelnd den Kopf.

»Nein, nein, keiner wird dir etwas antun, selbst wenn du weiter in diese Richtung ermittelst.« Er unterbrach sich und schaute Hansen forschend an. »Du ermittelst ja wahrscheinlich unter der Hand trotzdem weiter, richtig?«

Jetzt zuckte Hansen mit den Schultern.

»Schon klar, das hast du von deinem Vater«, bemerkte Schubert.

»Was hat Möller denn vor den letzten vier Jahren gemacht? War er in einem Zeugenschutzprogramm? Oder hat er für Ihren Dienst gearbeitet?«

»Leider Letzteres. Er war keine Leuchte, vielleicht der schlechteste Mitarbeiter, den wir je hatten. Er ging uns schon bald ziemlich auf die Nerven, aber wir dachten eine Zeit lang, dass wir schon dafür sorgen könnten, dass er keinen Schaden anrichtet.« Er seufzte. »Das hat leider nicht geklappt. Und als er genug Mist gebaut hatte, haben wir ihn rausgeworfen.«

»Was hat er denn für Mist gebaut?«

Schubert lächelte ihn nachsichtig an, ohne auf die Frage einzugehen.

»Nun ist so ein Dienst aber keine normale Firma«, fuhr er fort, »und wenn man jemanden rauswirft, ist das keine wirkliche Lösung für das Problem. Von dem Tag seiner Entlassung an konnte er uns zwar keine Einsätze mehr versauen, aber wenn er ›draußen‹ von uns erzählt hätte, wäre das nicht gut gewesen, wie du dir denken kannst. Nicht, dass er furchtbar viel Geheimes zu erzählen gehabt hätte, aber irgendetwas schnappt im Dienst natürlich jeder auf. Sogar so eine Pfeife wie … wie Möller. Also hat er eine schöne Abfindung bekommen, und wir haben ihn im Auge behalten. Wir mussten dafür sorgen, dass er nicht den falschen Leuten gegenüber den Mund aufmacht.«

»Und deshalb musste Möller sterben?«

»Du hast offenbar doch zu viele schlechte Agentenfilme gesehen, Eike. Nein, wir haben ihn nicht umgebracht.«

Hansen musterte den Mann an seinem Küchentisch. Er schien die Wahrheit zu sagen, oder er war ein sehr guter Schauspieler. Schubert hob von der Eckbank einen Briefumschlag auf, den Hansen bisher nicht bemerkt hatte, und schob ihn über den Tisch. Das Kuvert war weiß, fensterlos und unbeschriftet.

»Mach ruhig auf«, ermunterte ihn der Alte.

Der Umschlag war nicht zugeklebt, und er enthielt nur ein einziges, akkurat gefaltetes Blatt. Es war ein Brief, adressiert an Helmut Möller in der Heisinger Straße, Dietmannsried. Rechts oben auf der Seite war in etwas kitschiger Schnörkelschrift »Vilsegger Hof« aufgedruckt und darunter eine Anschrift in Vils, Tirol, Österreich.

Hansen überflog das Schreiben. Es war kaum eine halbe Seite lang und drehte sich um eine Reservierung für das jetzige Wochenende, von Freitag bis Sonntag. Verfasst hatte den Brief ein Max Holter, der über dem Wort »Direktor« mit übertrieben schwungvoller Handschrift signiert hatte. Holter fragte in weitschweifig höflichem Ton, ob er denn die Reservierungen für die kommenden Wochen beibehalten solle, und wies darauf hin, dass er das nicht wahrgenommene Candle-Light-Dinner am Freitagabend leider berechnen müsse, obwohl Möller nicht erschienen war. Er erkundigte sich, ob er denn im Lauf des Wochenendes noch mit Möller rechnen dürfe, und jedem seiner Sätze schien ein tiefer Bückling zu entspringen. Allem Anschein nach war Helmut Möller Stammgast im Vilsegger Hof, und offenbar logierte er dort stets in Begleitung. Zudem schien er in diesem Hotel einiges Geld auszugeben, und genau dieses Geld schien wiederum der Hotelier sehr nötig zu haben.

Die Beobachtungen vom Vormittag fügten sich zu einem Bild: Holter hatte in Dietmannsried versucht, mit seinem Stammgast zu reden, und hatte, nachdem er ihn nicht antraf, einen Brief für ihn hinterlassen. Danach war er nach Wiblingen gefahren, um mit jemandem zu sprechen, mit dem er geschäftlich zu tun hatte, den er aber zugleich so gut kannte, dass dieser ihn auch an einem Samstag zu einem Gespräch bei sich zu Hause empfing. Vielleicht der Bankdirektor, der in der fraglichen Straße wohnte?

»Den Brief kannst du behalten«, erklärte Schubert, als Hansen das Blatt wieder zusammenfaltete und es in den Umschlag schob. »Ist nur eine Kopie. Du und dein Kollege haben gesehen, wie Holter das Original in Möllers Briefkasten gesteckt hat. Und danach seid ihr ihm bis Wiblingen hinterhergefahren.«

»Ihre Leute haben uns die ganze Zeit beobachtet?«

»Das habe ich längst nicht mehr zu entscheiden, aber: Ja, sie haben dich beobachtet. Mit Möller waren sie zuletzt leider nicht so gründlich, wie wir es im Nachhinein gerne gehabt hätten.«

»Es hat also niemand von Ihren Leuten gesehen, wer Möller die tödliche Spritze verpasst hat?«

Schubert schüttelte den Kopf.

»Wäre auch zu schön gewesen«, brummte Hansen.

»Möller hatte sich zuletzt ruhig verhalten. Er hatte ein paar krumme Dinger laufen, aber nichts allzu Aufregendes. Jedenfalls nichts, wogegen wir hätten einschreiten müssen. Von Möller schien keine Gefahr mehr auszugehen, und wie alle anderen Behörden haben auch wir viel zu wenig Personal. Also haben wir Möller nur noch vage im Auge behalten. Er kam morgens wie immer recht früh in Altusried an, arbeitete etwa zwei Stunden, dann machte er sich auf den Weg nach Füssen. Als die Kollegen gesehen haben, dass er in Richtung Tegelbergbahn fährt, haben sie sich ausgeklinkt und wurden zu einem neuen Job geschickt.«

Hansen sah ihn fragend an.

»Ausflüge auf den Tegelberg machte der gute Herr Möller gern, um dort oben eine seiner Damenbekanntschaften zu treffen. Danach ging's mal in den Vilsegger Hof, mal in eine Pension am Stadtrand von Reutte, mal in einen Gasthof am Forggensee oder nach Bad Hindelang. Die Kollegen wussten, dass er dann bis Sonntag nichts anstellte, was für den Dienst von Belang ist.«

»Das klingt, als hätte er jede Menge Damenbekanntschaften gehabt.«

»Na ja, ein paar werden es schon gewesen sein, aber offenbar selten mehr als drei oder vier nebeneinanderher. Möller muss in dieser Hinsicht deutlich mehr zuwege gebracht haben als damals für den Dienst. Talente sind eben oft sehr unterschiedlich verteilt.«

»Und wie konnte er sich das alles leisten?«

»Die Abfindung, die er bekam, war nicht schlecht. Außerdem bekam er sein Gehalt von der Firma, bei der er angestellt war, und mit seinen krummen Geschäften verdiente er sich noch ein ordentliches Zubrot.«

»Was waren das für Geschäfte?«

Schubert lächelte milde, sagte aber nichts. Es gelang Hansen auch ansonsten nicht, ihm weitere Informationen zu entlocken.

Irgendwann stand Schubert auf, schlüpfte in den Mantel, griff nach Hut und Schirm und ging. Erst als die Haustür längst hinter ihm zugefallen war, fiel Hansen ein, was er noch hatte fragen wollen: Was mochte Schubert nur angestellt haben, das Ignaz so verschreckt hatte? Der Kater strich schon wieder durchs Haus und schien sich nach dem Fremden umzuschauen. Als er ihn nirgendwo entdeckte, streckte er sich behaglich auf der Couch aus und begann sich das räudige Fell zu putzen.

Nach dem mysteriösen Besuch des alten Mannes saß Hansen lange in der Küche. Als er feststellte, dass Resi in der Eile ihr Handy auf dem Küchentisch hatte liegen lassen, beschloss er, noch schnell ins zehn Autominuten entfernte Roßhaupten zu fahren, obwohl es spät geworden war. Er würde ohnehin nicht schlafen können, bevor er die überraschende Wendung mit Resi besprochen hatte. Die Festnetznummer ihrer Eltern wollte er um diese Zeit nicht mehr anrufen, denn sie gingen manchmal früh zu Bett.

Hansen ging zur Garderobe und schlüpfte in eine leichte Jacke. Während er ein paar Sachen zusammenpackte, klingelte das Telefon. Er meldete sich nach dem dritten Läuten. Das Display zeigte keine Nummer an, und der Anrufer hielt sich auch nicht damit auf, seinen Namen zu nennen.

»Hängen Sie die Jacke weg und schlagen Sie sich das Gespräch mit Ihrer Verlobten bitte wieder aus dem Kopf.«

An einem normalen Abend hätte er gefragt, woher der Anrufer von seinen Plänen wusste, aber der heutige Abend war nicht normal. Deshalb seufzte Hansen nur.

»Ich nehme an, Sie werden mir nicht sagen, wie Sie heißen.«

Schweigen am anderen Ende.

»So wie ich ja auch nicht weiß, wie Schubert wirklich heißt.«

Der Anrufer konnte sich ein leises Glucksen nicht ganz verkneifen.

»Ja, ja, Schubert«, brummte er dann, und es klang auf eine Art amüsiert, die darauf schließen ließ, dass der Fremde den alten Mann mochte. »Der Alte war ein Versuch. Ein letzter Anlauf, Sie im Guten davon abzubringen, in der Vergangenheit des Mannes herumzustochern, den Sie als Helmut Möller kennen. Das hat offenbar nicht gefruchtet. Ich fürchte, ich muss jetzt etwas deutlicher werden.«

»Ach, Sie drohen mir doch? Als ich vorhin so etwas andeutete, hat Herr Schubert es noch als Unsinn abgetan.«

»Heutzutage wird manches anders gehandhabt als früher. Er ist nicht mehr im aktiven Dienst. Und daraus hat er Ihnen gegenüber auch kein Geheimnis gemacht.«

»Das haben Sie also alles mit angehört?« Hansen schnaubte. »Haben Sie meine Wohnung verwanzt? Oder hatte Schubert einen Sender bei sich?«

»Weder noch, und ich werde den Teufel tun, Ihnen mehr zu verraten, als dass wir beides längst nicht mehr nötig haben. Gehen Sie davon aus, dass wir alles wissen, was wir wissen müssen.«

»Außer der Tatsache, wer Möller die Giftspritze verpasst hat«, versetzte Hansen. Das arrogante Auftreten des Fremden ging ihm ebenso auf die Nerven wie die Tatsache, dass er belauscht und beobachtet wurde und dass wildfremde Leute ihm Vorschriften machten. Nun war am anderen Ende ein Seufzen zu hören.

»Da haben Sie einen wunden Punkt erwischt«, sagte der Anrufer. »Mir wäre nichts lieber, als dass wir Ihnen denjenigen auf dem Silbertablett präsentieren könnten, der Möller das Gift gespritzt hat.«

»Denjenigen? Sie gehen also von einem Mann aus? Oder wissen sogar, dass es ein Mann war?«

»Nein, das war nur so dahingesagt.«

»Vielleicht wissen Sie ja doch, wer Möller getötet hat, und Sie sagen es mir nur deshalb nicht, weil es jemand von Ihren Leuten war.«

»Es war keiner von uns, so viel darf ich Ihnen sagen. Und wie ich schon vor Ihrem Gespräch mit … Schubert wusste, werden Sie sich nicht davon abhalten lassen, weiter im Mordfall Möller zu ermitteln, obwohl Ihre Dienststelle nicht mehr zuständig ist.«

»So gut ist Ihr Dienst also über mich informiert? Bravo!«

»Noch einmal: Es ist nicht erwünscht, dass Sie in Möllers früherem Leben herumschnüffeln, verstanden?«

Die Stimme des Mannes war nicht lauter geworden, aber eindringlicher.

»Es wird Folgen für Sie haben«, fuhr er fort, »wenn Sie nicht endlich einsehen, dass Sie nicht in dem herumstochern sollen, was Möller vor seinem Umzug nach Dietmannsried gemacht hat.«

»Da können Sie ganz beruhigt sein. Die Soko der Kripo Kempten ist aufgelöst, der Fall wurde ans BKA übergeben, und ich bin mit den Ermittlungen im Mordfall Möller ebenso wenig betraut wie meine Kollegen.«

»Und deshalb haben Sie mit Ihren Kollegen und Ihrer Freundin beratschlagt, wie sie trotzdem noch ein bisschen in der Sache herumstöbern können?«

Hansen presste die Lippen zusammen, um sich die harsche Erwiderung zu verkneifen, die ihm auf der Zunge lag. Der andere schlug nun einen Ton an, der Hansen fast noch mehr ärgerte als das arrogante Auftreten. Er gab so etwas wie den väterlichen Freund, der es doch nur gut mit einem meint.

»Sie sind aus Hannover weggegangen und haben im Allgäu die Leitung des KI übernommen, weil sie den Problemen aus dem Weg gehen wollten, die Ihnen Ihr Exschwiegervater bereiten konnte – als hohes Tier im niedersächsischen Innenministerium. Das zeigt doch, dass Sie im Prinzip verstehen, wie es läuft. Und wie man darauf reagiert.«

»Wenn das heißen soll, Sie könnten dafür sorgen, dass ich in Bayern keine große Karriere mehr mache, dann können Sie sich das schenken: Ich bin ganz zufrieden mit meinem Posten, und meine Vorgesetzten stehen hinter mir.«

»Auch Ihr Vorgänger musste gehen, obwohl ihn alle mochten.«

Rolf Hamann war nach einer spektakulären Mordserie als Bauernopfer in den vorzeitigen Ruhestand geschickt worden. Damit war die Stelle, die Hansen vor fünf Jahren übernommen hatte, überhaupt erst frei geworden. Inzwischen kam er mit allen Kollegen zurecht, aber an die Beliebtheit seines Vorgängers reichte er noch lange nicht heran. Und erst die Tatsache, dass er und Hamann sich bei Zibärtle und Rauchfleisch angefreundet hatten, hatte Hansen die Sympathie der Sekretärin Rosemarie Schwegelin eingebracht.

»Und ich habe nicht nur die Möglichkeit, Ihnen beruflich Schwierigkeiten zu machen«, fuhr der Anrufer fort. »Auch wenn ich in Ihrem privaten Umfeld einen kleinen Umweg machen müsste, um Druck auf Sie auszuüben – nachdem Ihre Eltern ja leider schon verstorben sind und Sie keine Geschwister haben.«

»Jetzt hören Sie endlich auf mit diesem Mist und …«

»Stellen Sie sich nur einmal vor, Ihrer Freundin würde etwas zustoßen. Wie schnell kommt so ein kleiner Flitzer von der Straße ab. Und Resis Eltern würden das sicher nicht gut wegstecken, wo sich die Mutter schon wegen Kleinigkeiten so aufregt.«

Hansen schluckte, überlegte fieberhaft, was er darauf entgegnen sollte, um wenigstens sein Gesicht zu wahren, aber dann legte er doch nur wortlos auf. Er stand noch eine Weile im Flur, aber das Telefon klingelte nicht wieder. Dann fiel ihm der Krustenbraten ein, und er holte ihn aus dem Wagen.

Einige Hundert Kilometer nördlich von Füssen tigerte ein Mann Anfang sechzig in seinem Büro auf und ab.

Wie ich es hasse!, dachte er. Sobald man es nicht mit Profis zu tun hat, muss man all diese dämlichen Klischees erfüllen, bis sie endlich glauben, dass es einem ernst ist.

Er steckte sich eine Zigarette an, stand eine Zeit lang rauchend am Fenster und schaute in die Dunkelheit hinaus.

Vor seinem geistigen Auge sah er seinen Vorgänger, der sich so gern Schubert nannte. Er erinnerte sich an die Zeit, als der Alte noch im aktiven Dienst gewesen war und seine Leute bis an ihre Belastungsgrenzen gefordert, sie aber ebenso entschieden gegen Außenstehende in Schutz genommen und jedem den Rücken gestärkt hatte, wenn es nötig war. Nicht zum ersten Mal fragte er sich, ob er von seinen Leuten wohl ebenso positiv gesehen wurde wie sein Vorgänger.

Er dachte an seinen besten Freund Robert, der bei einem gefährlichen Einsatz ums Leben gekommen war. Zweifellos wäre er Schuberts Nachfolger geworden. Robert hatte eine trauernde Witwe hinterlassen, die ganz in der Nähe des Fliegerhorstes Wunstorf wohnte und sich nach dem Tod ihres Mannes allein um ihren Sohn kümmern musste. Wäre sein Partner damals nicht ums Leben gekommen, dann würde auf dem Schild neben seiner Bürotür nicht sein Name stehen, sondern der seines besten Freundes.

Robert Hansen.

Sonntag, 29. April

Hansen schlief schlecht in dieser Nacht, und das lag nicht nur daran, dass der Kater seinen Schlaf mehrmals unterbrach. Ignaz konnte dank der Katzenklappe herumstromern, wann und wo er wollte – trotzdem hatte er einige Male direkt vor Hansens Schlafzimmerfenster gemaunzt. Hansen hatte sich jedes Mal wütend zur Seite gedreht und am Ende die Decke über den Kopf gezogen, weil er sicher war, dass das Vieh ihn damit nur wecken und ärgern wollte.

Am anderen Morgen bemerkte er seinen Irrtum zu spät. Barfuß schlurfte er ins Bad, und barfuß ging er mit dem ersten Kaffee des Tages hinters Haus, um im Garten ein wenig frische Luft zu schnappen. Nach wenigen Schritten erstarrte er so abrupt mitten in der Bewegung, dass etwas Kaffee aus der Bechertasse schwappte. Unter seiner Fußsohle hatte er etwas Weiches gespürt, das er nicht recht mit dem gestampften Erdboden an dieser Stelle in Verbindung bringen konnte. Langsam wanderte sein Blick nach unten: Er stand in einem bräunlich roten Fleck, und zwischen den Zehen lugten die schwarzgrauen Reste einiger sorgfältig zerkleinerter Tierchen hervor. Der Kater hockte ein Stück entfernt im Gras und beobachtete seinen Mitbewohner aufmerksam.

Die Tatsache, dass Ignaz ihm offenbar einige Beutetiere als Opfer dargebracht und ihm damit wohl ein Friedensangebot unterbreitet hatte, wusste Hansen in diesem Moment nicht so zu schätzen, wie es der Kater gern gehabt hätte. Und während Hansen fluchend seine Tasse auf dem Holzstapel an der Wand abstellte, auf dem rechten Bein in Richtung Küche hüpfte und dort mit reichlich Küchenkrepp den linken Fuß säuberte, sah ihm Ignaz beleidigt hinterher. Dann machte er sich auf, um irgendwo den nächsten Blödsinn anzustellen.

Einige Zeit später saß Hansen grübelnd im Wohnzimmer. Der Besuch des Alten ging ihm durch den Kopf und mehr noch das anschließende Telefonat mit dem Geheimdienstmann. Dessen Drohung, ihm beruflich Schwierigkeiten zu bereiten, beeindruckte ihn nicht besonders. Doch dass er über Resi und ihre Eltern Bescheid wusste, war eine ganz andere Sache. Hansen wollte seine Verlobte auf gar keinen Fall durch seine Recherchen in Sachen Möller gefährden. In diesem Moment klingelte das Telefon.

»Gibt es schon Neues zu unserem Seilbahntoten?«, erkundigte sich Resi.

Das »Nein« geriet etwas zu lahm, aber Resi wunderte sich gar nicht, dass Hansen keine neuen Informationen zu bieten hatte. Es war noch früh am Vormittag, was hätte er da seit dem vorigen Abend schon groß in Erfahrung bringen können?

»Soll ich dich nachher abholen? Dann können wir endlich mal zusammen auf die Pirsch gehen. Meinem Vater geht es wieder besser, meine Mutter hat sich beruhigt. Und wenn Willy und Hanna das andere Team bilden, wäre es doch gelacht, wenn wir nicht bald etwas mehr herausfinden würden.«

Sie klang so unternehmungslustig, dass Hansen ganz aus

dem Tritt kam. Einen Moment lang dachte er daran, ob er nicht doch die Warnung des Fremden in den Wind schlagen und Resi reinen Wein einschenken sollte – aber dann riss er sich zusammen.

»Ich habe heute Nacht sehr schlecht geschlafen«, begann er. Es war sicher nicht das Schlechteste, eine Notlüge mit etwas Wahrem zu beginnen. »Mir ist es nicht aus dem Kopf gegangen, dass der Täter oder die Täterin inzwischen wissen könnte, neben wem Möller in der Seilbahn gestorben ist. Und dass er oder sie dann ja nur eins und eins zusammenzählen muss, um auf die Idee zu kommen, dass wir womöglich auch Augenzeugen des Moments sein könnten, in dem Möller die Giftspritze verpasst wurde.«

»Und?«

Resis lauernder Ton ließ erkennen, dass sie ahnte, worauf Hansen hinauswollte.

»Schau, Resi, wir recherchieren ein bisschen herum, fragen Nachbarn oder wen auch immer noch ein wenig über Möller aus – das fällt doch garantiert jemandem auf. Und was, wenn das die Person ist, die Möller auf dem Gewissen hat? Da bringen wir uns nur unnötig in Gefahr. Vermutlich werden wir ohnehin nicht viel herausfinden. Du weißt ja selbst, dass wir von der Kripo einem Mörder nur selten auf die Spur kommen, weil einer von uns die entscheidende geniale Idee hat, sondern weil der ganze große Apparat seine Möglichkeiten einsetzt und sich mit viel Fleißarbeit irgendwann die richtige Spur herauskristallisiert. Und diesen Polizeiapparat haben wir nicht zur Verfügung, wenn die Kripo Kempten von den Ermittlungen abgezogen ist. Und deshalb ...«

»Und deshalb willst du die Hände in den Schoß legen und gar nichts tun?«

Resis Stimme war gefährlich leise geworden.

»Ich wäge nur ab, Resi. Wir werden aller Wahrscheinlichkeit nach nichts ans Licht bringen, was uns in diesem Mordfall wirklich weiterhilft. Dafür riskieren wir, dass die Leute, die uns den Fall entzogen haben, auf unsere heimlichen Ermittlungen aufmerksam werden und unnötig aufgescheucht werden.«

»Du … du machst dir Sorgen um deine Karriere?«, zischte Resi nach einer kurzen Pause.

»Nein.«

»Du hast Angst, dass dir das BKA oder jemand im Ministerium auf die Füße tritt und dass du nicht weiterkommst im Polizeipräsidium! Oder dass du sogar deinen Posten als Leiter des K1 verlierst! Oder müsstest du wie dein Vorgänger in den vorzeitigen Ruhestand versetzt werden? Jedenfalls würde dein Stellvertreter Koller bestimmt sofort unterschreiben, wenn er deinen Job übernehmen könnte.«

Hansen musste sich sehr beherrschen, um nicht empört zu widersprechen. Einerseits schmerzte es ihn, dass sie ihn so falsch einschätzte – andererseits war ihm alles recht, was sie davon überzeugte, dass er wirklich die inoffiziellen Ermittlungen aufgeben wollte.

»Ich mach mir keine Sorgen um meine Karriere, Resi, ich mach mir Sorgen um dich. Schau, wenn Möller früher wirklich für einen Geheimdienst gearbeitet hat oder meinetwegen auch nur von einem Geheimdienst mit einer neuen Identität ausgestattet wurde, dann müssen die doch darauf achten, dass niemand herausfindet, was Möller getrieben hat, bevor er vor vier Jahren nach Dietmannsried gezogen ist. Ich kann mir vorstellen, dass die ihren Hebel dort ansetzen würden, wo es mir am meisten wehtut, nämlich bei dir.«

Resi schwieg.

»Es reicht doch schon, dass dir ein Wagen mit getönten Scheiben ein paarmal die Vorfahrt nimmt und dabei riskiert, dass er dich rammt. Oder wenn sie so auffällig unauffällig um das Haus deiner Eltern schleichen, dass es deine Mutter mitbekommt – du weißt doch, wie schnell sie sich Sorgen macht! Da brauchen die nur einen anonymen Brief einwerfen, und schon ist deine Mutter am Rand eines Nervenzusammenbruchs!«

Resi schwieg noch immer.

»Verstehst du jetzt, was mir Sorgen macht?«

»Ja, das verstehe ich – aber ich wundere mich trotzdem, dass du deshalb die Finger von diesem Fall lassen willst. Einfach nur auf den vagen Verdacht hin, dass du damit jemanden aufschrecken könntest, der sich womöglich dafür rächt. Warst du nicht gestern noch Feuer und Flamme für unseren Plan? Und dann schläfst du einmal schlecht, und schon ist das alles hinfällig …«

Resi wehrte sich noch immer gegen die Einsicht, aber das Ärgste schien geschafft. Hansen musste sich sehr beherrschen, nicht aufzuatmen.

»Aber meine Überlegungen«, fügte er deshalb mit beschwörender Stimme hinzu, »die kannst du nicht so einfach beiseitewischen, das gibst du doch zu, oder?«

»Ja«, kam es vom anderen Ende der Leitung.

»Und glaub mir, unsere halb privaten Recherchen werden wirklich nicht annähernd das ergeben, was wir uns gestern nach ein paar Bier ausgemalt haben.«

»Hm.«

Es ging noch ein paar Minuten lang hin und her, aber am Ende hatte Resi wohl eingesehen, dass aus dem Abenteuer, das sie sich am Abend zuvor schöngetrunken hatten, nichts werden würde.

»Und kommst du jetzt wieder zu mir?«, fragte Hansen schließlich, um das Thema zu wechseln.

»Wahrscheinlich erst am Nachmittag. Ich wollte meinen Eltern noch was kochen, dann trinken wir vielleicht noch einen Kaffee zusammen – Mama hat gestern früh, bevor das mit meinem Vater losging, ihren berühmten Käsekuchen gebacken. Den lassen wir uns noch schmecken.«

»Gut, dann sehen wir uns am Nachmittag. Ich freu mich schon.«

»Und ich bring dir ein Stück Kuchen mit.«

Damit legte sie auf. Hansen massierte sich die Schläfen. Wie sollte er die Recherchen angehen, die er natürlich trotzdem in aller Heimlichkeit weitertreiben wollte? Und konnte er es riskieren, jemanden einzuweihen? Willy Haffmeyer würde sicher mitziehen und Resi nichts davon verraten, wenn er ihn darum bat. Aber Hanna schien ihm zu eng mit seiner Verlobten befreundet, als dass sie wirklich dichthalten würde.

Hansen rief Haffmeyer an, landete zunächst auf dessen Anrufbeantworter, aber schon eine Viertelstunde später rief sein Mitarbeiter zurück.

»Willy, wir müssen noch einmal über diese Möller-Sache reden. Kann ich kurz vorbeikommen?«

Keine halbe Stunde später saßen sie bei Kaffee und Hefezopf auf dem ausladenden Balkon von Haffmeyers Haus. Der Blick ging nach Nordosten, und zwischen den Häusern der Nachbarn hindurch konnte man die zunächst sanft hügelige Landschaft mit ihren sattgrünen Wiesen und den verstreuten Waldflecken bis hinüber zum eindrucksvollen Alpenpanorama sehen. Haffmeyer hatte seinem Vorgesetzten mehr als einmal mit einer Engelsgeduld erklärt, welcher Gipfel welchen Namen trug – aber Hansen hatte sich nichts davon merken können.

»Und jetzt willst du auf eigene Faust weitermachen, ohne es der Resi zu verraten?«, fragte Haffmeyer nach einer Weile.

Hansen nickte.

»Am liebsten wäre es mir, wenn du mitmachen würdest – der Resi aber nichts davon sagst.«

»Und die Hanna?«

»Sie würde ich am liebsten auch außen vor lassen. Sie ist inzwischen so gut mit Resi befreundet, und ich weiß nicht recht, ob sie es wirklich übers Herz bringen würde, ihr nichts zu verraten.«

»Aber du bringst es übers Herz, ja?«

»Das ist etwas ganz anderes! Ich will Resi doch nur schützen.«

»Hm.«

Haffmeyer musterte Hansen nachdenklich und stand auf.

»Komm mal mit, Chef. Ich will dir etwas zeigen.«

Er ging in das helle Zimmer, in dem er seinem eigenartigen

Hobby frönte. Mehr als einen Schrank und einen ausladenden Tisch umfasste die Einrichtung nicht. Überall an den Wänden hingen großformatige Bilder, Kopien von bekannteren und weniger bekannten Werken großer Maler. Und auf dem Tisch lagen die Malutensilien, mit denen Haffmeyer diese Bilder anfertigte: Farbe in kleinen Töpfchen, kleine Pinsel, eine Palette, unterschiedlich lange Pinzetten – und Stubenfliegen. Auf dem Tisch lagen nur wenige, andere waren mit Nadeln in exakten Reihen und Spalten auf kleinen Styroporplatten befestigt. Hansen wusste, dass Haffmeyer mit einem selbst gebastelten Zwitter aus Fliegenklatsche und Kescher Stubenfliegen sammelte, um sie nicht zu beschädigen. Die Tiere gab er anschließend in ein Schraubglas, in das er zuvor mit Ethylacetat getränkten Zellstoff getan hatte – was die Fliegen erst betäubte und kurz darauf tötete. Die toten Tierchen wurden anschließend mit besonders dünnen Stecknadeln auf den Platten fixiert und vorsichtig eingefärbt. Anschließend platzierte Haffmeyer sie auf großen Leinwänden gewissermaßen als Farbpunkte. So hatte er jahrelang sehenswerte Kopien pointillistischer Meisterwerke fabriziert, später auch Bilder wie Munchs *Schrei*. Im Moment arbeitete er an einem Motiv, das Hansen bekannt vorkam. Es waren zwar erst auf einem Drittel der Leinwand eingefärbte Fliegen angebracht, aber auf der übrigen Fläche war der Nachdruck eines berühmten Gemäldes zu sehen, das einen Mann mit Gehrock und Stock von hinten zeigte, wie er auf einem Felsen stand und auf eine nebelverhangene Berglandschaft blickte.

»Caspar David Friedrich«, dozierte Haffmeyer und registrierte mit einem zufriedenen Nicken Hansens anerkennenden Blick. »*Der Wanderer über dem Nebelmeer.*«

»Das wird richtig gut«, lobte Hansen, der sich dabei aber wunderte, warum Haffmeyer nicht weiter auf das Thema einging, das sie gerade besprochen hatten. Auch jetzt sagte Haffmeyer nichts in dieser Richtung, sondern bat Hansen nur, ihn ein Stück zu fahren.

»Wohin geht's denn?«, fragte Hansen.

Haffmeyer grinste. »Wir fahren nach Füssen. Dort wirst du dann schon sehen, worauf ich hinauswill, Chef.«

Bald darauf dirigierte Haffmeyer ihn auf den Parkplatz beim Füssener Eisstadion.

»Ach so«, sagte Hansen. »Wir reden jetzt mit Hanna, und sie ist gerade auf dem Eis, richtig?«

»So ungefähr.«

»Aber wir haben noch gar nicht zu Ende besprochen, ob Hanna eingeweiht werden soll oder nicht!«

»Und das werden wir auch erst drinnen zu Ende besprechen, Chef.«

Mehr war Haffmeyer im Moment nicht zu entlocken. Er stieg aus und hielt auf den Eingang des Stadions zu. Während Hansen hinter dem hageren Mann herging, fragte er sich, was dessen seltsames Verhalten wohl zu bedeuten hatte. Doch bald schob er diese Fragen fürs Erste beiseite. Haffmeyer und er hatten mittlerweile den Innenraum des Stadiums betreten. Auf der Eisfläche drehte eine einzige Tänzerin ihre Kreise. Die üppige Frau war in ein hauteng anliegendes Eistanztrikot gezwängt, das gewaltige Falten warf. Das kurze Tutu aus weißem Stoff, das sie um die Hüften trug, stand zwischen ihren Speckröllchen fast waagrecht hervor, und die Beine in der dunkel getönten Strumpfhose endeten in weißen Schlittschuhen mit blütenweißen Schnürsenkeln.

Von Hanna Fischers heimlichem Hobby hatte Hansen erfahren, während er seinen ersten Fall als Leiter des Kemptener KI löste. Und wenn er es als Laie richtig einschätzte, war Hanna seither deutlich besser geworden. Gerade ließ sie eine rasante Pirouette in einen weiten Bogen ausschwingen, dann drehte sie sich elegant und sauste rückwärts übers Eis, bevor sie kraftvoll in einen Sprung wechselte und daraufhin anmutig auf dem Eis landete. Trotz ihrer etwas gewagten Aufmachung sah es nicht etwa lächerlich aus, sondern einfach nur schön – zumal Hanna meist mit geschlossenen Augen tanzte und dabei ein Lächeln um ihre Lippen spielte. Jetzt verklang die Melodie, zu der sie getanzt hatte – es war ein Filmthema, dessen Titel Hansen im Moment nicht einfiel –, und Hanna stieß sich mit einem letzten Schwung ab und glitt auf eine der Türen zu. Als sie ihre beiden Zuschauer bemerkte, stutzte sie kurz, winkte ihnen dann aber freudig zu und rief: »Ich komme gleich!«

Dann setzte sie sich und begann damit, ihre Schlittschuhe auszuziehen. Hansen hatte ihr hoch und heilig versprechen müssen, keinem der Kripokollegen von ihrem Hobby zu erzählen, und selbstverständlich hatte er das Versprechen gehalten – genau wie im Fall von Haffmeyers Fliegengemälden. Im Gegenzug hatte er ihnen verraten, dass er selbst während seiner Jugend in Niedersachsen zu den Besten gehört hatte – allerdings in so exotischen Sportarten wie Eisstockschießen und Rhönradturnen. Allmählich begriff Hansen, worauf sein Mitarbeiter hinauswollte.

»Du bist also dafür, dass wir auch Hanna einweihen, richtig?«

Haffmeyer zuckte mit den Schultern.

»Und du wolltest mir mit deinen Fliegenbildern und mit dem Anblick von Hanna hier im Stadion vorführen, dass wir drei uns in Sachen Geheimhaltung aufeinander verlassen können, oder?«

Ein Grinsen legte sich auf Haffmeyers Gesicht.

»Gut«, sagte Hansen, »dann weihen wir Hanna eben ein.«

Haffmeyer grinste noch breiter und nickte.

»Zufrieden?«

»Nein«, antwortete Haffmeyer. »Zufrieden bin ich erst, wenn du auch der Resi die ganze Wahrheit gesagt hast, Chef. Aber das musst du selbst entscheiden, da red ich dir nicht rein.«

Hanna war inzwischen mit ihrer Sporttasche zu ihnen gekommen, über dem Trikot trug sie jetzt einen dünnen Bademantel.

»Was gibt's?«

»Wir wollten etwas mit dir besprechen, Hanna«, sagte Hansen. »Hast du Zeit?«

»Ich zieh mich nur noch schnell um, ja? Und dann lade ich euch gern auf einen Kaffee zu mir nach Hause ein.«

»Na ja, Kaffee hatten wir eigentlich schon genug«, antwortete Haffmeyer.

»Gut, dann esst ihr bei mir zu Mittag. Ich hab Lasagne vorbereitet, und ich hab natürlich wieder viel zu viel gemacht. Mein Thomas hat Schicht, und es würde mir vermutlich ganz guttun, wenn ihr beiden mir beim Essen helft.«

Lachend tätschelte sie sich den Bauch, dann eilte sie zu den Umkleidekabinen.

Die Lasagne war ausgezeichnet, und während sich Hanna noch etwas Schokolade und einen Espresso schmecken ließ, zeigte Haffmeyer ihr auf dem Handy ein Foto von Max Holter, dem Direktor des Hotels Vilsegger Hof.

»Was hältst du davon, Hanna«, schlug er vor, »wenn du gleich nachher nach Vils rüberfährst und dem guten Herrn Holter erzählst, dass du für Treffen mit deinem verheirateten Freund eine verschwiegene Unterkunft suchst? Vielleicht verplappert er sich ja, oder du kannst ihm sonst irgendwie etwas über Möller aus der Nase ziehen. Holters Hotel war offenbar eine seiner bevorzugten Adressen für verschwiegene Wochenenden. Und wenn sich der Herr Direktor persönlich die Mühe macht, ihm einen Brief zu bringen, war er vermutlich Stammgast.«

»Ach, Willy«, antwortete Hanna prustend, »wenn ich mich so ungeschickt anstelle, wie du es mir rätst, dann erfahre ich sicher gar nichts. Ich meine, mal ehrlich: Ich binde doch nicht irgendeinem Hotelier auf die Nase, warum ich bei ihm ein schönes Zimmer mieten möchte – und schon gar nicht, dass mein Freund verheiratet ist.«

Haffmeyers Mundwinkel rutschten nach unten.

»Lässt du's halt bleiben«, brummte er. »War nur ein Vorschlag.«

»Ich fahre gern nach Vils. Kuchen wird's dort geben, oder? Und dann schau ich mal, ob ich den Herrn Direktor ein bisschen aushorchen kann. Oder einen seiner Mitarbeiter, falls er selbst zu beschäftigt ist, um sich Zeit für eine potenzielle Kundin zu nehmen.«

Als Hanna das keine zehn Kilometer entfernte Vils in Tirol erreichte, döste der Ort in der Sonne. Es war Sonntagnachmittag, und außer einigen älteren Spaziergängern ließ sich niemand blicken. Der Vilsegger Hof war ein imposantes Gebäude, das vor einigen Jahren recht aufwendig renoviert worden sein musste. Jedenfalls machten das Haus und jene Teile des Gartens, die sie von der Straße aus sehen konnte, einen gediegenen, wenn auch etwas verschlafenen Eindruck. Die meisten Parkplätze neben dem Hotel waren frei, aber das musste nichts heißen: Eine schmale Zufahrt führte in die hauseigene Tiefgarage.

Hanna stellte ihren Wagen ab, rückte ihre Sonnenbrille zurecht, schnappte sich die schicke Handtasche, die sie schon längst einmal hatte ausführen wollen, und stieg aus. Vorhin waren ihr die ersten Schritte in den Schuhen mit den ungewohnt hohen Absätzen noch etwas wacklig geraten, aber inzwischen hatte sie sich wieder daran gewöhnt. Nun stöckelte sie auf den Eingang des Hotels zu, nahm auch die drei Stufen mit Bravour und stand wenig später im beinahe menschenleeren Foyer des Vilsegger Hofs. Sie schob die Sonnenbrille ins Haar und sah sich um. Hinter der wuchtigen Theke stand der Portier, der allerdings auf etwas konzentriert zu sein schien, das vor ihm auf der Arbeitsfläche lag. Er bemerkte Hanna erst, als sie ihn schon fast erreicht hatte.

»Ja, bitte?«, dienerte er ölig. »Wie kann ich der Dame helfen?«

»Ich …«

Hanna gab sich unschlüssig und sah sich kurz nach allen Seiten um, bevor sie ihre Stimme senkte und fortfuhr.

»Ich würde gern mit Herrn Holter sprechen. In einer, nun ja …« Sie räusperte sich und hatte schon Angst, sie habe es mit der Schauspielerei übertrieben, aber der Portier schien ihr ihre Rolle abzunehmen. »In einer vertraulichen Angelegenheit.«

Ein anzügliches Lächeln huschte über das Gesicht des Portiers.

»Ich verstehe«, raunte er und nickte. »Dann gehe ich den Chef mal schnell holen. Herr Holter ist Spezialist für vertrauliche Angelegenheiten. Möchten Sie solange drüben Platz nehmen?«

Er deutete auf eine Sitzgruppe in der Ecke.

»Es wird nicht lange dauern, Frau …«

»Fischer ist mein Name, aber Herr Holter wird mich nicht kennen.«

»Fein, Frau Fischer, ich sag dem Herrn Direktor Bescheid. Einen Moment, bitte.«

Damit eilte er durch eine Tür, die nach hinten führte. Hanna war allein und konnte der Versuchung nicht widerstehen – also trat sie noch einen Schritt näher an die Theke heran und lugte kurz über den Tresen. Dahinter lag ein Sudoku, nur halb ausgefüllt und an vielen Stellen wieder und wieder korrigiert und überschrieben. Der Portier schien nicht nur als Empfangschef eine Pfeife zu sein.

Immerhin kehrte er tatsächlich nur wenige Minuten später an seinen Posten zurück, und quer durch das Foyer schwebte

Hoteldirektor Max Holter auf sie zu. Hanna hatte sich nur ganz vorn auf die Sesselkante gesetzt, aber nun bereitete es ihr trotzdem einige Mühe, sich zur Begrüßung zu erheben. Holter war im Nu bei ihr und berührte sie mit den Fingerspitzen an der Schulter.

»Oh, bitte, Frau Fischer, behalten Sie doch Platz!«

Er verneigte sich vor ihr, fuhr mit den Fingern unter ihre rechte Hand und deutete einen Handkuss an.

»Max Holter ist mein Name, ich leite dieses Haus. Wie darf ich Ihnen denn, bitte schön, zu Diensten sein? Darf ich mich zu Ihnen setzen?«

Er sank auf den Sessel ihr gegenüber, schnellte aber sofort wieder hoch und klatschte sich mit der flachen Hand gegen die Stirn.

»Ach, wo hab ich nur meine Gedanken? Möchten Sie denn etwas trinken?«

»Ich …«, setzte Hanna an, doch Holter wartete ihre Antwort gar nicht erst ab, sondern plapperte weiter drauflos.

»Natürlich möchten Sie etwas trinken!«

Er drehte sich halb um.

»Rudolf, sind Sie bitte so freundlich?«, rief er zu dem Portier, der sich mit einem arg gequälten Lächeln in Bewegung setzte und zu ihnen kam.

Holter wandte sich wieder Hanna zu.

»Was darf's denn, bitte schön, sein?«

»Um ehrlich zu sein, hatte ich mich auf ein schönes Stück Ihrer weithin gerühmten Kuchen gefreut, und dazu wäre ein Kaffee ganz wunderbar, aber hier …« Sie deutete auf den Tisch vor sich.

Rudolf stand schräg hinter dem Sessel seines Chefs und hatte offenbar sehr damit zu tun, ein abschätziges Grinsen zu unterdrücken. Vermutlich stellte er sich gerade vor, wie Hanna ihre füllige Figur verbiegen müsste, um von dem bequemen Sessel aus überhaupt einen Kuchenteller auf dem niedrigen Tisch zu erreichen.

Holter schnellte wieder wie eine Sprungfeder aus dem Sessel hoch und bot ihr galant den Arm an.

»Aber selbstverständlich, Frau Fischer, wenn ich bitten darf!«

Er hielt den Arm noch etwas näher vor sie. Hanna griff zu und ließ sich von ihm aufhelfen.

»Danke, Rudolf, das wäre dann alles«, kommandierte Holter und schickte den Portier damit wieder hinter seine Theke. Dann wurde sein Tonfall wieder freundlicher. »Frau Fischer, ich bringe Sie in unser Restaurant. Dort lassen wir uns jetzt zwei schöne Stücke Kuchen schmecken, und dazu erzählen Sie mir, in welcher Angelegenheit Sie meinen Rat benötigen. Und selbstverständlich sind Sie mein Gast.«

Holter führte sie zu einem Tisch mit Gartenblick, er rückte ihr den Stuhl zurecht und setzte sich erst, als es Hanna auch wirklich bequem hatte.

»Welchen unserer Kuchen hätten Sie denn gern probiert?«, fragte er, als er mit einer Geste eine Bedienung herbeiwinkte.

»Ach, das überlasse ich ganz Ihnen, Herr Holter«, säuselte Hanna, um sich vor einer konkreten Antwort zu drücken. Sie hatte in Wirklichkeit noch nie ein Wort über das Kuchenangebot des Vilsegger Hofs gehört und war einfach nur dankbar, dass Holter auf ihre Schmeichelei angesprungen war.

»Etwas Fruchtiges lieber oder ein Stückchen Torte?«

»Eine Torte wäre mir am allerliebsten«, flötete sie. »Was haben Sie denn da?«

Max Holter war ganz aus dem Häuschen, und das lag nur zum Teil daran, dass er eine Abnehmerin für eines der letzten Stücke der Esterházy-Torte gefunden hatte, die seine Frau für den ausbleibenden Gast Helmut Möller und seine Begleitung gezaubert hatte. Den anderen Grund verriet er mit den Blicken, die er über Hannas füllige Figur gleiten ließ. Hanna hatte sich nicht nur mit eleganten Schuhen ordentlich in Schale geworfen, sondern auch ein geschickt geschnittenes Kleid mit weitem Ausschnitt gewählt, das ihre Pfunde recht vorteilhaft in Szene setzte.

»Endlich mal eine richtige Frau«, schwärmte er, »die sich nicht mit Magerkost und dünner Saftschorle die Laune verdirbt!«

Hanna kräuselte die Lippen, als sei sie sehr erfreut über sein zweifelhaftes Kompliment. Es war zwar nicht das Allerhöchste für eine Frau von Mitte vierzig, von einem etwas schleimigen Typen um die sechzig mit gefärbten Haaren und altmodischem Schnurrbart angeflirtet zu werden, aber wenn es der Sache diente … Und Nettes hörte auch Hanna natürlich allemal lieber als Unverschämtes.

Kurz darauf standen zwischen ihnen zwei große Stücke Esterházy-Torte, ein Espresso für Holter und eine Latte macchiato für Hanna.

»Und wie kann ich Ihnen nun behilflich sein, Frau Fischer?«, brachte Holter zwischen zwei Bissen Torte hervor.

»Ich suche für mich und …«

Sie tupfte sich die Lippen mit der Serviette ab.

»... für mich und meinen Begleiter ein schönes Zimmer, gern mit Blick nach hinten raus. Ich denke an zwei Nächte, und an einem der Abende wäre natürlich ein romantisches Dinner hier in Ihrem schönen Hotel ganz wunderbar.«

»Aber gern! Da sind Sie im Vilsegger Hof genau richtig! Wir sind sehr darauf bedacht, unseren Gästen das Beste zu bieten und ihnen vielleicht sogar auch einmal Wünsche zu erfüllen, derer sie sich noch gar nicht bewusst sind. Und natürlich ...«

Er beugte sich ein wenig vor, was angesichts des leeren Restaurants ziemlich albern wirkte.

»Und natürlich geht bei uns Diskretion über alles. Wir haben eine Tiefgarage, die für unsere Hotelgäste reserviert ist. Es muss also kein Wagen an der Straße stehen, wo er vielleicht von jedermann gesehen werden würde.«

Hanna nickte zufrieden und lächelte Holter an.

»Und selbstverständlich«, fuhr der fort, »können Sie und Ihr Begleiter auch zwei Parkplätze in der Tiefgarage nutzen. Also ... für den Fall, dass Sie vielleicht getrennt an- und abreisen.«

Holters verschwörerische Art war die reinste Schmierenkomödie. Wenigstens ein vertrauliches Zwinkern verkniff er sich.

»Das klingt alles genau so, wie ich es mir erhofft habe«, sagte Hanna.

»Und für wann soll ich reservieren?«

»Das muss ich noch mit meinem Begleiter absprechen. Er ist nicht immer abkömmlich, wenn Sie verstehen ...«

»Natürlich, natürlich, ich verstehe voll und ganz.«

Hanna konzentrierte sich wieder auf ihr Tortenstück und überlegte gerade fieberhaft, wie sie das Gespräch auf Helmut Möller bringen könnte, da bot ihr Max Holter schon eine geeignete Gelegenheit.

»Wie haben Sie denn von unserem Hotel erfahren?«, fragte er. »Sind Sie aus der Gegend?«

»Nein, ich habe sogar eine recht ordentliche Strecke zu fahren«, schwindelte sie und hoffte, dass Holter sie nicht gesehen hatte, wie sie ihren Wagen mit Kemptener Kennzeichen neben dem Hotel abstellte. »Aber das ist mir ganz recht. Man will doch gerade für ein romantisches Wochenende zu zweit durchaus mal einen Tapetenwechsel, nicht wahr?«

»Sicher, sicher.«

»Und empfohlen hat mir Ihr schönes Hotel ein Bekannter, der hier auch schon gewohnt hat. Er meinte, verschwiegener und romantischer würde ich es nirgendwo finden.«

Holter glänzte vor Stolz.

»Er hat sich schon mehrmals hier einquartiert, und er kann Ihr Hotel tatsächlich in ungefähr einer halben Stunde erreichen. Er wohnt in Dietmannsried und heißt ...«

Holter war ganz blass und sehr nachdenklich geworden. Hanna verstummte, als hätte sie Holters Gesichtsausdruck aus dem Konzept gebracht, dann schlug sie sich die flache Hand vor den Mund.

»Oh, entschuldigen Sie bitte, Herr Holter«, sagte sie zerknirscht. »Da suche ich nach Diskretion – und plappere einfach Details über einen Ihrer Gäste heraus. Das wollte ich nicht.«

»Kein Problem, Frau Fischer«, beruhigte Holter sie und war schon wieder in seinem Element. »Alles, was Sie mir erzählen, bleibt auch bei mir, da müssen Sie sich keine Sorgen machen. Und entschuldigen müssen Sie sich schon gleich gar nicht: Ich weiß vermutlich schon, welchen unserer Gäste Sie meinen.«

»Ach?« Hanna stutzte, dann grinste sie ihn schelmisch an. »Dann zeigen Sie mir mal, wie gut Sie im Raten sind: Von wem habe ich gerade gesprochen?«

Holter erwiderte ihr Grinsen.

»Ich nehme an, Ihr Bekannter ist Helmut Möller – er wohnt in Dietmannsried und ist wirklich ein Stammgast unseres Hauses. Er hat bei uns immer in sehr eleganter Begleitung logiert. Und? Habe ich richtig geraten?«

»Volltreffer! Wobei er mir nicht gesagt hat, dass er hier Stammgast ist – aber wenn ich mir Ihr schönes Hotel anschaue, wundert mich das gar nicht.«

Die Miene des Hoteldirektors war wieder ernst geworden.

»Danke für Ihre schönen Worte«, sagte Holter. »Aber ich bin mir nicht sicher, ob er auch in Zukunft noch Stammgast bei uns sein wird.«

»Warum das denn?«

Hanna tat ganz erstaunt und war gespannt, ob der Hotelier womöglich schon von Möllers Tod erfahren hatte. Die Polizei hatte seinen Namen im Kontext des Berichts über den Toten am Tegelberg zwar nicht veröffentlicht, aber vielleicht hatte Holter seine eigenen Quellen.

»Mir gegenüber«, fügte sie hinzu, »hat er nicht den Hauch einer Kritik an Ihrem Hotel verlauten lassen.«

»Das freut mich zu hören. Aber er wollte eigentlich dieses Wochenende hier im Haus verbringen. Leider ist er nicht gekommen, und ich konnte ihn auch nicht erreichen. Wirklich schade. Wir hatten ein sehr schönes Arrangement für ihn vorbereitet.«

»Was denn für ein Arrangement?« Holter stutzte, und Hanna beeilte sich hinzuzufügen: »Ich wollte Sie ohnehin um einige Vorschläge für die Gestaltung unseres Wochenendes bitten. Wissen Sie, mein Begleiter ist recht anspruchsvoll, und ich möchte ja, dass er sich an unser Wochenende gern erinnert.«

»Nun, Herr Möller hatte ein Arrangement gebucht, das ich Ihnen nur empfehlen kann: Am ersten Abend beispielsweise ein Candle-Light-Dinner hier in unserem Restaurant, dezent begleitet von einem Geiger, mit dem wir schon seit vielen Jahren zusammenarbeiten.«

Hanna hob die Augenbrauen, Holter quittierte es mit einem Lächeln.

»Unser Restaurant heißt ›Zur Goldenen Geige‹, um die Verbundenheit unseres Hauses mit dem Ort und seiner Tradition zu betonen. Vils, müssen Sie wissen, war vor allem im achtzehnten Jahrhundert recht bedeutend im Geigenbau. Da bieten sich solche Verbindungen natürlich an.«

»Ach, ein Geiger zum Candle-Light-Dinner ... das gefällt mir sehr!«

Sie legte ein seliges Lächeln auf, obwohl sie viel lieber genervt mit den Augen gerollt hätte.

»Sehen Sie«, gab Holter erfreut zurück, »dass Ihnen das gefällt, habe ich mir schon gedacht. Sie sind einfach eine Frau von Stil, mit Gefühlen und einem gewissen Sinn für Romantik. Sehr schön, Ihr Begleiter darf sich wirklich glücklich schätzen.«

Hanna blinzelte. War das jetzt womöglich doch mehr als die beruflich begründete Schmeichelei eines Gastronomen?

»Oh«, schob Holter schnell nach, als er sah, wie sich die Miene seiner Gesprächspartnerin veränderte, »ich wollte Ihnen natürlich nicht zu nahe treten. Bitte verzeihen Sie meine Schwärmereien, aber ich genieße es einfach, Menschen um mich zu haben, die meine Freude an romantischen Details teilen.«

»Alles gut, Herr Holter«, versicherte sie ihm. »Sie müssen sich nicht entschuldigen. Ich bin nur verblüfft, mit wie viel Liebe zum Detail Sie an solche Arrangements herangehen.«

Holter atmete auf.

»Und welches Zimmer würden Sie mir am ehesten für ein romantisches Wochenende empfehlen?«

»Da kommt in erster Linie unsere Hohenegg-Suite infrage. Sie bietet Ihnen einen traumhaften Blick auf die Ruine Vilsegg und den Falkensteinkamm mit seinen dicht bewaldeten Hängen.«

»Dürfte ich die Suite vielleicht mal sehen?«, fragte Hanna. »Oder ist sie gerade bewohnt?«

»Genau diese Suite hatte Ihr Bekannter gebucht, und wir konnten sie an diesem Wochenende natürlich nicht mehr anderweitig vergeben. Aber für Sie bedeutet das: Ich kann Ihnen die Suite selbstverständlich zeigen.«

Er stand auf und reichte Hanna wieder den Arm.

»Wollen wir?«

Die Suite war wirklich hübsch, und der Blick hielt alles, was Holter versprochen hatte – nur das Zementwerk, das sich von rechts ins Bild drängte, hatte der Hoteldirektor zu erwähnen vergessen.

Möbliert waren die beiden durch eine Tür verbundenen Räume etwas altmodisch, aber mit dem breiten Bett und den großflächigen Spiegeln im lichten Schlafzimmer konnte man sich durchaus vorstellen, hier ein intimes Wochenende zu verbringen und nur zu den Mahlzeiten das Bett zu verlassen. Ein topmodernes, geräumiges Bad mit großer Wanne rundete das Bild ab.

»Sehr schön«, sagte Hanna und malte sich aus, wie es hier wohl für ein oder zwei Nächte mit ihrem Freund Thomas sein würde. Dann nannte Holter auf Nachfrage den Preis pro Nacht, und Hannas Traum zerplatzte wie eine Seifenblase.

»Ach, das geht ja«, presste sie ein wenig gequält hervor.

Die Kollegen, die das Treiben der Firma ExTrans Heinerling aus Altusried auf illegale Aktivitäten hin untersuchten und dabei schon recht erfolgreich gewesen waren, nahmen dankend Hansens Angebot an, ihnen zur Hand zu gehen. Vroni Schliers hatte sie entsprechend gebrieft, obwohl ihnen auch ohne den Fingerzeig der Kripochefin klar gewesen wäre, mit welchem Hintergedanken Hansen ihnen helfen wollte.

Der Besitzer des Unternehmens Josef Heinerling wohnte in recht einfachen Verhältnissen. Er hatte den Kollegen zufolge das alte Ausgedinghaus eines Bauernhofs in Unterhub gemietet, einem Weiler, der etwa einen Kilometer nordwestlich vom

Firmengelände seiner Import-Export-Klitsche lag. Als Hansen und Haffmeyer vor dem Bauernhof eintrafen, fiel ihr Blick als Erstes auf einen alten Mann, der auf einer knorrigen Holzbank saß und mit glasigen Augen in die Nachmittagssonne stierte. Seine zittrigen Finger umklammerten ein dickwandiges Glas, in dem noch ein Rest Rotwein schwappte.

Das Wohnhaus war recht groß, daneben umrahmten mehrere Nebengebäude einen Innenhof, auf dem allerlei landwirtschaftliches Gerät abgestellt war. Insgesamt machte der Bauernhof keinen schlechten Eindruck, nur ein kleines Häuschen, das sich neben ein modernes Stallgebäude duckte, wirkte ein wenig vernachlässigt. Die Fenster waren schlierig, und der Putz war an einigen Stellen abgebröckelt. Ein alter Kombi mit Rostflecken stand vor dem Häuschen, und neben der Tür hing ein Gebilde aus Salzteig, das in übergroßen Lettern den Namen »Heini« bildete. Hier also schien Josef »Heini« Heinerling zu wohnen. Hansen versuchte durch die Fenster etwas zu erkennen, doch das war auf diese Entfernung nicht möglich.

Also wandte sich Hansen zunächst an den Alten. Dieser blinzelte ein paarmal, bis er die beiden Männer registrierte. Mühsam richtete er sich auf, dabei verschüttete er ein paar Tropfen Wein auf seine Hose.

»Scheiße!«, knurrte er und wischte wie verrückt über den groben Stoff an seinem rechten Oberschenkel. Abgesehen davon, dass die Hose auch ohne Weinflecken schon längst in den Müll gehört hätte, machte er damit den Fleck nur noch schlimmer. Schließlich gab er auf und hob den Blick.

»Was send ihr denn für welche?«

»Wir möchten gern zu Herrn Heinerling«, erklärte Hansen.

Der Alte verzog seine feuchten Lippen. Die nachlässig rasierte Mundpartie warf sich dabei in erstaunliche Falten.

»Hätt i mir au denka kenna.«

»Warum?«

»Weil ihr grad so aussähat wia russische Waffaschiabr: dean wia Spießr, kennad scheint's koi Wässerle triaba – ond hends fauschtdick hendr die Ohra.«

Hansen hatte kaum ein Wort verstanden und sah ratlos zu Haffmeyer, aber der winkte nur ab. Der Alte fiel in ein krächzendes Lachen, leerte sein Glas und wischte sich die Lippen mit dem Ärmel seines viel zu weit geschnittenen Hemds ab.

»Hat denn der Heini mit Waffenschiebern zu tun?«, fragte Haffmeyer auf Hochdeutsch, damit sein Chef dem Gespräch folgen konnte.

»Ha, sicher! Ond mit Koks ond andre Droga, verschobene Kärra, geklaute Fernseher, was de willsch! Bloß mit Fraua hot er nix gmacht – do hättsch als Vermieter wenigschtens was davo ghätt …«

Hansen begnügte sich mit den »geklauten Fernsehgeräten«, die er sich aus dem Gebrabbel hatte zusammenreimen können. Den Rest würde ihm Haffmeyer später übersetzen. Heinerling schien aus seinen krummen Geschäften zumindest seinem Vermieter gegenüber keinen Hehl gemacht zu haben.

»Wieso wissen Sie denn so genau Bescheid, was der Heini getrieben hat?«, wandte er sich wieder an den Alten. »Ist das hier in Ihrem Nest normal, dass einer geklaute Geräte verschiebt?«

»Ach, jetzat!«

Der Alte schüttete sich fast aus vor Lachen.

»Ihr send gar koine Waffaschiabr, ihr send von dr Polizei!«

»Und zwar von der ganz üblen Sorte«, ließ sich eine jüngere Stimme hören.

Josef Heinerling war unbemerkt zu den drei Männern gestoßen. Er bebte sichtlich vor Zorn, zeigte eine ungesund rote Gesichtsfarbe, und die blonden Haare fielen verfilzt auf seine Schultern.

»Weißt du, Herbert, dieser Typ hier fragt dich nach der einen Sache – und wenn er da nicht weiterkommt, schwärzt er dich bei seinen Polizeikollegen wegen einer anderen an. Der ist schuld dran, dass ich meinen Laden wahrscheinlich dichtmachen kann.«

Der Alte kniff die Augen zusammen und fixierte Hansen. Dann machte er erst ein grollendes, undefinierbares Geräusch, dann spuckte er vor Hansen aus. Dieser beachtete ihn nicht weiter, sondern behielt Heinerling im Blick.

»Wir hätten noch ein paar Fragen an Sie«, sagte Hansen ruhig. »Und es sieht ganz so aus, als hätten Sie gerade ein paar Minuten für uns.«

»Pfff!«, machte Heinerling. »Was wollen Sie denn noch? Und außerdem habe ich vor dem Herbert keine Geheimnisse!«

»Den Eindruck hatte ich auch. Er hat uns gerade sehr freimütig von den gestohlenen Fernsehgeräten erzählt, mit denen Sie handeln.«

»Drogen und verschobene Autos hat er auch erwähnt«, sprang Haffmeyer ihm bei. »Vielleicht sollten sich unsere Kollegen mal mit Ihrem Vermieter unterhalten.«

»Der Herbert ist nicht mein Vermieter. Er ist der Seniorchef hier auf dem Hof, gemietet habe ich mein Häusle von seinem Sohn. Und den Herbert brauchen Sie gar nichts zu fragen, der ist hier oben eh nicht mehr ganz richtig.«

»He!«, maulte der Alte, der alles gehört hatte, obwohl Heinerling gegen Ende etwas leiser geworden war. »Was schwätzsch du denn do? Hosch du mir net erscht vorig Woch von deira neia Ladong verzählt mit all denne sauteire Gerätla? Frisch von dene Schlitzauga hättsch des, hosch gsagt!«

»Lass gut sein, Herbert«, fuhr Heinerling dem Alten ins Wort, dann richtete er sich an Hansen: »Vielleicht ist es wirklich besser, wir gehen ein Stück und unterhalten uns in Ruhe.«

Er entfernte sich mit großen Schritten vom Bauernhof, dann drehte er sich um, verschränkte die Arme vor der Brust und sah die beiden Kripobeamten herausfordernd an.

»So, und jetzt raus mit der Sprache. Was wollen Sie von mir? Haben Sie noch nicht genug Schaden angerichtet?«

»Na ja, Schaden angerichtet haben nur Sie. Dass Ihnen die Polizei auf die Finger schaut, ist nicht unser Problem. Wer sich an die Gesetze hält, hat von uns nichts zu befürchten.«

Heinerling lachte laut auf, es klang gekünstelt.

»Wie auch immer«, sagte Hansen und begann die Befragung mit einer kleinen Notlüge: »Die Kollegen haben uns gebeten, dass wir ihnen noch ein wenig zur Hand gehen. Und da wir uns ja schon einmal so nett mit Ihnen unterhalten haben …«

»Blödsinn! Labern Sie hier nicht rum, sondern kommen Sie zur Sache! Ich hab Kaffee aufgesetzt, und den würde ich gern trinken, bevor er kalt wird. Also, was ist?«

Hansen lächelte ihn mitleidig an.

»Eigentlich dachte ich, Sie hätten schon gemerkt, dass ich Ihren anmaßenden Ton nicht mag. Und dass es nichts Gutes zur Folge hat, wenn man mich verärgert.«

Heinerling winkte wütend ab.

»Ach, was wollen Sie mir denn noch einbrocken? Der Tipp, den Sie Ihren Kollegen gegeben haben, hat schon dafür gesorgt, dass ich meinen Laden zusperren konnte! Und es würde mich nicht wundern, wenn ich ihn auch gleich zugesperrt lassen könnte. Meine Kundschaft ist nämlich daran interessiert, ihre Geschäfte in aller Ruhe abzuwickeln. Wenn man da ständig Angst haben muss, dass ein Bulle hinter der nächsten Hecke lauert …«

»Na ja«, antwortete Hansen, »ganz so bedeutend sind Sie dann doch nicht, als dass man extra jemanden zur Beobachtung abstellen würde. Aber wenn Sie sich mit lichtscheuen Gestalten einlassen, sollten Sie vielleicht lieber Ihr Geschäftsmodell überdenken, als die Polizei zu beschimpfen.«

Heinerling schnaubte.

»Mir geht ein Gedanke nicht aus dem Kopf, Herr Heinerling«, fuhr Hansen fort. »Was wäre, wenn sich herausstellen würde, dass Sie … sagen wir … ein Opfer ganz besonders unglücklicher Umstände wären? Dass Sie unverschuldet in Schwierigkeiten geraten wären – und nun die Zeche für Leute bezahlen, die viel nötiger vor Gericht landen sollten als Sie?«

Haffmeyer warf Hansen einen überraschten Seitenblick zu, sagte aber nichts, und schon im nächsten Moment schaute er wieder unbeteiligt vor sich hin. Heinerling hatte davon nichts bemerkt. Er sah Hansen fragend an und kniff die Augen zusammen.

»Hä?«

»Nehmen wir mal an, Sie hätten Ihre Geschäfte mit Leuten gemacht, die für die Kollegen von der Wirtschaftskriminalität deutlich interessanter wären als Sie ... und Sie würden den Kollegen den einen oder anderen Hinweis geben, der dazu führt, dass die Kripo diesen anderen Leuten auf die Schliche kommt ... Sie verstehen?«

»Sie wollen mir einen Deal vorschlagen? Ich soll meine Geschäftspartner verpfeifen?« Heinerling winkte ab. »Können Sie vergessen.«

»Dachte ich mir«, sagte Hansen und nickte wissend. »Aber gewisse Geschäftspartner werden Sie jetzt ohnehin wie eine heiße Kartoffel fallen lassen – zu viel Polizei auf dem Firmengelände, das haben Sie ja vorhin selbst gemeint. Und von verraten hat auch niemand etwas gesagt: Die Kollegen, die gerade Ihre Unterlagen auseinandernehmen, sind richtig gut in ihrem Job, das können Sie mir glauben – die kommen auf das meiste, was Sie ihnen sagen könnten, auch von allein. Falls Sie aber rechtzeitig den Mund aufmachen und damit den Kollegen etwas Zeit und Arbeit ersparen, wird das ja vielleicht honoriert. Und hinterher muss auch keiner erfahren, was die Kollegen selbst herausgefunden und was sie von Ihnen erfahren haben.«

Heinerling war nun doch etwas nachdenklich geworden. Er schaute zwischen Haffmeyer und Hansen hin und her.

»Ich weiß nicht recht …«

Hansen nickte ihm noch einmal zu und wandte sich zum Gehen.

»Kein Problem, ich will Sie auch nicht drängen, war nur ein Vorschlag. Einen schönen Sonntag noch, Herr Heinerling.«

Er marschierte los, Haffmeyer im Schlepptau, und zählte die Schritte. Schon bei »sieben« rief Heinerling ihm nach, Hansen hätte eher auf »zehn« getippt. Offenbar stand dem Import-Export-Händler das Wasser wirklich bis zum Hals. Das würden die Kollegen gerne hören. Hansen blieb stehen, drehte sich um und wartete, bis Heinerling aufgeschlossen hatte.

»Möglicherweise fällt mir ja doch etwas ein, was Ihnen die Spur zu größeren Fischen weisen könnte.«

»Schön.«

»Haben Sie denn schon eine Idee, wer Sie da besonders interessieren würde?«

»Oh, das müssten Sie mit den zuständigen Kollegen besprechen. Da bin ich gar nicht so drin im Thema. Hat Ihnen denn jemand aus der Ermittlungsgruppe seine Visitenkarte gegeben?«

Heinerling nickte und nannte den Namen des zuständigen Kommissariatsleiters.

»Guter Mann, an den sollten Sie sich wenden. Ich werde ihm sagen, dass Sie sich bei ihm melden werden.«

Hansen machte erneut Anstalten, zum Auto zurückzukehren. Heinerling hielt ihn auf.

»Ja, und Sie wollen jetzt gar nichts von mir wissen?«

»Nichts, was mit Ihren Kunden zu tun hätte.«

»Und … und wieso sind Sie dann hergekommen?«

»Ich hatte gehofft, dass Sie mir noch etwas mehr über Helmut Möller erzählen könnten.«

»Und?«

»Na ja, wenn Sie schon so herumeiern wegen irgendwelcher Ganoven, die Sie mit Ihren dunklen Geschäften in Schwierigkeiten bringen, werden Sie über einen ehemaligen Mitarbeiter schon gleich gar nichts Nachteiliges sagen wollen.«

Heinerling sah den Kommissar verwirrt an.

»Wobei«, fuhr Hansen fort, »wenn ich es recht bedenke: Ohne Möllers Tod könnten Sie noch immer ungestört Ihren Geschäften nachgehen. Eigentlich müssten Sie auf ihn mächtig sauer sein – und jetzt, wo er tot ist, kann er Ihnen auch keinen Ärger mehr machen, wenn Sie ein bisschen aus dem Nähkästchen plaudern.«

»Was meinen Sie damit?«

»Wir wissen, dass Möller seine eigenen Geschäfte laufen hatte. Und er wird das kaum hingekriegt haben, ohne dass Sie als sein Chef etwas davon mitbekommen.«

Heinerling schwieg, aber hinter seiner Stirn sah man es förmlich arbeiten.

»Schauen Sie, Herr Heinerling, Ihre Geschäfte interessieren mich nicht sonderlich, ich will von Ihnen nur wissen, was Sie mir über die Machenschaften Ihres Angestellten sagen können. Ich suche nach Anhaltspunkten dafür, wer Helmut Möller umgebracht haben könnte – und weil Sie sich während unseres ersten Gesprächs nicht sonderlich kooperativ gezeigt haben, musste ich meine Kollegen ins Spiel bringen.

Doch wenn Sie jetzt immer noch nicht gelernt haben, dass es manchmal besser ist, mir gegenüber nicht so verstockt zu sein, dann kann ich Ihnen auch nicht helfen.«

Hansen ging zurück in Richtung Auto. Diesmal sagte Heinerling nichts, und er rief ihnen auch nicht hinterher, aber er folgte den beiden Beamten, und als Hansen schon den Griff zur Fahrertür in der Hand hatte, blieb Heinerling einen Meter von ihm entfernt stehen.

»Womit wollen Sie mir denn jetzt noch drohen?«

»Ich? Ihnen drohen?«, gab Hansen zurück. »Ich will Ihnen nicht drohen. Ich kann Ihnen vielleicht zusätzlichen Ärger ersparen, aber dazu muss ich Ihnen nicht drohen. Was Ihnen womöglich blüht, hat mit der Polizei nicht das Geringste zu tun. Mich muss das nicht kümmern. Ich finde es schade, dass Sie mir nicht bei meinen Ermittlungen helfen, aber was draus wird, ist nicht mein Problem.«

»Was soll das heißen?«

»Möller hat irgendwelche krummen Dinger gedreht, mit denen er sein Gehalt aufgebessert hat. Ich könnte mir vorstellen, dass Sie davon wussten und ihn gewähren ließen, damit er Sie nicht mit der Forderung nach einer Gehaltserhöhung behelligt. Sie wissen ja, dass er gern Frauen ausführte – das geht ins Geld, wenn man es in diesem Umfang betreibt. Jetzt ist Möller tot und damit aus dem Geschäft. Was, wenn er noch irgendjemandem etwas schulden oder wenn irgendjemand auf eine ausstehende Lieferung warten würde? Und was, wenn dieser Jemand kein besonders gemütlicher Zeitgenosse wäre? Was glauben Sie, Herr Heinerling, an wen er sich in diesem Fall wenden würde?«

Endlich fiel der Groschen. Heinerling wurde blass.

»Ah, ich sehe, jetzt haben Sie mich verstanden. Und wenn ich Ihre Gesichtsfarbe richtig interpretiere, wissen Sie ziemlich genau, wie wenig Spaß Möllers Geschäftspartner in einem solchen Fall verstehen.«

»Und was soll ich jetzt machen?«

»Na, Sie legen die Karten auf den Tisch, erzählen mir über Möllers Geschäfte alles, was Sie wissen. Und wir gehen diesen Hinweisen nach, weil wir es für möglich halten, dass dort Möllers Mörder zu suchen ist. Wir ziehen seine Partner aus dem Verkehr – und Sie haben von denen nichts mehr zu befürchten.«

Heinerling schluckte.

»Ich finde«, fügte Hansen noch hinzu, »das klingt nach einem guten Deal für Sie.«

Der Händler dachte noch eine Zeit lang nach, dann ließ er die Schultern sinken und nickte.

»Also gut, ich fahre Ihnen voraus. In meiner Firma sage ich Ihnen, was ich über Möllers Geschäfte weiß. Und falls Ihre Kollegen schon Unterlagen dazu gefunden haben sollten, kann ich einige der Papiere und Notizen sicher auch erklären.«

Zweieinhalb Stunden hatten Hansen und Haffmeyer im Büro von Heinerlings Handelsklitsche verbracht. Zwei für Wirtschaftsdelikte zuständige Kollegen saßen dabei, und am Ende gab es ein ernüchterndes Ergebnis: Nichts, was Heinerling über seinen toten Exmitarbeiter Möller erzählt hatte, war für die ermittelnden Beamten neu gewesen. Und keiner der fragwürdigen Deals, die Möller nebenbei abgeschlossen hatte, war groß genug, um einen Mord an ihm zu rechtfertigen – und zu keinem der entdeckten Deals stand noch eine Zahlung oder eine Lieferung aus. Es mochte um Möller viele Geheimnisse geben: Seine Geschäfte waren sauber dokumentiert und vollständig abgewickelt.

Auf der Heimfahrt aus Altusried war es entsprechend still in Hansens Wagen. Nur einmal fragte Haffmeyer ihn, ob er sich allen Ernstes dafür einsetzen wolle, dass Heinerling für seine Kooperation belohnt werde.

»Ach was«, sagte Hansen und schaute frustriert auf den Verkehr vor sich, »damit wollte ich ihm nur die Zunge lüpfen, wie ihr Allgäuer so schön sagt. Was aus diesem Idioten wird, ist mir so egal wie nur was.«

»Wir sagen ›lupfen‹«, korrigierte ihn Haffmeyer grinsend.

Hanna rief an und berichtete Haffmeyer von ihrem Gespräch mit Hoteldirektor Holter. Als Hansen erfuhr, dass auch die Fahrt nach Vils nicht viel gebracht hatte, versank er in finsteres Brüten. Auf der Höhe von Oy-Mittelberg erschrak er und schaute auf die Uhr.

»Mist!«, entfuhr es ihm. »Resi! Die hab ich ganz vergessen!«

Er erklärte Haffmeyer, dass seine Freundin etwa zur Kaffeezeit zu ihm zurückkommen und ein Stück Kuchen für ihn mitbringen wollte. Den Rest der Fahrt brachten sie angespannt und schweigend hinter sich.

Vor Hansens Haus war allerdings keine Spur von Resis Flitzer zu sehen. Im Flur blinkte der Anrufbeantworter, und die Nachricht von Resi ließ Hansen erleichtert aufatmen.

»Hallo Eike, ich komme jetzt doch ein bisschen später. Den Kuchen musst du dir morgen früh schmecken lassen. Ich vespere noch mit meinen Eltern und treffe erst im Lauf des Abends bei dir ein. Sei mir bitte nicht böse – aber wenn du jetzt nicht ans Telefon gehst, bist du wahrscheinlich eh wieder draußen im Garten und verschießt deine Pfeile in alle Richtungen.« Leises Lachen. »Verletz dich nicht. Bis nachher.«

»Glück gehabt«, seufzte Hansen und lächelte Haffmeyer erleichtert an. »Bleibst du noch auf ein Bier? Frau Walburga sorgt ja immer dafür, dass genug Weißbier kalt gestellt ist.«

»Nein, Chef, ich fahr jetzt lieber heim. Kann ich deinen Dienstwagen haben? Dann hol ich dich morgen früh ab und nehm dich mit nach Kempten.«

»Schade, ich dachte, wir trinken noch einen miteinander. Ich hätte mich sogar wieder an einem Weißbier versucht.«

»Deinen Einsatz weiß ich zu schätzen«, versetzte Haffmeyer grinsend. »Aber ich möchte lieber nicht da sein, wenn Resi heimkommt. Diesmal hast du noch Glück gehabt, dass sie dir nicht draufgekommen ist, aber wenn sie herausbekommt, dass du weiterermittelst, bevor du es ihr sagst, dann wackeln hier die Wände. Das hör ich mir lieber aus sicherer Entfernung an.«

Er ließ sich von Hansen die Wagenschlüssel geben, stieg in den Dienstwagen, stellte den Sitz für seine elend langen Beine ein und fuhr schließlich davon.

Ignaz saß in einer Ecke des Hofes und starrte Haffmeyer hinterher, doch als Hansen ihn zu sich rufen wollte, warf er ihm einen vernichtenden Blick zu und schlich in Richtung Schuppen davon. Hansen kehrte ins Haus zurück, zappte sich eine Zeit lang durch die Fernsehprogramme, bevor er doch noch in den Garten hinausging. Es konnte nicht schaden, ein paar Pfeile zu verschießen. Dann würde er Resi nicht anlügen müssen, wenn sie ihn nach seinen heutigen Erfolgen mit dem Bogen fragte. Wenigstens dazu nicht.

Doch er konnte sich nicht richtig konzentrieren. Ihm gingen die beiden gestrigen Gespräche mit dem einstigen und dem aktuellen Geheimdienstmann nicht aus dem Kopf, und er stellte sich vor, wie Resi reagieren würde, wenn sie erfuhr, dass Hansen sie angelogen hatte.

Die ersten Pfeile verschwanden zischend in den Büschen, die den weitläufigen Garten zum Forggensee hin abgrenzten. Hansen ging ein gutes Stück auf die Scheibe zu und zog einen neuen Pfeil aus dem Köcher. Dann griff er mit der linken Hand nach dem Bogen, hielt ihn aber nur ganz locker, legte mit der rechten einen Pfeil auf und atmete einmal tief ein und aus. Dann stellte er sich seitlich zur Schussrichtung, achtete auf schulterbreiten Stand, drückte den Rücken durch, drehte den Kopf nach links, schloss die Augen und konzentrierte sich ganz darauf, gerade wie ein Stock auf der Wiese zu stehen und nichts anderes zu tun, als zu stehen und zu atmen, ruhig und gleichmäßig.

Bald durchströmte ihn ein Gefühl tiefer Entspannung. Alles andere war nun aus seinen Gedanken verschwunden, selbst den Boden unter seinen Füßen spürte er nur noch vage. Es zählten nur noch der Bogen, der Pfeil und sein ruhig gehender Atem.

Dann öffnete er die Augen und visierte die Zielscheibe an.

Doch etwas an dem Bild, das sich ihm bot, stimmte nicht.

Er musste zweimal blinzeln, bis er glauben konnte, was er da sah. Oben auf der Zielscheibe saß Ignaz, sein räudiger Mitbewohner. Er schaute in der Gegend umher, ohne von dem Mann mit Pfeil und Bogen besondere Notiz zu nehmen.

»Geh weg, Ignaz!«, rief Hansen ihm zu. Der Kater sah zwar kurz zu ihm her, fand den Zweibeiner aber nicht interessant genug, um mit seinem Blick länger bei ihm zu verweilen. Stattdessen begann er sich aufreizend lässig zu putzen, während er den Schwanz ganz langsam vor der Zielscheibe hin- und herschwingen ließ.

Hansen war erst ganz verdattert, doch dann hörte er eine maunzende Stimme in seinem Kopf sagen: »Schieß ruhig, du triffst mich eh nicht, mitten auf deiner Zielscheibe ist vermutlich der sicherste Platz im ganzen Garten.«

Hansen blinzelte erneut, aber der Kater saß immer noch oben auf der Zielscheibe, putzte sich und ließ seinen Schwanz über die unterschiedlich eingefärbten Ringe der Scheibe gleiten. Ein böses Grinsen machte sich allmählich auf Hansens Gesicht breit. Er kontrollierte noch einmal seinen Stand, nahm das Ende des Pfeils ein wenig fester zwischen seine Finger, zog ganz langsam die Sehne nach hinten. Dann visierte er die Mitte der Zielscheibe an, hob die Pfeilspitze dann so weit an, dass er nach seiner Einschätzung die Scheibe direkt an ihrem oberen Ende treffen musste, und ließ den Pfeil los.

Die Sehne surrte, der Pfeil flitzte zischend davon und beschrieb einen eleganten Bogen genau auf die Zielscheibe zu – und überflog sie in gut zwei Metern Höhe. Das Geräusch, mit dem der Pfeil in den Forggensee eintauchte, wurde überlagert vom Knirschen von Hansens Zähnen.

Der Kater hatte sich keinen Millimeter von seinem Platz wegbewegt. Er hatte dem Pfeil nachgeschaut, hatte sogar seinen klugen Kopf verdreht, um das Geschoss bis zum Einschlag ins Wasser nicht aus den Augen zu verlieren. Danach hatte er Hansen einen Blick zugeworfen, der ihm für diesen Tag den Rest gab.

Der Blick ging ihm nach, als er den Krustenbraten auspackte, ihn würzte und anbriet. Er beschäftigte ihn, als ein stechender Geruch nach Verbranntem durch die Küche zog. Und er setzte ihm auch dann noch zu, als er die ärgsten schwarzen Stellen von Fleisch säbelte, um das Essbare darunter für sein Abendessen freizulegen. Zog man noch das blutige Innere ab, war der allzu große Krustenbraten für eine Person gerade richtig gewesen. Nur der Blick von Ignaz …

Nein, dachte Hansen an diesem Abend wieder und wieder, nein, Katzen können niemanden auslachen.

Doch noch im Traum hörte er eine menschliche Stimme, die ihn sehr an Ignaz erinnerte. Und diese Stimme lachte und lachte und wollte einfach nicht damit aufhören.

Montag, 30. April

Die Woche ging nicht gut los. Resi war erst spät am Sonntagabend nach Füssen gekommen und wollte ein wenig länger schlafen. Ihren Kollegen hatte sie noch am Abend per Textnachricht Bescheid gegeben, und so schlich sich Hansen morgens leise aus dem Schlafzimmer, aß nur schnell eine Kleinigkeit und passte Haffmeyer draußen im Hof ab, damit der nur ja nicht die Türklingel benutzte und Resi damit aufweckte.

Als die beiden in Kempten ankamen, herrschte im Kommissariat 1 schon ordentlich Betrieb. Etwa zwanzig Minuten vor Hansens Eintreffen war der Kripo der Tod einer Bäuerin aus Nesselwang, einer gewissen Luise Felbarth, gemeldet worden. Sie war von einem Erntehelfer neben dem Kuhstall gefunden worden, und die Reifenspuren auf ihrer Kittelschürze legten den Verdacht nahe, dass sie von einem Traktor überrollt worden war.

Hardy Koller, der stellvertretende Leiter von Hansens K1, fasste für seinen Vorgesetzten eifrig zusammen, was man bisher wusste. Viel war es nicht, und das meiste hatte ein Kollege beigesteuert, der in Nesselwang wohnte: Die Bäuerin war siebenundsechzig Jahre alt, eine ortsbekannte Xanthippe, und die Ehe mit ihrem fünf Jahre älteren Gatten Alfred stand nicht zum Besten. Der wiederum wankte meistens betrunken auf dem Hof oder im Dorf herum und hatte seiner Frau schon des Öfteren Prügel angedroht. Nach der ersten Einschätzung des herbeigerufenen Notarztes war Luise Felbarth seit dem Vorabend tot. Alfred Felbarth, den der Erntehelfer nach seinem grausigen Fund sofort hatte verständigen wollen, lag laut schnarchend und mit einer beachtlichen Fahne im Ehebett.

»Und, Chef, übernehmen Sie?«, fragte Koller, doch seiner dienstfertigen Miene war anzusehen, dass er sich ein Nein erhoffte, um endlich zeigen zu dürfen, was für ein toller Kriminalist er war. Hansen tat ihm den Gefallen und übertrug Koller einstweilen die Leitung der Ermittlungen. Dann rief er Resi an, die erst nach einigem Läuten ans Telefon ging und sich verschlafen meldete. Als sie von der Leiche hörte, war sie hellwach und versprach, auf schnellstem Weg zum Fundort der toten Bäuerin zu fahren. Schließlich ging Hansen zu Vroni Schliers, um zu besprechen, was für die neue Sonderkommission vorzubereiten war.

Hansen war das ganze Gespräch über nicht richtig bei der Sache. Und danach schlurfte er lustlos zurück in sein Büro und stellte überrascht fest, dass Hanna Fischer und Willy Haffmeyer bereits auf ihn warteten.

»Was ist denn mit euch los?«, fragte er. »Habt ihr keine Lust, draußen zu ermitteln?«

»Nicht so gern, wenn Koller das Sagen hat«, antwortete Haffmeyer. »Und ganz ehrlich: Er hat uns auch gar nicht erst gefragt. Im Fall der toten Bäuerin werden wir wohl wieder für den Innendienst eingeteilt – so wie früher immer, bevor du hier der Chef geworden bist.«

»Mir ist das ganz recht«, fügte Hanna hinzu. »Im Moment bekomme ich noch immer nicht den toten Möller aus dem Kopf. Vielleicht ist es deshalb gar nicht schlecht, wenn Willy und ich mal wieder den Papierkram für die anderen machen. Geht dir das denn anders, Chef?«

»Kein bisschen. Mich wurmt es nach wie vor, dass wir den Fall nicht mehr haben – und mich ärgert es, dass wir mit unseren Recherchen auf eigene Faust so wenig herausgefunden haben. Wir haben einen fleißigen Gigolo, der tot ist, einen Hoteldirektor, der sein Haus gern als Liebesnest andient und dessen treuer Kunde Möller war, eine zurückgelassene Geliebte und ihren Mann, der für die Tatzeit kein Alibi hat.«

»Und einen seltsamen Geheimdienst, der nicht will, dass wir in Möllers Vorgeschichte herumstochern.«

»Und den auch noch, genau.«

Hansen verzog das Gesicht, dann fiel ihm etwas ein.

»Wisst ihr was? Wir sind doch jetzt alle drei im Moment überflüssig. Es gibt keine Berichte zu schreiben, Sherlock Koller sammelt noch Informationen in Nesselwang, und die Soko muss auch erst zusammengetrommelt werden. Ich habe heute noch nichts Richtiges gegessen – also gehen wir jetzt schön miteinander frühstücken. Ich lad euch ein, und der Willy kennt sicher was Passendes für uns.«

Haffmeyer enttäuschte sie nicht, und als sie sich eine knappe Stunde später pappsatt auf ihren Stühlen zurücklehnten, sah der Tag schon wieder viel besser aus. Hansens Handy unterbrach sie mitten im schönsten Geplauder. Hansen hörte aufmerksam zu, dann steckte er das Telefon weg und stand auf.

»Wir sollten zahlen und dann gleich nach Nesselwang fahren.«

»Wieso? Was ist denn passiert?«

»Passiert ist nichts, aber die Chefin hat mir gerade von einer Zeugin im Fall der toten Bäuerin erzählt. Es ist eine junge Frau aus der Nachbarschaft der Toten. Sie hat den frischgebackenen Witwer gestern Abend auf seinen Traktor klettern sehen. Und als sie erzählte, wohin sie unterwegs war, als sie am Haus des zerstrittenen Ehepaars vorbeifuhr, dachte die Chefin, dass mich das vermutlich interessieren würde.«

»Und wohin war sie unterwegs?«

»Sie wollte sich zwischen Petersthal und Moosbach auf einem Parkplatz mit ihrem Freund treffen und anschließend mit ihm ein wenig am Rottachsee entlangspazieren.«

»Ja und?«

»Ihr Freund, meinte sie, sei ein gewisser Helmut Möller aus Dietmannsried.«

Hardy Koller presste die Lippen zu einem Strich zusammen, als sein Vorgesetzter gemeinsam mit Hanna und Haffmeyer aus dem Wagen stieg. Er hatte gerade wie ein Feldherr seine Kommandos an die umstehenden Kollegen verteilt, nun befürchtete er offenbar, er wäre seine Führungsposition auch schon wieder los. Doch Hansen konnte ihn beruhigen.

»Ihr Fall, Herr Koller«, sagte er. »Und das soll auch so bleiben. Wir arbeiten Ihnen zu, wenn es gewünscht ist, aber ...«

Er zog Koller, der zu den letzten Worten ein Stück gewachsen zu sein schien, zur Seite.

»Ich habe da etwas, für das ich Ihre absolute Diskretion brauche. Aber ich weiß ja, dass ich mich da auf Sie hundertprozentig verlassen kann.«

Koller glühte vor Eifer und Stolz, und er nickte wissend.

»Ich kann's mir schon denken: Die junge Nachbarin hatte was mit unserem Toten aus der Tegelbergbahn – und Sie wollen ihr da ein bisschen auf den Zahn fühlen, richtig?«

»Wusste ich's doch: Ihnen kann das nicht verborgen bleiben. Also, das bleibt unter uns, ja?«

»Auch gegenüber Frau Schliers?«

»Nein, nein, sie weiß natürlich Bescheid – und ohne Rückendeckung von oben würde ich das ja auch gar nicht machen.«

Koller nickte. Er sah das genauso, oder genauer: Nur er sah das so – Hansen pfiff, wenn nötig, auf Hierarchien, aber das band er seinem ehrgeizigen Stellvertreter nicht auf die Nase.

»Und Sie wissen natürlich offiziell am besten gar nichts davon, nicht wahr?«, fuhr er fort. »Falls jemand in München Wind davon bekommt, soll das auf keinen Fall mit Ihnen in Verbindung gebracht werden – im Notfall halten nur Frau Schliers und ich den Kopf hin.«

Es war leicht zu erkennen, wie gut Koller das Arrangement gefiel. Einen Moment lang überlegte Hansen, ob er sich damit seinem Stellvertreter gegenüber ans Messer geliefert hatte, denn nun würde ein Anruf in München vermutlich reichen, um ihm ordentlich Ärger einzubrocken. Doch Koller wirkte einfach nur erfreut, von seinem Vorgesetzten ins Vertrauen gezogen worden zu sein. Und seit seinem ersten Fall im Allgäu, als Koller und einige andere versucht hatten, ihn auflaufen zu lassen, hatte sich die Beziehung zu den Beamten im K1 längst entspannt. Inzwischen herrschte eine gute Atmosphäre im Kommissariat, die Mitarbeiter waren hochzufrieden mit ihrem Chef, und er kehrte im Gegenzug auch nicht immer heraus, dass er der Leiter des KI war.

»Wir stehen natürlich alle hinter Ihnen, Chef«, beteuerte Koller, und er schien das auch so zu meinen. »Ich bring Sie kurz zu dem Kollegen, der hier im Ort wohnt, Björn Riegel. Der weiß am meisten über Möllers hiesiges Liebchen.«

Riegel war siebenundzwanzig, sah aber noch etwas jünger aus und war seit gut einem Jahr als Kriminalmeister dem KI zugeteilt. Im Moment stand er etwas abseits und unterhielt sich mit einer Frau Ende fünfzig. Wobei der Begriff »Unterhaltung« das Geschehen nicht ganz traf, denn der Mann machte sich fleißig Notizen, während die Frau ohne Unterlass auf ihn einredete. Koller und Hansen blieben in einigen Metern Abstand stehen und warteten, bis das Gespräch beendet war. Die Frau drückte Riegel zum Abschied beide Hände und drehte sich im Weggehen mehrmals um, damit sie auch ja genau mitbekam, wie die beiden Männer aussahen, die Riegel jetzt begrüßten.

»Ach, Herr Hansen«, sagte Riegel dann, »sind Sie jetzt doch vor Ort? Innendienst ist einfach etwas öde, was?«

Er lachte. Genauso offen und unverstellt begegnete er auch allen anderen Kollegen. Riegel war überall beliebt, er war ein heller Kopf, und Hansen konnte sich gut vorstellen, dass er eine gute Laufbahn vor sich hatte, wenn er nicht irgendwann einem Kollegen auf den Leim ging, der es nicht gut mit ihm meinte. Hansen beschloss, ihn bei Gelegenheit mal zur Seite zu nehmen.

»Da haben Sie recht«, gab er deshalb ebenso munter zurück. »Ich bin nicht so der Stubenhocker und immer heilfroh, dass Frau Schliers die Sokos leitet und ich mich draußen herumtreiben kann. Und Herr Koller meinte, ich könnte mich hier nützlich machen. Was hat es denn mit der Zeugin auf sich, die den Bauern gestern Abend auf dem Traktor gesehen hat?«

»Oh, stimmt ja«, sagte Riegel ganz zerknirscht. »Mit der Sylvia wollt ich ja auch noch reden. Heute früh war sie noch völlig fertig, nachdem sie erfahren hat, was passiert ist. Sie kennt die Felbarths seit Jahren und wohnt gleich dort drüben in dem schmucken Häuschen – dort hat sie die Einliegerwohnung gemietet.«

»Und wie heißt diese Sylvia mit Nachnamen?«

»Hölbenreiter. Sie ist vierunddreißig Jahre alt, lebt allein und ist vor zehn, elf Jahren hierher nach Nesselwang gezogen. Sie stammt aus Roßhaupten, wo ihre Eltern noch immer wohnen, und arbeitet im Büro einer kleinen Firma drüben in Oy. Die Sylvia hat mit niemandem im Ort Streit, sogar mit Luise Felbarth ist sie ausgekommen – und das kann nicht jeder in Nesselwang von sich behaupten. Die war eine ziemliche Schreckschraube, hatte an allem was auszusetzen, und von der Metzgersfrau über den Bäcker bis zum Gärtner hatte sie so ziemlich mit jedem im Ort mal Reibereien. Man soll ja über Tote nichts Schlechtes sagen, aber es tut mir leid: Etwas Gutes fällt mir zu ihr nicht ein. Ich vermute, dass es auf ihrer Beerdigung eine ganze Menge erleichterter Gesichter geben wird.«

Hanna und Haffmeyer grinsten breit, und auch Hansen hatte Mühe, ernst zu bleiben. Dann räusperte sich Riegel und legte eine betrübte Miene auf.

»Die Sylvia hat es übrigens nicht immer leicht gehabt«, fuhr er fort, »daheim in Roßhaupten nicht, wie sie mir erzählt hat, und anfangs auch nicht hier in Nesselwang.«

»Und warum?«

Riegel hob die Hand, als wolle er auf etwas in seinem Gesicht deuten, aber er ließ die Hand wieder sinken.

»Sie werden es selbst sehen«, sagte er. »Aber zeigen Sie es ihr bitte nicht, falls es Sie erschreckt, versprechen Sie mir das?«

»Okay, jetzt bin ich aber gespannt.«

»Ich persönlich finde es eigentlich gar nicht schlimm, aber das hilft ihr nichts. Ich bin ja viel zu jung für sie. Obwohl …« Er senkte kurz den Blick und lächelte versonnen. »Obwohl ich als Teenager – da war sie gerade hergezogen – ganz schön für sie geschwärmt habe.«

Er wurde wieder ernst und sah Hansen forschend an.

»Werden Sie es ihr sagen?«, fragte Riegel.

»Was meinen Sie?«

»Ich hab mitbekommen, dass sie am Hof der Felbarths vorbeigekommen ist, weil sie sich mit ihrem Freund treffen wollte – und dass es sich bei diesem Freund ausgerechnet um den Toten aus der Tegelbergbahn handelt.«

»Ich weiß es noch nicht, aber vermutlich werde ich es bleiben lassen. Wenn sie wirklich so angegriffen ist, wie Sie sagen, dann könnte sie das natürlich vollends umhauen. Und die Ermittlungen im Mordfall Möller liegen ja auch nicht mehr bei uns – also geht mich das alles im Grunde genommen gar nichts an.«

Riegels Mundwinkel gingen einen Moment lang nach

oben, und Hansen kam zu dem Schluss, dass der junge Kollege längst nicht so naiv war, wie er befürchtet hatte.

»Ja, natürlich«, sagte Riegel und hatte seine Miene auch sofort wieder im Griff. »Soll ich Sie rüberbringen, Chef?«

»Nein, das wird nicht nötig sein. Sie haben mir das Haus ja gezeigt, und Frau Hölbenreiter ist zu Hause?«

»Ja, ist sie. Es wäre mir aufgefallen, wenn sie weggegangen wäre.«

»Gut. Und haben Sie von der Frau eben etwas Hilfreiches erfahren?«

Riegel seufzte. »Wie man's nimmt. Rotraud Halfmeier ist so etwas wie das wandelnde Lokalblättle, die größte Tratschtante im Dorf – und obendrein auch noch eine Nachbarin der Felbarths und die Vermieterin von Sylvia. Ich weiß jetzt, an welchen Stellen um seinen Hof herum Alfred Felbarth sich zum Saufen verkrümelt hat, und ich weiß, dass er angeblich auch einmal in den Vorgarten gekotzt hat. Inwieweit das zur Lösung unseres Falles beiträgt, müssen Sie entscheiden, Chef.«

»Da haben Sie schon wieder was gelernt, Herr Riegel: Keiner mag Tratschtanten in der Nachbarschaft haben, aber uns als Polizei nehmen sie einen Haufen Arbeit ab.«

»Wohl wahr, Chef. Aber leider hat sie nicht gesehen, ob Alfred Felbarth seine Frau mit dem Traktor überrollt hat.«

»Man kann nicht alles haben.«

Die junge Frau, die Hansen öffnete, trug eine Sonnenbrille und war ungeschminkt. Sie war mit Jogginghose und ausgeleiertem Sweater offenbar nicht darauf eingerichtet, das Haus zu verlassen. Hansen stellte sich und seine beiden Kollegen vor. Sylvia Hölbenreiter nickte nur und ging ihm, Hanna und Haffmeyer voraus durch den Flur hinein.

Es war eine eher kleine Wohnung mit hellen Zimmern. Alles war aufgeräumt und geschmackvoll eingerichtet. Den Raum, in den sie ihre Besucher führte, dominierte eine Polstergruppe mit einem kleinen Couchtisch in der Mitte. Außerdem gab es einen Fernseher, Regale mit Büchern, CDs und DVDs und zwei gut gepflegte Topfpflanzen. Auf dem Couchtisch stand eine halb geleerte Tasse, und in der Luft hing das Aroma von Lavendel, das Hansen von einem Urlaub in der Provence her kannte.

Frau Hölbenreiter ließ sich auf dem Sofa nieder, Hansen und Hanna nahmen auf zwei Sesseln Platz. Haffmeyer blieb stehen und lehnte das Angebot ab, sich aus der benachbarten Küche einen Stuhl zu holen.

Hansen musterte die Frau. Sie sah jünger aus als Mitte dreißig, hatte ein auffallend hübsches Gesicht, schien schlank zu sein, und ihr dunkelblondes Haar fiel ihr in weichen Locken bis auf die Schultern. Bisher hatte er an Sylvia Hölbenreiter nichts entdecken können, über das er hätte erschrecken können. Im Gegenteil wunderte er sich, wie eine so ausnehmend attraktive Frau darauf angewiesen sein konnte, sich mit einem eher schmierigen Typen wie Helmut Möller einzulassen.

»Geht es Ihnen wieder besser, Frau Hölbenreiter?«, fragte Hansen schließlich.

»Ja, aber müde bin ich, sehr müde.« Sie deutete auf die Tasse vor sich. »Ich hab mir einen Tee mit Lavendel gemacht, der ist wirklich sehr beruhigend – wenn Sie mal was zum Einschlafen brauchen, kann ich Ihnen nur dazu raten. Meine

Freundin hat einen kleinen Teeladen hier im Ort, die hat ihn mir empfohlen.«

»Haben Sie Einschlafprobleme?«

»Ich …« Sie stockte einen Moment lang. »Ich hatte zuletzt manchmal das Gefühl, dass ich zugleich todmüde und völlig aufgewühlt bin.«

»Aha? Und warum?«

»Ich … Ich vermute, dass das was mit der Periode zu tun hat. Eine Frauengeschichte halt, vielleicht geht es Ihrer Kollegin ähnlich.«

»Nein, ich schlafe wie ein Murmeltier«, erklärte Hanna.

»Seien Sie froh. Bei mir jedenfalls gibt es einfach Abende, da geht nichts ohne den hier.«

Sie nahm die Tasse auf und trank einen Schluck.

»Ich kann Ihnen gern ein paar Fragen beantworten, wenn Sie mögen, aber es wäre mir sehr recht, wenn es nicht allzu lange dauert. Viel kann ich Ihnen ohnehin nicht erzählen – und ob Ihnen das irgendwie weiterhilft – keine Ahnung.«

»Gut, dann beginnen wir am besten gleich. Was genau haben Sie gesehen? Ich weiß, Sie haben das alles schon meinen Kollegen erzählt, aber wenn es Ihnen nichts ausmacht, würde ich es gerne noch einmal von Ihnen hören.«

»Es war gestern Abend gegen halb sieben. Ich hatte mich ins Auto gesetzt und bin am Bauernhof der Felbarths vorbeigefahren, da habe ich gesehen, wie Alfred Felbarth auf seinen Traktor klettert. Ich hätte gar nicht so genau hingeschaut, wenn mir nicht aufgefallen wäre, wie schwer er sich damit tat – ich kann es nicht beschwören, aber ich glaube, dass er zu diesem Zeitpunkt ziemlich betrunken war. Ich habe sogar überlegt, ob ich anhalten und mit ihm reden soll, dass er das Fahren in seinem Zustand lieber bleiben lässt. Aber der alte Alfred ist eigentlich nur ganz selten nüchtern, und bisher hat er weder mit dem Traktor noch mit seinem alten Auto einen Unfall gebaut. Oh …«

Sie schlug die Hand vor den Mund.

»Oje, da sitze ich und breite vor der Polizei aus, dass mein Nachbar ständig betrunken am Steuer sitzt …«

»Da müssen Sie sich keine Sorgen machen. Meine Kollegen und ich sind nur am gestrigen Abend interessiert. Mir geht es nicht darum, den Führerschein von Herrn Felbarth zu kassieren: Wir wollen den Tod seiner Frau aufklären.«

»Natürlich«, sagte Frau Hölbenreiter mit brüchiger Stimme und verstummte für eine Weile.

»Sie haben geweint?«, sagte Hansen und nickte in Richtung ihrer Sonnenbrille. »Standen die Felbarths Ihnen denn nahe?«

Sie räusperte sich.

»Nein, nicht direkt, sie waren halt Nachbarn. Luise Felbarth mochte ich nicht besonders, aber ich bin mit ihr zurechtgekommen. Ihr Mann hat mir ein wenig leidgetan, der stand ziemlich unter der Fuchtel seiner Frau. Vielleicht hat er deshalb auch so viel getrunken. Aber …«

»Ja?«

»Aber mir macht es halt zu schaffen, dass ich vielleicht gesehen habe, wie mein Nachbar sich darangemacht hat, seine Frau totzufahren. Können Sie das verstehen?«

Hansen stutzte.

»Ja«, antwortete er dann langsam, »das kann ich schon verstehen. Aber woher wissen Sie, wie Frau Felbarth zu Tode kam?«

»Ach das.« Sylvia Hölbenreiter lachte freudlos. »Meine Vermieterin, die Frau Halfmeier, ist das, was man hier in Nesselwang ›gut unterrichtete Kreise‹ nennen kann. Die weiß alles, vorzugsweise das, was sie nichts angeht. Und das tratscht sie natürlich brühwarm weiter, um sich im Ort auch ordentlich wichtigzumachen.«

»Und woher weiß Frau Halfmeier etwas über die tote Frau Felbarth?«

Einen Moment lang befürchtete er, Kollege Riegel könnte sich ihr gegenüber verplappert haben.

»Na ja, als die mitbekommen hatte, wie drüben aus dem Felbarth-Hof dieser Erntehelfer rausgerannt kam und in alle Richtungen panisch um Hilfe rief, war sie sofort zur Stelle. Sie hat vom Handy aus erst den Notarzt und dann die Polizei angerufen, und nebenbei ist sie zum Kuhstall der Felbarths marschiert und hat dort die Leiche inspiziert, wie sie mir ganz stolz erzählte. Und Frau Felbarth hatte Reifenspuren auf ihrer Kittelschürze, die gut zum Traktor ihres Mannes passten.«

»Ich glaube, mit Ihrer Vermieterin muss ich nachher auch noch reden.«

»Machen Sie das, aber planen Sie dafür ausreichend Zeit ein. Die gute Frau findet nicht immer ein Ende, wenn sie mal in Fahrt ist.«

In einem ihrer Nasenlöcher schimmerte es feucht, und sie schniefte. Hansen reichte ihr eine Packung Papiertaschentücher.

»Danke«, sagte sie und tupfte sich die Nase. Dann nahm

sie die Sonnenbrille ab und rieb sich vorsichtig die Augenwinkel trocken. Erst fiel es Hansen nicht auf, aber als sie ihm die übrigen Taschentücher zurückgab und ihn dabei unverwandt anschaute, blieb das rechte Augenlid etwas mehr als halb geschlossen. Ein trauriges Lächeln legte sich auf ihr schönes Gesicht.

»Das ist natürlich auch einer der Gründe für meine Sonnenbrille. Ich bin es leid, wenn mich die Leute ständig wie ein Monster anstarren.«

»Oh«, beeilte sich Hansen zu sagen, »habe ich Sie etwa angestarrt? Entschuldigen Sie bitte!«

»Nein, haben Sie nicht. Danke übrigens dafür. Aber die meisten glotzen mich an, als würde mir eine Nacktschnecke aus der Stirn wachsen.«

»Ein witziges Bild«, sagte Hansen und lächelte. »Darf ich fragen, wie das … nun ja, passiert ist?«

»Ptosis nennt sich das, und in meinem Fall handelt es sich um die Folgen einer Lebensmittelvergiftung. Die einzige Spätfolge, um genau zu sein, und vermutlich sollte ich froh sein, dass nicht mehr zurückgeblieben ist – und dass ich überlebt habe.«

Hansen wartete, und wirklich erklärte sie nach einer kurzen Pause den Rest.

»Ich bin in Roßhaupten aufgewachsen, meine Eltern, beide längst Rentner, fuhrwerken dort noch heute mehr schlecht als recht auf unserem Bauernhof herum. Mein Vater war lange Jahre Imker, und er hat schon immer auf die Wirkung seines Honigs geschworen. Das half in seinen Augen gegen alles, also haben sie es auch mir löffelweise eingeflößt. Das ist leider schiefgegangen. Es gibt ein Bakterium namens Clostridium botulinum, von dem sich manchmal Sporen im Honig finden – und ich hab welche abbekommen. Damals war ich etwas mehr als ein Dreivierteljahr alt, und Säuglinge können das Bakterium nicht abwehren, weil die Darmflora noch nicht darauf eingerichtet ist. In der Folge hatte ich Lähmungen, sogar beatmet musste ich werden. Es war ziemlich knapp damals, aber die Ärzte haben mich durchbekommen. Nur das eine Augenlid blieb gelähmt, genauer gesagt ein Muskel namens Levator, der das Lid normalerweise nach oben zieht.«

Sie lächelte ihn wehmütig an.

»Entschuldigen Sie bitte, dass ich mit diesen ganzen Fachbegriffen um mich werfe. Aber ich wollte natürlich alles verstehen, was da mit mir passiert ist. Und die lateinischen Bezeichnungen haben sich mir dabei halt eingeprägt.«

»Sie hätten Medizin studieren sollen, wenn Sie sich das alles so gut merken können«, sagte Hansen launig, um das Gespräch in Gang zu halten, aber sie nickte ernst.

»Ich arbeite im Büro«, erzählte sie. »Aber das passt schon, und ganz ehrlich: Mehr als die Hintergründe für mein hängendes Augenlid muss ich nicht über Medizin wissen.«

Hansen wartete kurz, aber sie war mit dem Thema offenbar durch.

»Wohin genau wollten Sie denn fahren, als Sie am Hof der Felbarths vorbeikamen?«

Sie sah ihn fragend an.

»Mir geht es darum, dass wir den Moment, in dem Sie Herrn Felbarth gesehen haben, möglichst genau eingrenzen. Sie haben dabei nicht zufällig auf die Uhr gesehen?«

»Nein, aber es muss kurz vor halb sieben gewesen sein, weil ich um Viertel vor sieben jemanden treffen wollte, am Rottachsee, und dorthin brauche ich normalerweise knapp zwanzig Minuten.«

»Wen wollten Sie dort treffen?«

Sie blinzelte.

»Meinen Freund, Helmut Möller, das hab ich Ihren Kollegen auch schon gesagt. Wozu müssen Sie das wissen?«

»Wie gesagt: Wir wollen möglichst genau den Zeitpunkt eingrenzen, an dem Herr Felbarth auf seinen Traktor geklettert ist. Da können wenige Minuten darüber entscheiden, ob er wirklich als derjenige infrage kommt, der seine Frau getötet hat.«

»Und wozu müssen Sie dann wissen, mit wem ich mich getroffen habe?«

Hansen zögerte den Bruchteil einer Sekunde, bevor er antwortete.

»Weil es gut wäre, wenn wir auch mit Herrn Möller reden könnten. Man täuscht sich manchmal in Zeitangaben, vor allem, wenn sie besonders exakt sein müssen. Da wäre eine Bestätigung durch ihn natürlich hilfreich.«

»Hm.«

»Wo können wir Herrn Möller denn erreichen?«

»Ich kann Ihnen seine Handynummer geben, aber ich habe ihn seit gestern nicht erreicht. Eigentlich schon seit Freitag nicht mehr, aber er geht nicht immer ran, wenn sein Handy klingelt. Aber nachdem er gestern Abend nicht zu unserem Treffen gekommen war, habe ich es natürlich mehrmals bei ihm versucht – wie gesagt: ohne Erfolg.«

»Wissen Sie, wo er wohnt?«, stellte sich Hansen weiter ahnungslos.

»Ja, natürlich, in Dietmannsried, in einem Mehrfamilienhaus in der Heisinger Straße.«

»Und ... machen Sie sich Sorgen um ihn?«

Sie zuckte die Schultern.

»Er ist ein erwachsener Mann und kann wegbleiben, solange er will, nicht wahr? Er ist schon öfter geschäftlich über mehrere Tage hinweg nicht erreichbar gewesen, sogar am Wochenende. Nein, eigentlich vor allem an den Wochenenden, wenn ich es recht bedenke.«

Hansen gab ihr seine Visitenkarte.

»Falls Sie sich irgendwann doch mal Sorgen machen sollten, rufen Sie mich gerne an. Wir können für Sie eine Vermisstenanzeige aufgeben, wenn Sie möchten.«

»Jetzt hören Sie schon auf«, wehrte sie ab. »Wenn Sie so weiterreden, mach ich mir wirklich noch Sorgen.«

»Nein«, sagte Hansen schnell, »so war das nicht gemeint. Es ist nur für alle Fälle – auch für den Fall, dass Ihnen noch irgendetwas einfallen sollte, das mit Herrn Felbarth zu tun hat. Okay? Und wir gehen jetzt lieber – Sie sehen inzwischen wirklich sehr müde aus. Entschuldigen Sie bitte, dass wir Sie so lange aufgehalten haben.«

Sie gingen allein hinaus, unterwegs wandte sich Hansen noch einmal nach der Frau um, die nun recht gemütlich auf ihrem Sofa lümmelte und wirklich ganz so aussah, als schlafe sie in Kürze ein. Ganz leise zog er die Wohnungstür hinter sich ins Schloss.

»Arme Frau«, brummte Hanna, als sie die Treppe zur Wohnung von Rotraud Halfmeier hinaufgingen. »Ich will nicht diejenige sein, die ihr das mit Möllers Tod sagen muss.«

»So gesehen«, gab Hansen ihr recht, »hat es zumindest in diesem einen Punkt doch sein Gutes, dass inzwischen das BKA ermittelt.«

Die nächste Zigarette landete halb aufgeraucht im Aschenbecher. Während des Telefonats warf der Mann mehrmals einen Blick auf den stilisierten Modelljeep, der fast überquoll vor Kippen unterschiedlicher Länge. Aber das Leeren musste noch warten.

»Und wie schätzen Sie das ein?«, fragte er, nachdem er eine Zeit lang nur zugehört hatte. Wieder wurde am anderen Ende gesprochen. »Es war ja auch nicht wirklich davon auszugehen, dass er seine Finger davon lassen würde«, sagte er schließlich. »Das hat er von seinem Vater, den ich gut kannte, wie Sie wissen.«

Er hörte kurz zu und zog dann eine neue Zigarette hervor.

»Und er ermittelt seit meinem Anruf bei ihm tatsächlich nur in diese beiden Richtungen?«

Die Frau am anderen Ende der Leitung antwortete kurz und präzise.

»Gut. Und was genau schlagen Sie vor?«

Der Mann legte die Zigarette vor sich hin und trommelte mit den Fingerspitzen ganz sacht auf der Tischplatte herum.

»Das können wir wohl riskieren. Haben Sie denn jemand Passenden dafür?«

Die Antwort zauberte dem Mann ein verschmitztes Lächeln aufs Gesicht.

»Na, da kann er sich ja auf was gefasst machen«, brummte er gut gelaunt. »Dann machen wir das so, meinen Segen haben Sie.«

Er legte auf, entspannte sich seit längerer Zeit zum ersten Mal, zündete sich die Zigarette an und sah grinsend den schlecht geblasenen Ringen nach, die er über seinen Schreibtisch hinweg paffte.

»Geschieht ihm recht«, murmelte er und grinste dabei so breit wie lange nicht mehr.

Die Frau, die vorhin so eifrig auf den jungen Kollegen Riegel eingeredet hatte, öffnete schon nach dem ersten Klingeln, und ein kurzes Lächeln flog über ihr leicht gerötetes Gesicht, als sie Hansen und die beiden anderen erkannte.

»Ah, drei Kollegen vom Björn, richtig?«, flötete sie.

»Richtig«, bestätigte Hansen und stellte sich und seine Begleiter vor.

»Ich hab Sie schon erwartet«, fiel Rotraud Halfmeier ihm beinahe ins Wort, »und ich habe mir erlaubt, schon ein wenig Kaffee aufzusetzen. Sie trinken doch einen mit mir?«

In der geräumigen Essküche waren vier Gedecke vorbereitet, und aus der Thermoskanne, die ebenfalls schon bereitstand, goss Rotraud Halfmeier vier Tassen voll.

»Milch? Zucker? Kekse?«

Sie wandte sich recht auffällig vor allem an Hansen, vermutlich weil der sich als Chef des Kommissariats vorgestellt hatte. Doch bei den Keksen griff als Erste Hanna zu.

»Was darf ich Ihnen denn noch erzählen?«, fragte die Gastgeberin dann und sah Hansen erwartungsvoll an. Als der nicht gleich mit der ersten Frage reagierte, sondern noch in Ruhe die Kaffeetasse absetzte, schob sie sofort nach: »Grausige Geschichte, das mit der Luise, nicht wahr?«

»Ja, grausig.«

»Ich hab mich natürlich gleich gekümmert, hab den Notarzt und die Polizei verständigt, aber der armen Luise war leider nicht mehr zu helfen. Überall dieses Blut und die Reifenspuren und all das – schrecklich!«

»Sie wissen aber schon, dass Sie sicher auch wichtige Spuren verwischt haben, als Sie sich der toten Frau Felbarth so weit genähert haben?«

»Ach, nein, da müssen Sie nichts weiter befürchten. Ich schau jeden Sonntag *Tatort* oder den *Polizeiruf,* und von den *Rosenheim-Cops* verpasse ich fast nie eine Folge – da lernt man schon das Aufpassen, nicht wahr?«

»Wenn Sie meinen.«

»Wissen Sie übrigens, dass einer der Kommissare von den *Rosenheim-Cops* denselben Nachnamen hat wie Sie? Er ist auch ungefähr so groß wie Sie, aber … nein, er sieht irgendwie ganz anders aus.«

Haffmeyer und Hanna mussten ein Glucksen unterdrücken, weil sie wussten, wie wenig ihr Chef von fiktiven Kommissaren hielt. Aber der verzog keine Miene.

»Es wäre mir übrigens sehr recht«, sagte Hansen ruhig, und nur seine beiden Kollegen konnten das leichte Vibrieren in seiner Stimme deuten, »wenn Sie mit Details zur Leiche und dem Fundort nicht an die Öffentlichkeit gehen würden.«

»Ach, wo denken Sie hin, Herr Kommissar! Ich red doch nicht mit Journalisten über so was. Aber manchmal kommt man halt im Plausch mit Freunden und Bekannten auch einmal auf ein solches Thema zu sprechen. Da kann ich dann natürlich nicht sagen: Tut mir leid, wir sind zwar seit Jahren befreundet, aber darüber red ich nicht mit dir.«

»Manchmal macht es uns die Arbeit unnötig schwer, wenn zu viele Details zu vielen Leuten bekannt sind, verstehen Sie? Wir nennen das Täterwissen.«

»Aber … aber war's denn nicht eh der Alfred, der seine Frau mit dem Traktor überfahren hat? Die beiden haben seit Jahren Probleme miteinander, und deshalb hat der Alfred irgendwann auch das Saufen angefangen! Ich will ja nichts sagen, aber wenn der bei sich ums Haus streicht und dann ab und zu auch zu mir herüberschaut, da wird's mir manchmal ganz anders. Wissen Sie, dass er mir mal in den Garten …«

»Ja, danke«, fiel Hansen ihr ins Wort, »das hat uns Kollege Riegel schon berichtet. Und was Ihren Verdacht mit Herrn Felbarth angeht: Das kann alles so gewesen sein, wie Sie glauben – oder auch ganz anders. Wir müssen zunächst einmal alles für möglich halten, und deshalb ermitteln wir im Moment noch in alle Richtungen.«

»Ja, ja, das weiß ich natürlich! Und genau so drücken es Ihre Fernsehkollegen auch immer aus: ›in alle Richtungen‹.«

Sie kicherte. Hansen presste die Lippen zusammen und wartete einen Moment, bevor er die nächste Frage stellte.

»Frau Halfmeier, wir haben gerade mit Ihrer Mieterin gesprochen, weil sie Herrn Felbarth gestern Abend gesehen hat, wie er gerade auf den Traktor gestiegen ist. Um den Zeitpunkt möglichst genau eingrenzen zu können, möchte ich auch Ihnen gern einige Fragen zum Verlauf des gestrigen Nachmittags und Abends stellen.«

»Gern, kein Problem. Ab wann wird es denn interessant für Sie?«

»Ab fünf, halb sechs wüssten wir gern möglichst viel.«

»Vielleicht fang ich aber doch lieber schon mit dem an, was gegen vier Uhr am Nachmittag vorgefallen ist.«

»Bitte sehr.«

»Da ist es drüben bei den Felbarths mal wieder richtig laut geworden. Der Alfred war zu diesem Zeitpunkt eine gute Stunde neben seiner Scheune gesessen und hat sich zwei Bier einverleibt. Die Stelle ist von meinem Küchenfenster gut einzusehen, und als ich ihn dort habe hintappen sehen, dachte ich mir: Gut, Rotraud, irgendwann musst du eh das Geschirr spülen, machst du das halt jetzt und hast nebenbei ein Auge auf den Alfred. Gegen vier hat ihn seine Frau dort entdeckt. Der Alfred war eingenickt, und die Luise hat vom Stand weg so losgezetert, dass ihr Mann richtig aufgeschreckt ist. Er blieb aber sitzen, ich glaube, da war er schon nicht mehr ganz nüchtern. Und als es ihm zu blöd wurde und sie einfach nicht mit dem Gemecker hat aufhören wollen, hat er eine der Bierflaschen nach ihr geworfen. Da hat sie sich wieder ins Haus getrollt, und der Alfred ist noch einmal kurz eingeschlafen, hat sich dann gegen fünf aufgerappelt und ist ebenfalls nach drinnen gegangen.«

»Und zu diesem Zeitpunkt ist Ihre Mieterin in ihren Wagen gestiegen und losgefahren?«, fragte Hansen, obwohl er es ja besser wusste, um Sylvia Hölbenreiters Aussage damit gleich auch noch einmal zu überprüfen.

Rotraud Halfmeier stutzte.

»Hat sie Ihnen das so erzählt, die Sylvia?«

Hansen blätterte in seinen Notizen, als suche er die passende Stelle, aber Rotraud Halfmeier beugte sich zu ihm herüber und senkte ihre Stimme.

»Dann hat sie ein bisschen geschwindelt, die Sylvia«, raunte sie Hansen verschwörerisch zu. »Sie ist nämlich erst kurz vor halb sieben losgefahren.«

»Ah, stimmt«, sagte Hansen, als habe er seinen entsprechenden Aufschrieb gerade gefunden, »das habe ich mir hier auch notiert. Das habe ich wohl verwechselt.«

Rotraud Halfmeier sah ihn ein wenig abschätzig an und warf dann Hanna und Haffmeyer kurze fragende Blicke zu. Beide zuckten nur mit den Schultern.

»Wie auch immer: Wir würden den Zeitpunkt gern noch absichern – wissen Sie denn, wohin Frau Hölbenreiter fahren wollte beziehungsweise wer uns ihre Aussage bestätigen könnte?«

»Na, genauer als ich wird der das auch nicht wissen«, versetzte sie ein wenig beleidigt, »aber natürlich weiß ich, wohin sie fahren wollte: Sie wollte sich mit diesem Helmut treffen am Rottachsee. Dort kamen die häufiger zusammen, meistens sonntags, und danach sind sie gern am Ufer entlangspaziert. Aber heimgekommen ist die Sylvia dann oft erst am Montag nach Feierabend – vermutlich haben die beiden irgendwo übernachtet, vielleicht sie bei ihm, was weiß ich, und dann ist sie direkt von ihrem Freund zur Arbeit gefahren. Aber wenn Sie mich fragen: Dieser Helmut – mit Nachnamen hieß er Müller oder Möller oder so – ist ein eher windiger Typ. Den hätte ich an Sylvias Stelle nicht an mich herangelassen. Die Sylvia ist ja so eine Liebe, und schön ist sie obendrein! Na ja, bis auf das Problem mit ihrem Augenlid …«

»Und alles, was Sie uns hier zum Freund Ihrer Mieterin erzählen, wissen Sie von Frau Hölbenreiter?«

»Nicht alles. Natürlich erzählt sie mir viel, und …« Sie zeigte ein kurzes entschuldigendes Lächeln. »… und das hat vielleicht auch damit zu tun, dass sie weiß, dass ich das meiste davon ohnehin irgendwann einmal aufschnappen würde.«

So offen hatte Hansen noch niemanden über seine Neugier reden hören, aber Rotraud Halfmeier schien daran nichts ungewöhnlich zu finden.

»Und dann habe ich sie mal gesehen, wie sie diesen Helmut zwischen Petersthal und Moosbach getroffen hat. Ganz zufällig, versteht sich.«

»Sicher …«

»Na ja, ich habe eine alte Freundin, die nicht weit von der Petersthaler Kirche ein kleines Nagelstudio betreibt. Dorthin fahre ich immer wieder mal und lasse mich verwöhnen. Und eine Cousine meiner Freundin ist befreundet mit einer, die einen Kiosk direkt am See betreibt. Die war an diesem Tag auch im Studio. Und während ich mir die Nägel machen lasse, redet man halt so über dies und das, und wie ich irgendwann einmal von der Sylvia erzählt habe und von ihrem hängenden Lid, ist der Kioskbetreiberin eingefallen, dass sie eine Frau in diesem Alter und ebenfalls einem hängenden Lid ab und zu am See sieht. Meistens sonntags am späten Nachmittag oder frühen Abend und immer in Begleitung eines Mannes mit Schnauzer, der sein Auto zuvor immer auf demselben

Parkplatz wie die Sylvia abstellt. Ich habe der Frau daraufhin ein Foto von Sylvia gezeigt – diese Smartphones sind ja so praktisch! Und siehe da: Die Spaziergängerin am See war tatsächlich Sylvia Hölbenreiter. Wie gut, dass man mit seinen Freundinnen und Bekannten über alles Mögliche spricht, nicht wahr?«

Die Frau redete wie ein Wasserfall, aber Hansen ließ sie gewähren, auch wenn ihr Getratsche ihn im Mordfall Möller keinen Deut weiterbrachte.

»Und eines Tages – das war vielleicht ein Zufall, sag ich Ihnen! – komme ich doch tatsächlich an diesem Parkplatz am See vorbei und halte an, um mir etwas frische Luft um die Nase wehen zu lassen. Und wer fährt keine fünf Minuten später nacheinander auf den Parkplatz, busselt sich ab wie verrückt und turtelt dann auf dem Uferweg wie zwei frisch verliebte Teenager? Natürlich die Sylvia und ihr Charmeur ...«

Die Frau schüttelte den Kopf, als könne sie es immer noch nicht fassen, dass das Leben solche Zufälle für sie bereithielt. Hansen wiederum konnte es nicht fassen, dass sie offenbar selbst an einen Zufall glaubte – wo diesem Zusammentreffen doch sicher mit einer genau geplanten Autofahrt ordentlich auf die Sprünge geholfen worden war.

»Und dann hat Ihnen Ihre Mieterin den Freund vorgestellt?«

»Nein, wo denken Sie hin, Herr Kommissar! Ich habe natürlich darauf geachtet, dass die beiden mich nicht bemerkten.«

Haffmeyer verdeckte sein breites Grinsen hinter dem ersten

Keks, den er sich nun doch nahm und kurz vor den Mund hielt, bevor er abbiss.

»Ich wollte vor allem der Sylvia eine peinliche Situation ersparen«, fuhr sie ungerührt fort. »Stellen Sie sich vor, die sieht mich, wie sie gerade ihren Galan trifft – die muss doch denken, dass ich sie geradezu beobachte. Was für ein absurder Gedanke, nicht wahr?«

»Völlig absurd, natürlich.«

Hansen räusperte sich und hielt sich dabei die Faust vor die Lippen, bis er seine Mundwinkel wieder unter Kontrolle hatte.

Das restliche Gespräch lieferte ihnen keine neuen Informationen, und als sie aufbrachen, gab Haffmeyer ihr nur stumm die Hand, während sich Hansen für die Auskünfte und Hanna für die Kekse bedankte.

Als Koller seinen Chef und die beiden Kollegen aus dem Haus kommen sah, eilte er ihnen entgegen und wartete gespannt auf Hansens Bericht. Doch der musste ihn enttäuschen.

»Viel Neues haben wir leider nicht erfahren. Dass Sylvia Hölbenreiter mit Helmut Möller befreundet war, wussten Sie ja schon, Herr Koller. Sie hat sich mehrmals mit Möller getroffen, meistens sonntags auf einem Parkplatz am Rottachsee. Danach haben sie häufiger die Nacht miteinander verbracht – zumindest legt das der sehr detaillierte Bericht von Frau Hölbenreiters Vermieterin nahe.«

»Ach, die Walküre, die vorhin dem armen Riegel fast das Ohr abgekaut hat?« Koller lachte. »Ein Hoch auf die Neugier, was, Chef?«

»Auf jeden Fall.«

Für die Fahrt zurück nach Kempten hatte sich Willy Haffmeyer hinters Steuer geklemmt. Auf der Rückbank saß Hanna
und tauschte mit ihrem Freund Thomas ein paar Textnach-
richten aus. Hansen wollte dem Bundeskriminalamt seinen
guten Willen demonstrieren, indem er schon unterwegs übers
Handy die Kripochefin über die kargen Neuigkeiten informierte und sie bat, diese gleich ans BKA weiterzuleiten.

»Das kann ich mir sparen«, erwiderte Vroni Schliers trocken. »Das können S' alles nachher selber dem BKA erzählen.
Ich hatte vorhin eine recht energische junge Dame mit einem
ungewöhnlichen Nachnamen am Telefon, die mir mitgeteilt
hat, dass sie innerhalb der nächsten Stunde in Kempten ein-
trifft und gern mit Ihnen reden würde.«

»Oha!«

»Ja, ich würd auch sagen, dass das nach Ärger klingt.«

»Hat sie denn angedeutet, wofür sie mich in der Luft zer-
reißen will?«

»Nein, aber es dürfte damit zu tun haben, dass Sie weiter
im Mordfall Möller herumgerührt haben, obwohl das BKA
das nicht wollte.«

»Davon dürfen wir ausgehen, ja. Sie wussten natürlich von
nichts, Frau Schliers, das geht voll auf meine Kappe.«

»Spinnen S' jetzt, Hansen? Die Dame bekommt es, wenn
nötig, natürlich mit uns beiden zu tun. Glauben S' bloß nicht,
dass ich den Eindruck aufkommen lass, dass ich nicht alles
weiß, was in meiner Abteilung vor sich geht!« Sie lachte.
»Schauen S' halt, dass Sie bald da sind. Ich hab keine Lust, für
eine BKA-Trulla den Babysitter zu spielen.«

Die »Trulla« traf eine Viertelstunde nach Hansen ein, und

als Sekretärin Rosemarie Schwegelin die Besucherin in dessen Büro führte, war er angenehm überrascht. Die BKA-Beamtin Jana Vermijnen war bestens gelaunt und begrüßte Hansen sehr freundlich. Ihr Händedruck war fest und trocken, sie brachte es auf geschätzte eins sechzig Körpergröße, trug bequeme Schuhe, eine gut sitzende Jeans und eine sportlich geschnittene Bluse. Das schulterlange blonde Haar hatte sie zu einem Pferdeschwanz gebündelt, und ihr offenes Gesicht wurde von vollen Lippen und eindrucksvollen blauen Augen dominiert.

Rosemarie Schwegelin kam kurz darauf noch einmal herein, brachte Kaffee, Milch, Zucker, drei Tassen und die Hannoveraner Kekse, von denen sie irrtümlich glaubte, dass Hansen sie mochte. In ihrem Gefolge betrat Kripochefin Vroni Schliers den Raum. Die Sekretärin ging sofort wieder, die Kripochefin wechselte ein paar freundliche Worte mit der Besucherin und ging ebenfalls wieder, als diese erklärte, zunächst unter vier Augen mit Hansen reden zu wollen.

Hansen fragte sich, wann wohl die freundliche Maske der jungen Frau fallen und er seinen Rüffel bekommen würde. Doch die Maske fiel nicht, und Hansen war sich nach einer Weile auch nicht mehr sicher, ob es sich wirklich um eine Maske handelte.

»Mal sehen«, setzte sie schließlich mit ruhiger, sehr angenehmer Stimme an, nachdem sie einige Belanglosigkeiten ausgetauscht hatten, »wie ich am besten loswerde, weshalb ich zu Ihnen nach Kempten geschickt worden bin.«

Hansen trank noch etwas Kaffee und wartete ab.

»Ich sage jetzt mal uns, denn soweit ich informiert bin, wissen Sie, dass damit außer dem Bundeskriminalamt noch eine weitere Bundesbehörde gemeint ist.«

Hansen nickte.

»Gut. Uns ist es natürlich nicht entgangen, dass Sie trotz aller Weisungen aus dem Ministerium und trotz der … ich sage mal … Bitten von anderer Seite weiterhin im Mordfall Möller ermittelt haben.«

»Dass ich im Zusammenhang mit der verstorbenen Bäuerin in Nesselwang auf eine Freundin von Möller gestoßen bin, war reiner Zufall – und ich habe alles, was ich dabei über Möller erfahren habe, noch auf der Fahrt hierher an die Kripochefin weitergeleitet. Sie hätte wiederum Ihr Amt unmittelbar informiert, wenn Sie nicht schon vorher bei ihr angerufen hätten.«

Die Lippen der jungen Frau kräuselten sich zu einem amüsierten Lächeln. Hansen war irritiert, weil ihm auffiel, wie hübsch das aussah. Wenn das eine Masche war, musste er sich stärker auf den Inhalt des Gesprächs konzentrieren, um nicht aus Unaufmerksamkeit in eine Falle zu tappen.

»Geschenkt«, sagte Jana Vermijnen nur. »Auch uns ist nicht entgangen, in welche beiden Richtungen Sie ermittelt haben.«

Hansen wollte erneut widersprechen, aber die Frau hob nur ihre rechte Hand und brachte ihn zum Schweigen.

»Sie haben sich den Kollegen angedient, die sich um die Geschäfte von ExTrans Heinerling kümmern, um etwas über Möllers Geschäfte herauszufinden, mit denen er sich seit seinem Umzug nach Dietmannsried ein ordentliches Zubrot verdient hat. Und Sie haben den Kollegen Ihres eigenen Kommissariats bei den Befragungen im Zusammenhang mit der toten Bäuerin geholfen – aber erst nachdem Sie erfahren hatten, dass die Zeugin Sylvia Hölbenreiter mit Möller befreundet war.«

»Wenn Sie ohnehin schon alles zu wissen glauben: Warum unterhalten wir uns dann noch?«

»Ist Ihnen das Gespräch unangenehm, Herr Hansen? Das würde mich ein wenig enttäuschen. Ich gebe mir wirklich alle Mühe, nett und freundlich zu Ihnen zu sein.«

»Das merke ich, und nein: Das Gespräch ist nicht unangenehm. Aber ich erwarte vom BKA und von diesem seltsamen Geheimdienst, der irgendwie in dieser Geschichte mit drinsteckt, eigentlich nichts Gutes mehr. Ich wurde schon verlockt und bedroht – und nun bin ich gespannt, was als Nächstes kommt.«

»Was als Nächstes kommt, kann ich Ihnen sagen: Ich.« Ihr kurzes Lachen war fröhlich und ansteckend. »Ich finde, Sie hätten es schlimmer treffen können.«

Hansen stutzte, und sie drohte ihm spielerisch mit dem Zeigefinger.

»Jetzt müssten Sie mir eigentlich recht geben, Herr Hansen. In solchen Situationen verteilt man auch mal Komplimente. Ich hoffe, Sie sind Ihrer Freundin Resi gegenüber etwas weniger zurückhaltend.«

Sie lachte wieder, und Hansen wusste nicht, was er darauf erwidern sollte. Also schwieg er und fühlte sich wie in der siebten Klasse, als das schönste Mädchen der Schule mit ihm geflirtet und er es versiebt hatte, weil er nichts als Gestotter hervorbrachte.

»Spaß beiseite«, sagte Jana Vermijnen und wurde auch tatsächlich etwas ernster. »Auch wenn wir eigentlich wollten, dass Sie weiter am Fall Möller arbeiten, so wurde durchaus registriert, dass Sie sich zumindest in einem Punkt an unsere Bitte gehalten haben: Sie haben die Vorgeschichte von Helmut Möller ruhen lassen. Das war eine gute Entscheidung und hat letztendlich meine Vorgesetzten dazu bewogen, Ihrem Kommissariat die Ermittlungen wieder anzuvertrauen.«

»Einfach so?«

»Ja, einfach so. Aber die Sache hat natürlich auch einen Haken.«

Ein schelmisches Lächeln blitzte auf.

»Und der wäre?«

»Ich«, sagte sie.

Hansen sah sie fragend an.

»Ich werde Teil Ihrer Ermittlungsgruppe«, erklärte sie. »Ich werde ein Auge auf Sie und Ihre Kollegen haben, und ich werde vor allem darauf achten, dass Sie nicht doch irgendwann wieder damit anfangen, in Möllers Vergangenheit herumzustochern.«

Hansen war verwirrt, wie offen die BKA-Beamtin ihre Rolle als Aufpasserin beschrieb. Sie lächelte ihn an, als erwarte sie eine Reaktion. Und als keine kam, streckte sie die rechte Hand aus und fragte: »Deal?«

»Habe ich denn eine Wahl?«

»Nein, eigentlich nicht«, gab sie zu und lachte.

Hansen schlug ein.

Die Rolle von Jana Vermijnen beschränkte sich dann doch nicht aufs Aufpassen. Sie war von ihren Vorgesetzten mit umfangreichem Material ausgestattet worden, das sowohl die dunklen Geschäfte von Helmut Möller als auch seine wechselnden Liebschaften betraf.

In der Einschätzung, dass sich in den Details seiner illegalen Unternehmungen wahrscheinlich nichts fand, was Möller das Leben gekostet hatte, war Hansen mit der BKA-Beamtin grundsätzlich einer Meinung – Möller hatte sich meist mit kleineren Schiebereien begnügt, nirgendwo schien es eine so bedeutende Verbindung zu Organisierter Kriminalität zu geben, dass sie einen Killer auf den Plan gerufen haben könnte.

Blieben also noch die zahlreichen Frauenbekanntschaften und mit ihnen durchaus gängige Mordmotive wie verletzter Stolz, Eifersucht und enttäuschte Liebe. Was im Grunde genommen alle betroffenen Frauen und ihre eventuellen Lebensgefährten zu Verdächtigen machte.

Das BKA hatte eine ganze Reihe von Frauenbekanntschaften dokumentiert, die Möller in den vergangenen drei, vier Jahren in unterschiedlicher Intensität gepflegt hatte. Nachdem er die Wohnung in Dietmannsried bezogen hatte, dauerte es etwa ein halbes Jahr, bevor er seine erste Affäre begann.

Ursel Möhlmann, die Frau eines Handwerkers aus Durach bei Kempten, traf er über eineinhalb Jahre recht oft, dann hatte sie einen Unfall, in dessen Folge sie mehrere Operationen am Bein über sich ergehen lassen musste. Während sie im Krankenhaus lag, meldete sich Möller kein einziges Mal bei ihr und beantwortete auch später ihre Anrufe auf seinem Handy nicht mehr. Das war gut zwei Jahre her – die Frau hätte sich für eine Rache also ziemlich viel Zeit gelassen. Außerdem konnte das BKA in Erfahrung bringen, dass sie ihrem Mann den Seitensprung gestanden hatte und dass die beiden sich nach einer kurzen Krise wieder zusammengerauft hatten.

Bereits während seiner Beziehung zu Ursel Möhlmann traf er sich mit mehreren jungen Frauen, die er zwischen Obergünzburg, Ottobeuren und Rettenbach aufgabelte. Er schien dabei geradezu planvoll vorzugehen und hielt sich an Verkäuferinnen in den Dreißigern, die er vorzugsweise durch Einkäufe in Bäckereien und Metzgereien kennenlernte. Immer wieder holte er sich eine Abfuhr, aber in einigen Fällen kam er zum Zug. Damals buchte er auch die ersten Übernachtungen im Vilsegger Hof, allerdings meist nur für eine Nacht und selten mit einem so umfassenden Arrangement wie zuletzt für die Arztgattin. Die meisten dieser Affären endeten nach zwei oder drei Nächten, ohne dass eine der Frauen danach noch einmal bei ihm angerufen hätte – sie hatten die Zusammenkünfte wohl als genauso flüchtig empfunden wie Möller.

Zwei, drei Monate nach Ursel Möhlmanns Unfall kam Möller einer Kollegin näher, einer gewissen Lea Kärrner, die als Teilzeitkraft für Heinerlings kleine Firma arbeitete. Das hatte ja auch schon Josef Heinerling bei der ersten Befragung angedeutet. Als die Belegschaft einen gemeinsamen Grillabend beging, feierten Möller und seine Kollegin wohl hinterher in Leas Wohnung weiter. Lea Kärrner schien mit Möller keine Affäre wie die anderen gehabt zu haben, jedenfalls lud er sie nie in ein Hotel ein oder führte sie sonst wie nobel aus. Die beiden trafen sich in unregelmäßigen Abständen zum Sex in ihrer Wohnung. Auch tagsüber auf dem Firmengelände von ExTrans konnten sie offenbar nicht die Finger voneinander lassen, und als ein Kunde sie zufällig auf frischer Tat ertappte, warf Heinerling seine Mitarbeiterin raus. Möller traf sich danach weiterhin mit ihr – bis Ende vergangenen Jahres, als sich Lea in einen jungen Mann verliebte, der in Kempten Energie- und Umwelttechnik studierte.

Im Spätherbst des vergangenen Jahres lernte er die Arztgattin Alina Schwerdtfeger kennen. Er sprach sie vor einem Kemptener Kino an, weil sie den Film – eine schwülstige Liebesgeschichte – allein angeschaut hatte, und traf sich ein paar Tage später erneut mit ihr. Zwei Wochen später waren die beiden ein Liebespaar und verbrachten immer wieder Nächte oder ganze Wochenenden gemeinsam. Dabei machten sie sich die häufige beruflich bedingte Abwesenheit von Alinas Mann zunutze.

Etwa einen Monat später begann Möller eine Affäre mit Sylvia Hölbenreiter. Auch mit ihr absolvierte er anfangs das übliche Programm aus Hotelbesuchen und teuren Menüs, doch nach einigen Wochen änderte sich das. Er traf sie nun häufiger, dafür dauerten die Begegnungen kürzer: Mal belegten sie für eine Nacht ein Hotelzimmer mitten in der Woche, dann wieder trafen sie sich am Rottachsee auf dem Parkplatz, auf dem Rotraud Halfmeier sie beobachtet hatte, gingen ausgedehnt am Ufer spazieren und landeten irgendwann in einer einfachen Pension oder einem kleinen Hotel.

Mit der zweiundvierzigjährigen Miriam van Rouven, der ziemlich molligen Gattin eines erfolgreichen Architekten, der für ein Memminger Büro Großprojekte in aller Welt betreute und entsprechend oft auf Reisen war, kam Möller im vergangenen Januar zusammen. Die beiden hatten auf derselben Silvesterparty gefeiert und nach hinreichend Sekt Gefallen aneinander gefunden.

Auf Hedi Raith, vierundfünfzig Jahre alt und seit dem Tod ihres Mannes gute Kundin eines Escort-Services, war Möller durch Josef Heinerling gestoßen. Hedis Mann war wohl nicht ausschließlich mit lupenreinen Geschäften erfolgreich gewesen, und eines Tages stotterte Heinerling bei dessen Witwe die letzte Rate einer Schuld ab, die er zu Lebzeiten bei Hedis Mann aufgenommen hatte. Weil sich Heinerling aus irgendwelchen Gründen nicht selbst in Marktoberdorf blicken lassen wollte, fuhr an seiner Stelle Helmut Möller zur Raith-Villa, die etwas außerhalb der Stadt im Grünen lag. Hedi Raith nahm die letzte Rate in Empfang und den Überbringer wohl gleich mit.

»Alle diese Frauen haben wir unter die Lupe genommen«, erklärte Jana Vermijnen am Ende ihres umfangreichen Berichts. »Aber bisher konnten wir nur im Fall von Alina Schwerdtfeger so etwas wie einen Anfangsverdacht herausarbeiten. Sie selbst kommt nicht in Betracht. Es gibt Zeugen, die sie lange vor Möllers Tod gesehen haben, wie sie die Tegelbergbahn hinaufgefahren und oben davongewandert ist. Ihr Mann dagegen hat als Arzt natürlich Zugriff auf ein tödliches Gift und weiß, wie man eine Spritze setzt. Außerdem hat er am Todestag von Möller zwar an einem Seminar in München teilgenommen, hätte aber zwischendurch durchaus Gelegenheit gehabt, den Liebhaber seiner Frau vor der Talstation der Bergbahn totzuspritzen.«

Vroni Schliers hatte die BKA-Beamtin aufmerksam beobachtet, während sie die Runde informierte, und inzwischen schien sie die junge Frau als sympathisch und kompetent einsortiert zu haben.

»Gut, Frau Vermijnen, darunter sind ja einige gute Ansätze für unsere weitere Arbeit. Ist es denn möglich, dass Möller noch weitere Affären hatte, von denen Sie und Ihre Kollegen nichts wissen?«

Jana Vermijnen lächelte sie ein wenig mitleidig an.

»Verstehe«, sagte die Kripochefin und nickte.

»Schauen Sie, Frau Schliers«, erläuterte die BKA-Beamtin, »der Dienst, für den Herr Möller früher gearbeitet hat, hatte ein elementares Interesse daran, dass Möller nach dem Ausscheiden keinen Blödsinn anstellt. Sie dürfen davon ausgehen, dass die Kollegen in den ersten beiden Jahren nach Möllers Umzug sehr genau verfolgt haben, was er tat. Danach wurde die Überwachung Zug um Zug gelockert, und etwa vor einem halben Jahr kamen die Kollegen zu der Überzeugung, dass Möller seinen Mustern hinreichend treu bleibt – und dass es reicht, wenn sie wissen, wohin er an einem bestimmten Tag geht und mit wem er sich trifft. Den Rest konnten sich die Kollegen dann denken, und Möller hat sich auch jedes Mal so verhalten, wie es sein früherer Dienst prognostiziert hat.«

»Außer am Freitag«, merkte Haffmeyer an, der Jana Vermijnens Schilderungen wie immer mit unbewegter Miene verfolgt hatte.

»Ja, leider«, gab die BKA-Beamtin zu. »Wobei er selbst sich ja erwartungsgemäß verhalten hat. Nach dem Treffen auf dem

Tegelberg, zu dem es nicht mehr kam, wäre er mit der Arzt-gattin im Vilsegger Hof gelandet. Sogar das teure Rahmen-programm hatte er schon zweimal an Miriam van Rouven erprobt.«

Hanna schüttelte den Kopf. »Es ist schon erschreckend, was Sie alles wissen.«

»Was wir wissen können, wenn wir es wollen«, korrigierte Jana Vermijnen sie. »Das bedeutet für die allermeisten Men-schen einen großen Unterschied, glauben Sie mir bitte.«

»Woher wissen Sie eigentlich, dass Möller seinen Gelieb-ten nicht doch ab und zu von seiner Vergangenheit in die-sem ominösen Geheimdienst vorgeschwärmt hat?«, erkun-digte sich Hansen.

»Ich würde es anders formulieren: Wir wissen, dass er damit prahlte – aber nachdem sich auch darin ein gewisses Muster herausgebildet hat, war klar, dass er mit seinen Ge-schichten keinen Schaden anrichtete. Er war zufrieden damit, die Frauen mit seinen albernen Agentengeschichten entweder ins Bett zu bekommen oder dort ein bisschen Feuer in die Sache zu bringen. Soweit ich den Berichten des Dienstes ent-nehmen konnte, hat er den Frauen nur ziemlich seltsames Zeug erzählt – entweder sehr banale Dinge oder frei erfun-dene Geschichten.«

»Moment«, meldete sich Rosemarie Schwegelin zu Wort, die ebenfalls mit dabeisaß und zwischendurch für Nachschub an Getränken und Keksen sorgte. »Woher wissen diese Ge-heimdienstleute denn, was Möller seinen Geliebten erzählt hat?«

Jana Vermijnen lächelte sie nur an, aber die Sekretärin

verstand trotzdem, und ein leichter Rotton überzog ihre Wangen.

»Gut«, fasste die BKA-Beamtin zusammen. »Wir haben also einen Arzt, der Motiv und Möglichkeit, aber kein Alibi hat. Wir haben einen erfolgreichen Architekten, dessen Frau ihm Hörner aufgesetzt hat – sein Alibi haben die Kollegen noch nicht abschließend überprüft. Wir haben eine alleinstehende Frau mit hängendem Lid, die möglicherweise sehr in Möller verliebt war und sich häufiger mit ihm traf. Und wir haben eine lustige Witwe, die mit ihrer Liebschaft niemanden eifersüchtig gemacht hat – und die für kommendes Wochenende wieder mit Möller verabredet war. So jedenfalls steht es in ihrem Outlook-Kalender, in den die Kollegen Einsicht genommen haben. Die Witwe scheint mir nicht allzu verdächtig zu sein, ich sehe da kein Motiv.«

»Aber trotzdem müssten wir mit allen Frauen reden«, sagte Hansen. »Und mit ihren Lebensgefährten.«

»Ich freu mich schon«, stöhnte Haffmeyer. »Geschockte oder aufbrausende Ehemänner, Frauen, die uns am liebsten an die Gurgel gehen würden, weil wir ihr intimes Geheimnis ausplaudern – und am Ende haben wir in drei von vier Fällen das Leben der Betroffenen völlig ohne Grund auf den Kopf gestellt. Ganz ehrlich: Manchmal hängt mir mein Job schon zum Hals raus.«

»Augen auf bei der Berufswahl«, neckte ihn Vroni Schliers und stand auf. »Dann machen wir uns jetzt an die Arbeit, gell? Teilen S' bitte alle in Teams ein, Herr Hansen, und dann nichts wie los!«

Hanna und Haffmeyer machten sich daran, die wohlhabende Witwe in Marktoberdorf zu besuchen, und Hansen ließ sich von Jana Vermijnen nach Kempten begleiten. Als Erstes wollte er Resi aufsuchen, die inzwischen vielleicht schon mit der Obduktion der toten Bäuerin aus Nesselwang fertig war. Doch Resi ließ ihm ausrichten, dass er bitte solange im Brauereigasthof am Stiftsplatz warten möge – länger als eine gute halbe Stunde sollte es nicht mehr dauern, bis die Arbeit abgeschlossen war und sie nachkommen konnte.

Hansen stellte seinen Wagen in der Nähe ab und gab für seine Begleiterin erst einmal den Gästeführer. Er zeigte ihr die imposante Basilika St. Lorenz, den benachbarten Hildegardplatz, wo in der wärmeren Jahreshälfte mittwochs und samstags der Wochenmarkt abgehalten wurde, und die wuchtige Fassade des Kornhauses, in dem das Allgäumuseum untergebracht war. Auch der Gasthof konnte sich sehen lassen, und sie nahmen in dem großzügigen, hellen Gastraum Platz, der von einem auf Säulen ruhenden Deckengewölbe überspannt wurde.

Jana Vermijnen ließ sich ein Weißbier schmecken, Hansen bestellte ein Pils, und sie hatten noch nicht zur Hälfte ausgetrunken, als Resi eintraf. Erst stutzte sie, weil sie ihren Freund neben einer Frau sitzen sah, die sie nicht kannte, dann begrüßte sie ihn mit einem Kuss und Jana Vermijnen mit einem festen Händedruck. Hansen erklärte, dass die Kripo Kempten wieder mit dem Mordfall Möller betraut sei – und Jana Vermijnen merkte fröhlich an, dass sie als Aufpasserin in die wiederbelebte Soko Tegelberg entsandt worden sei. Die Offenheit der jungen Frau gefiel Resi, und bald schwatzten alle drei fröhlich durcheinander. Sie aßen miteinander zu Mittag und tranken am Ende noch einen Espresso. Die beiden Frauen unterhielten sich prächtig, und jede fand den Beruf der anderen spannend genug, um interessierte Fragen zu stellen – und sich anschließend über die kleinen Anekdoten schier auszuschütten vor Lachen.

Nur als die Sprache schließlich auf die Tote in Nesselwang kam, wurde die Stimmung etwas ernster. Resi berichtete von den Ergebnissen der Obduktion. Die Frau war tatsächlich von einem Traktor überrollt worden und an den Folgen gestorben. Alfred Felbarth wiederum war inzwischen wieder so nüchtern, dass er Fragen beantworten konnte – und er hatte unter Tränen gestanden, seine Frau überfahren zu haben. Er erging sich in endlosen Rechtfertigungen, heulte dabei Rotz und Wasser und wirkte dabei sehr glaubwürdig auf Koller, der ihn befragt hatte.

»Und wie kam es, dass die Ermittlungen zum Tod von Helmut Möller wieder von Kempten aus geführt werden dürfen?«, fragte Resi nach einer kurzen Pause.

Die BKA-Beamtin tauschte mit Hansen einen kurzen Blick, was Resi irritiert zur Kenntnis nahm, dann ließ sie ihm den Vortritt.

»Frau Vermijnen und ihre Kollegen vom BKA haben mitbekommen, dass wir unter der Hand noch ein wenig weiterrecherchiert haben, obwohl uns der Fall schon entzogen worden war.«

»Aber du hast dir doch Sorgen gemacht, dass unsere Ermittlungen jemandem im Ministerium oder bei diesem mysteriösen Geheimdienst auffallen, woraufhin jemand über mich oder meine Eltern Druck auf dich ausüben könnte. Und deshalb hast du die Finger von diesen Recherchen gelassen. Aber sag mal, Eike, wann genau hast du deine inoffiziellen Recherchen denn eingestellt?«

Jana Vermijnen sah sehr konzentriert auf ihre leere Espressotasse, und Hansen kaute auf der Unterlippe.

»Hm, dachte ich's mir doch!«, fuhr Resi fort. »Auf jeden Fall haben deine Ermittlungen nicht am Sonntagmorgen geendet, als du mir eingeredet hast, dass wir uns besser vom Mordfall Möller fernhalten sollten, um meine Eltern oder mich nicht in Gefahr zu bringen, richtig?«

»Ich …«, setzte Hansen an, aber Resi schnitt ihm mit einer knappen Geste das Wort ab.

»Du hast also heimlich weitergemacht, und nur die dumme Resi hast du außen vor gehalten, weil dein armes kleines Mäuschen sich sonst womöglich die Finger an einer Sache verbrennt, die zu heiß für sie ist!«

Ihre Stimme hatte eine schneidende Schärfe angenommen, aber ihr funkelnder Blick und die am Hals hervortretende Schlagader machten Hansen noch mehr Sorgen. Eine Explosion seiner Freundin stand unmittelbar bevor.

»Sag mal, für wie blöd hältst du mich eigentlich, dass ich dir da nicht irgendwann draufkomme?«

»Aber es war doch ein Zufall, dass die Zeugin im Fall der toten Bäuerin mit Möller ein Verhältnis hatte, und ich wollte dich und deine Eltern wirklich schützen!«

»Komm, lass, geschenkt!« Resi war etwas lauter geworden.

»Weißt du was? Ich halt mich weiterhin raus aus dem Fall.

Die Leiche hat mir das BKA ja eh schon abgenommen, meine Obduktion haben die werten Kollegen sicher längst abgeschlossen ...«

Sie warf Jana Vermijnen einen fragenden Blick zu, die daraufhin nur betreten nickte.

»Was hab ich also noch mit diesem toten Schnauzbart zu schaffen? Abgesehen davon, dass er gestorben ist, während er sich in der Seilbahn gegen mich lehnte. Wisst ihr was, ihr beiden? Ihr könnt mich mal, und deinen blöden Fall lös du mal schön allein, Eike! Apropos allein: Waren Hanna und Haffmeyer eingeweiht und ich nicht? Und Koller wusste Bescheid und die Schwegelin und deine Chefin, die Vroni? Nur halt die dumme Resi nicht, gell?«

Sie winkte wütend ab.

»Koller wusste von nichts«, versicherte Hansen, aber der Satz tat ihm schon leid, noch während er ihn aussprach.

»Na prima«, ätzte Resi. »Jetzt steh ich für dich schon auf einer Stufe mit Koller, der dir am Anfang das Leben so schwer gemacht hat in Kempten? Vielen Dank auch!«

Hansen überlegte, was er dazu sagen konnte, aber er kam zu dem Schluss, dass jedes weitere Wort alles nur noch schlimmer machen würde.

»Kümmer dich nicht weiter um mich, Eike, ich komm schon zurecht, und außerdem werde ich in nächster Zeit wieder etwas mehr nach den Eltern sehen statt nach dir. Nur um den Ignaz tut's mir leid, der wird mir fehlen. Und dir wünsche ich viel Spaß mit deinen Ermittlungen! Hast ja dein bewährtes Team um dich, gell? Und sogar Verstärkung vom BKA – und dann auch gleich so eine schöne Verstärkung!«

Resi hatte sich in Rage geredet, jetzt verstummte sie und stierte vor sich auf die Tischplatte. Nach einer kleinen Weile schüttelte sie langsam den Kopf.

»Tut mir leid, Frau Vermijnen, das wollte ich so nicht sagen. Ich … ach, Scheiße, ich geh jetzt!«

Resi stand auf und stürmte aus dem Lokal. Einige der anderen Gäste schauten ihr hinterher und musterten dann Hansen und seine verbliebene Begleiterin mit offener Neugier. Eine Zeit lang saßen die beiden schweigend da, dann wandte sich Jana Vermijnen an Hansen.

»Das haben Sie verbockt.«

»Sieht so aus.«

»Und Sie haben Ihre Verlobte wirklich nur aus der Sache herausgehalten, weil Sie Angst um sie und ihre Eltern hatten?«

Hansen nickte.

»Das würde ich als mildernde Umstände gelten lassen. Allerdings nicht, solange ich so aufgewühlt wäre wie Ihre Verlobte gerade.«

Hansen nickte wieder.

»Haben Sie ihr von dem nächtlichen Besuch erzählt, den Ihnen der frühere Geheimdienstchef abgestattet hat?«

»Nein.«

»Und von dem Anruf seines Nachfolgers?«

Hansen sah sie lange an. »Sie wissen das alles?«

Sie nickte.

»Auch den Inhalt des Gesprächs und des Telefonats?«

»Soweit der Dienst es für richtig hielt, ihn mir mitzuteilen: ja.«

»Hm.«

»Und warum haben Sie Ihrer Resi nicht erzählt, dass Sie unter Druck gesetzt wurden?«

»Ich wollte nicht, dass sie sich um mich Sorgen macht.« Jana Vermijnen lächelte.

»Noch einmal mildernde Umstände, würde ich sagen.«

Ihr Lächeln fuhr ihm warm in die Magengrube. Er räusperte sich und winkte der Bedienung zu.

»Zahlen, bitte!«

Nach Resis Auftritt war Hansen nicht nach einer Befragung zumute, also fuhren er und die BKA-Beamtin nach Dietmannsried und nach Altusried, wo Hansen ihr das Wohnhaus und den Arbeitsplatz von Helmut Möller zeigte, obwohl er natürlich davon ausgehen konnte, dass sie das alles längst kannte. Sie hörte sich seine Ausführungen interessiert an, und schließlich lotste sie ihn am Altusrieder Freilichttheater und am Restaurant Rosinante vorbei auf einen Feldweg.

»Da rein«, kommandierte sie an der nächsten Abzweigung und bat ihn wenig später, den Wagen am Wegesrand abzustellen.

»Lassen Sie uns ein Stückchen gehen«, sagte Jana Vermijnen.

Sie stieg aus und hielt gemächlich auf ein Waldstück zu, ohne auf Hansen zu warten und ohne sich nach ihm umzudrehen. Hansen zögerte, aber dann verließ er ebenfalls den Wagen und folgte ihr. Sie war etwa zehn Meter weit in den Wald hineingegangen, als er sie einholte. Sie ging einfach weiter, sagte nichts und sah ihn nicht an, sondern behielt einfach ihre Richtung bei. Hansen sog die würzige Waldluft ein, in der ein Hauch eines leichten, fruchtigen Parfüms mitschwang.

»In meinem Job ist man eigentlich gut beraten, wenn man Privates und Berufliches trennt.«

Jana Vermijnen hatte so unvermittelt mit dem Reden begonnen, dass Hansen sie überrascht ansah. Doch er konnte ihrem konzentrierten Gesichtsausdruck nicht entnehmen, worauf sie hinauswollte.

»Aber jetzt sollte ich vielleicht mal eine Ausnahme machen«, fuhr sie fort.

Ein wehmütiges Lächeln spielte um ihre Mundwinkel. Hansen wurde nicht schlau aus ihr, was ihn aber noch mehr verwirrte, war, dass er selbst seinen Blick länger auf ihre Lippen gerichtet hielt, als das unbedingt nötig gewesen wäre.

»Es ist acht, neun Jahre her, da hatte ich mich zu entscheiden zwischen der Loyalität zu meinen Vorgesetzten und der zu einem Mann, der damals sehr wichtig für mich war. Ich habe mich für meinen Beruf entschieden und hatte in diesem Moment die Gewissheit, das Richtige zu tun – aber aus heutiger Sicht habe ich es damals verbockt.«

Unvermittelt blieb Jana Vermijnen stehen und sah sich langsam um. Sie waren inzwischen von dichtem Wald umgeben, es war nirgendwo jemand zu sehen oder zu hören. Sie sah ihm unverwandt in die Augen, und Hansen wurde ein wenig mulmig zumute.

»Mein damaliger Freund und ich waren noch nicht verlobt wie Sie und Resi Meyer – das wäre mir mit Anfang, Mitte zwanzig zu spießig vorgekommen, auch wenn ich heute anders darüber denke. Ich hatte meistens unterstützende Arbeiten zu leisten, assistierte meinen Kollegen mit Hintergrundrecherchen und Ähnlichem. Nun aber bot sich mir zum ersten Mal die Chance, selbst rauszugehen, ins Feld sozusagen. Ich griff natürlich zu, ohne lange nachzudenken. Der Auftrag klang auch zu verlockend, um abzulehnen: eine verdeckte Ermittlung im Milieu der Organisierten Kriminalität. Jedenfalls hatte ich mit recht üblen Typen zu tun, die ihren Vorstrafen nach zu urteilen nicht lange fackeln würden, mir wehzutun – oder denen, die mir nahestehen. Also war ich schon aus diesem Grund mehr als einverstanden, dass für mich eine falsche Identität geschaffen wurde. Allerdings musste ich für mindestens zwei Monate aus meinem normalen Leben verschwinden, und natürlich durfte ich niemandem verraten, warum und wohin ich vorübergehend abtauchte.«

Sie seufzte.

»Mein Freund hat das nicht gut aufgenommen. Wir bekamen Streit, und irgendwann setzte er mir die Pistole auf die Brust: Wenn ich ihm so wenig vertrauen würde, dass ich ihm gegenüber nicht einmal etwas über meinen Auftrag andeuten könne, dann wäre es mit meinem Vertrauen in ihn wohl generell nicht weit her. Ich argumentierte ähnlich wie Sie, Herr Hansen: dass ich ihn mit meinem Schweigen doch nur schützen wolle, dass ich ihn sonst womöglich in Gefahr brächte und so weiter – er hat nichts davon gelten lassen. Wütend ist er an diesem Abend rausgegangen, und als ich gut zwei Monate später meinen Auftrag abgeschlossen hatte und wieder in mein normales Leben zurückkehrte, war ich allein. Er hatte einen Abschiedsbrief hinterlassen, in dem er mich bat, keinen Kontakt zu ihm aufzunehmen und ihm auch nicht nachzuspionieren.«

Auf ihrem Gesicht zeigte sich wieder ein wehmütiges Lächeln.

»Das Spionieren konnte ich nicht ganz lassen. Ich habe herausgefunden, dass er in eine andere Stadt gezogen war, wo er bald beruflich Fuß fasste und auch neue Freunde fand. Inzwischen ist er verheiratet, hat ein Reihenhäuschen, zwei Kinder und einen Hund. Es scheint ihm gut zu gehen.«

Hansen sah sie fragend an, sie zuckte entschuldigend die Schultern.

»Ja, ab und zu checke ich noch, was er so macht und wie es ihm geht. Blöd, nicht?«

»Nein, finde ich nicht.«

»Danke. Aber Sie haben verstanden, was ich Ihnen mit meiner kleinen selbstmitleidigen Geschichte sagen will?«

»Dass ich mit Resi reden soll, dass ich mich mit ihr aussöhnen und sie bald heiraten soll, nehme ich an.«

»Klingt nach einem guten Plan, Herr Hansen.«

»Und Sie?«

»Ach, ich komme zurecht. Heute habe ich niemanden mehr, den ich mit meinem Schweigen über einen Undercoverauftrag vor den Kopf stoßen würde. Das hat auch seine Vorteile.«

»Sie leben allein?«

»Sie wissen schon, dass eine solche Frage durchaus falsch verstanden werden kann?«

Hansen fühlte, wie seine Wangen heiß wurden, und ihr schelmisches Grinsen machte es nicht besser.

»Ja«, sagte sie schließlich, »ich lebe allein in meiner Wohnung. Und wenn ich Gesellschaft möchte, habe ich nicht allzu große Schwierigkeiten, einen passenden Mann zu finden.«

Er schluckte. Sie blieb stehen und drehte sich zu ihm um.

»Oder schätzen Sie das anders ein?«

»Nein, nein, ich … äh … ich finde Sie wirklich sehr …«

Hansen hätte sich ohrfeigen können dafür, dass er mitten im Wald vor einer hübschen jungen Frau stand und herumstammelte wie ein pickeliger Pennäler. Jana Vermijnen lachte, beugte sich ein wenig vor und stupste Hansen mit dem Zeigefinger auf die Nasenspitze.

»Das will ich Ihnen auch geraten haben, Herr Hansen.«

Sie nahm ihr ursprüngliches Wandertempo wieder auf. Hansen war so verblüfft, dass er verspätet reagierte und sie erst nach einigen Schritten wieder einholte.

»Resi und Sie geben ein schönes Paar ab«, fuhr sie fort. »Und Sie steuern dazu durchaus einen ansehnlichen Teil bei. Nicht dumm, nicht hässlich, nicht dick und nicht zu klein – damit passen Sie ganz gut in mein Beuteschema.«

Hansen war heilfroh, dass sie dabei nach vorne schaute. Als sie ihn wenig später wieder ansah, hatte er das Gefühl, dass er leuchtete wie eine vollreife Tomate.

»Ganz ruhig, Herr Hansen«, sagte sie und legte ihm ganz sanft die Hand auf den Arm. »Wir ermitteln im selben Fall, und mit Kollegen aus meiner Ermittlungsgruppe fange ich nie etwas an.«

Er räusperte sich, nickte und fürchtete, dass er gleich irgendetwas Dämliches von sich geben würde. Deshalb hielt er die Lippen fest geschlossen und den Blick nach vorn gerichtet. Das perlende Lachen, mit dem sie seine Verlegenheit quittierte, ging ihm durch Mark und Bein. Als sie nach ihrer Rundwanderung endlich wieder in den Wagen stiegen, sah sie ihn nachdenklich an und murmelte eine leise Entschuldigung, worauf auch immer sie es bezog. Doch damit war das Durcheinander in Hansens Gedanken längst nicht wieder beseitigt.

Als sich Jana Vermijnen und Hansen wieder mit Hanna und Haffmeyer trafen, hatten sie selbst nichts Neues und die beiden anderen nicht viel Hilfreiches zu bieten.

»Hedi Raith sieht für ihre vierundfünfzig Jahre noch recht gut aus«, berichtete Haffmeyer. »Sie ist schlank und scheint sich mit Schwimmen im hauseigenen Pool fit zu halten. Die Villa ist teuer, aber nicht allzu protzig eingerichtet.«

»Zum Kaffee gab's selbst gebackene Schokoladentorte«, warf Hanna ein und lächelte ganz selig.

»Um die Ermittlungsergebnisse vollständig wiederzugeben«, fuhr Haffmeyer fort. »Hanna hat auch mein Stück verputzt – ich mach mir nicht so viel aus fetten Torten. Aber zurück zum Thema. Frau Raith war sehr freundlich und hilfsbereit, und als wir versucht haben, ihr schonend beizubringen, dass Helmut Möller tot ist, wirkte sie auf mich, als habe sie wirklich noch nichts davon gewusst. Den Hinweis darauf, dass Möller am Tegelberg starb und dass wir von einem nicht natürlichen Todesfall ausgehen, hat sie dann aber sofort mit dem spektakulären Fall in Verbindung gebracht, den die Presse als potenziellen Giftmord groß aufgemacht hat.«

»So weit klingt das alles authentisch«, sagte Hansen.

»Außerdem sehe ich nicht, worin ihr Motiv bestehen

könnte«, meinte Haffmeyer. »Sie war ehrlich bestürzt über Möllers Tod, und sie hat nach kurzem Zögern erwähnt, dass sie für kommenden Freitag mit ihm verabredet gewesen war. Er hatte ihr ein außergewöhnliches Wochenende versprochen, darauf hatte sie sich wohl richtig gefreut.«

»Wir haben allerdings auch noch ein wenig zu den Geschäften von Frau Raiths verstorbenem Mann recherchiert«, meldete sich Hanna zu Wort und deutete auf die BKA-Beamtin. »Eines seiner offiziellen Unternehmen war eine Großhandelsfirma für pharmazeutischen Bedarf. Die Firma gibt es noch, und zur Produktpalette gehören unter anderem Spritzen. Eine weitere Firma bietet Inneneinrichtungslösungen für verschiedene Branchen an, darunter auch für Apotheken. Wenn wir da ein bisschen weiterspinnen, hätte einer von Raiths Mitarbeitern in einer Apotheke, die sich von Raiths Firma ausstatten ließ, einen tödlichen Wirkstoff mitgehen lassen. Ich müsste noch rausfinden, ob es möglich wäre, dass ein solcher Diebstahl unbemerkt bleibt.«

Jana Vermijnen presste die Lippen zusammen und sah nachdenklich aus.

»Entschuldigen Sie mich bitte einen Moment?«, sagte sie schließlich, zückte das Handy, verließ den Raum und schloss die Tür hinter sich.

»Was war das denn?«, fragte Hanna.

Die beiden Männer zuckten mit den Schultern.

»Sie hat auf einmal ganz nachdenklich geschaut, als du davon gesprochen hast, dass jemand in Raiths Firma irgendwie an Gift gekommen sein könnte«, erklärte Haffmeyer.

Dann warteten sie gut fünf Minuten, bis Jana Vermijnen

wieder in den Raum zurückkehrte. Sie lächelte und setzte sich wieder auf ihren Platz. Dann tippte sie ein bisschen auf ihrem Smartphone herum, bevor sie es wegsteckte.

»Ich glaube, die Tatsache, dass Frau Raiths verstorbener Mann eine Firma besaß, deren Mitarbeiter möglicherweise Zugriff auf giftige Wirkstoffe hatten, macht Frau Raith nicht verdächtiger als bisher«, sagte sie.

Die Handys von Hansen, Hanna und Haffmeyer signalisierten mit unterschiedlichen Tönen, dass auf jedem soeben eine Nachricht eingegangen war.

»Sie können sich das gleich anschauen, ich habe Ihnen ein Dossier zu dem Gift geschickt, an dem Helmut Möller gestorben ist. Deshalb war ich auch kurz draußen: Ich musste mich vergewissern, dass die erste Vermutung inzwischen bestätigt wurde, und mir von meinem Vorgesetzten die Freigabe dieser Information einholen. Ich habe mir dann auch gleich den entsprechenden Bericht aus der Rechtsmedizin schicken lassen. Und wenn es Ihnen recht ist, würde ich das Ergebnis jetzt gern für Sie zusammenfassen.«

Hansen nickte.

»Der Wirkstoff, der Möller injiziert wurde, ist eine Mischung, die unter anderem Conicein und Coniin enthält, zwei Pseudoalkaloide, die neurotoxisch wirken. Diese Wirkstoffe kommen auch in einigen heimischen Pflanzen vor, zum Beispiel im Gefleckten Schierling, der fast überall in Europa verbreitet ist und als Unkraut am Rand von Äckern und Straßen wächst. Allerdings stinkt das Zeug fürchterlich. Daraus einen giftigen Saft herzustellen setzt voraus, dass man sich ein bisschen damit beschäftigt hat – aber letztendlich ist die Herstellung kein unüberwindbares Problem. Die Wirkstoffe können über die Schleimhäute oder über die normale Haut aufgenommen werden. Sobald das Gift im Körper ist, hat der Betroffene zwischen einer halben Stunde und fünf Stunden zu leben – und stirbt ziemlich qualvoll. Man bleibt bei Bewusstsein, während einen die zunehmend gelähmte Muskulatur elend ersticken lässt. Es gibt nur ein Problem: Etwa fünfhundert Milligramm des Wirkstoffcocktails gelten als tödliche Dosis für einen Erwachsenen, und jemandem eben mal im Vorübergehen einen halben Liter in den Hals zu spritzen – das funktioniert natürlich nicht. Deshalb hat Sokrates seinen Schierlingssaft aus dem Becher getrunken. Man kann dem Cocktail noch drei weitere natürlich vorkommende Wirkstoffe beimischen, aber wer den Schierlingssaft hinbekommt, schafft auch den Rest – und er braucht dafür nichts, was er nicht in der freien Natur finden würde. Dann reicht für eine tödliche Injektion ein Milliliter. Das wäre auch mit einer kleinen Spritze möglich, und das Opfer würde kaum mehr mitbekommen als von einem Mückenstich. Na ja, bis halt die Symptome einsetzen …«

Hansen war überrascht von der unerwarteten Wendung.

»Das heißt, wir müssen gar nicht nach Leuten suchen, die an Quellen für verschreibungspflichtige Wirkstoffe oder meinetwegen für chemische Kampfstoffe herankommen können?«

»Nein, müssen wir nicht. Leider nicht, möchte ich hinzufügen, denn das hätte den Kreis der Verdächtigen natürlich stark eingegrenzt.«

»Zu dem übrigens auch dieser ominöse Geheimdienst gehört hätte.«

»Hätte, genau – und ich wiederhole gern noch einmal, was mir mein Vorgesetzter beim BKA versichert hat und was ich ihm im Übrigen auch glaube: Dieser Dienst hat nichts mit Möllers Tod zu tun.«

»Und wenn ich es richtig verstanden habe, hilft uns dieser Giftcocktail auch nicht besonders dabei, die Tatzeit einzugrenzen – eine halbe Stunde bis fünf Stunden!«

»Durch die zusätzlichen Wirkstoffe wird der Zeitraum ein bisschen eingegrenzt: Das Opfer hat dann nur noch irgendetwas zwischen zehn Minuten und gut einer Stunde zu leben. Aber es stimmt schon: Die Spritze muss Möller nicht zwingend auf dem Parkplatz vor der Talstation der Tegelbergbahn gesetzt worden sein.«

Hansen dachte nach.

»Wann genau haben denn die Geheimdienstleute aufgehört, Möller zu beobachten?«

Jana Vermijnen holte ihr Smartphone wieder hervor und wischte sich durch eine Datei.

»Müller ist am Freitagvormittag um neun Uhr daheim in Dietmannsried losgefahren. Um fünf nach halb zehn hat er in Füssen einen Blumenladen aufgesucht und ist kurz darauf mit einer langstieligen Rose wieder herausgekommen. Als er danach mit dem Wagen Richtung Tegelbergbahn gefahren ist, haben seine Beobachter die Observation für diesen Tag abgebrochen und sich stattdessen um den nächsten Auftrag gekümmert.«

»Okay. Und wenn Möller davor eine Spritze verpasst bekommen hätte, dann hätten das diese Superagenten ja wohl hoffentlich mitbekommen.«

»Davon dürfen wir ausgehen. Möller war allerdings für etwa fünf Minuten außerhalb ihres Sichtfelds: in diesem Blumenladen.«

»Haben wir die Adresse?«

»Natürlich.«

»Gut, das lässt sich ja überprüfen. Hanna, magst du gleich nachher mit Willy hinfahren?«

Hanna nickte.

»Wenn es nicht in diesem Blumenladen passiert ist, muss er die Spritze zwischen neun Uhr vierzig und seinem Tod zwischen zehn Uhr fünfundvierzig und zehn Uhr fünfzig abbekommen haben, richtig?«

»Richtig.«

Hansen rechnete nach.

»Der Familienvater, der Möller den Parkplatz weggeschnappt hatte, hat erzählt, dass Möller es offenbar sehr eilig gehabt habe. Und das war um halb elf oder kurz danach. Aber von Füssen bis zum Parkplatz bei der Talstation braucht man doch im Leben keine dreißig bis vierzig Minuten! Was hat Möller in dieser Zeit noch gemacht? Hat er jemanden getroffen, hat er sich mit jemandem gestritten, hat er … Was auch immer – es könnte mit dem Anschlag zu tun haben, und die Spritze könnte ihm sogar auf dem Weg zum Parkplatz verpasst worden sein.«

»Aber vor der Talstation war ein großes Gedränge«, wandte Jana Vermijnen ein, als sie noch einmal eine Passage ihrer Datei überflogen hatte. »Das ist natürlich ideal für einen solchen Anschlag.«

»Gut, aber wir können überprüfen, ob es am Freitag frühmorgens zwischen Füssen und dem Parkplatz auch irgendwo anders ein solches Gedrängel gegeben hat.«

»Das machen die Hanna und ich«, meldete sich Haffmeyer zu Wort. »Wir fahren ja eh zu diesem Blumenladen, dann drehen wir danach einfach noch eine Runde durch die Gegend, die Möller in der fraglichen Zeit mit seinem Wagen hätte erreichen können. Ich kenne da auch ein paar Leute, die ich fragen kann, ob denn am vergangenen Freitag irgendwo ein ordentlicher Menschenauflauf war.«

Ein paar Minuten später waren sie wieder unterwegs. Und während sich Hanna und Haffmeyer auf den Weg nach Füssen machten, fuhren Jana Vermijnen und Hansen nach Memmingen. Sie steuerten ein Grundstück in bester Wohnlage an, das von einer hohen Hecke umgeben war. Zur Straße hin war das dichte Grün nur durch die Zufahrt zu einer breiten Doppelgarage und eine kleine Freitreppe unterbrochen. Am oberen Ende der Treppe befand sich neben der Haustür ein Klingelknopf aus Messing, und als Hansen ihn drückte, war aus dem Inneren ein kräftiger Gong zu hören. Kurz darauf schwang die zweiflügelige Haustür auf, und eine mollige Frau Anfang vierzig stand vor ihnen. Sie trug ein etwas unvorteilhaft geschnittenes Kleid und Hausschuhe.

»Ja, bitte?«

»Frau van Rouven?«, fragte Hansen, und als sie zögernd nickte, stellte er sich und Jana Vermijnen vor, die er der Einfachheit halber nur als seine Kollegin bezeichnete. Die Frau an der Haustür war schon aufgeschreckt genug, da musste nicht noch das BKA ins Spiel kommen.

»Kriminalpolizei? Was will denn die Kriminalpolizei von mir?«, stammelte sie und sah mit weit aufgerissenen Augen zwischen ihren beiden Besuchern hin und her. »Ist etwas mit … mit meinem Mann? Jetzt sagen Sie schon!«

»Nein, Frau van Rouven, wir sind nicht wegen Ihres Mannes hier. Aber vielleicht sollten wir das nicht hier an der Tür besprechen. Können wir vielleicht reinkommen?«

»Muss ich Sie denn reinlassen? Ich habe nicht aufgeräumt, und eigentlich wollte ich gerade …«

Sie suchte nach einer Ausrede, aber es fiel ihr keine ein.

»Es geht um Herrn Möller«, schob Hansen nach, und nun weiteten sich die Augen der Frau noch ein wenig mehr. Sie warf zwei schnelle Blicke nach links und rechts und bat die beiden herein. Vor Hansen breitete sich ein riesiger Raum aus, der nach hinten in den Garten mündete.

»Was ist denn mit … mit Herrn Möller?«, fragte Frau van Rouven ängstlich.

»Können wir uns vielleicht irgendwo setzen?«, fragte Hansen.

»Sicher.«

Sie durchquerte mit ihren Besuchern im Schlepptau den großen Raum. Trotz ihrer etwas fülligen Figur schien sie zu schweben, umweht von ihrem langen Kleid. Schließlich erreichten sie einige Rattanmöbel, die den Übergang vom Innenraum zur Terrasse markierten.

»Bitte, nehmen Sie Platz.«

Sie deutete auf zwei bequem aussehende Sessel und setzte sich dann in einen dritten, ohne ihren Gästen etwas anzubieten. Wie gebannt beobachtete sie dabei Hansen, um nur ja kein Wort von dem zu verpassen, was der Kripokommissar gleich sagen würde.

»Sie sind mit Herrn Helmut Möller … befreundet, stimmt das so?«

Miriam van Rouven quittierte Hansens kurze Sprechpause mit einem spöttischen Grinsen.

»Ja, das stimmt so.«

»Und wann haben Sie Herrn Möller zuletzt gesehen?«

Sie hob die Augenbrauen.

»Warum wollen Sie das denn wissen? Von welchem Kommissariat sind Sie noch mal?«

»Ich leite das K1 der Kripo Kempten. Wir sind unter anderem für Tötungsdelikte zuständig.«

Die Frau vor ihnen wurde blass. Ihre Finger, die zuvor schon etwas angespannt auf den Lehnen des Sessels gelegen hatten, krallten sich nun so fest in das Rattan, dass die Knöchel weiß hervortraten. Sie keuchte.

»Was ist mit Helmut?«, brachte sie schließlich hervor.

»Ich muss Ihnen leider mitteilen, dass Herr Möller ums Leben gekommen ist.«

»Wie … was … ums Leben … ich meine, was ist passiert? Aber er war doch kerngesund! Hatte er einen Unfall?«

»Nein, er hatte keinen Unfall.«

Sie stutzte. Dann wich alle Farbe aus ihrem Gesicht, und sie schnappte mehrmals nach Luft. Jana Vermijnen sprang auf, eilte in die Küche und kam kurz darauf mit einem halb gefüllten Wasserglas zurück.

»Hier, bitte, trinken Sie einen Schluck.«

Miriam van Rouven blinzelte, sah die Frau vor sich einen

Moment lang verständnislos an, dann griff sie mit zitternden Händen nach dem Glas und trank in hastigen Schlucken.

»Und … wie ist Helmut dann gestorben?«

»Wir müssen davon ausgehen, dass er ermordet wurde.«

»Er…« Ihre Stimme erstarb, und sie schwieg eine Weile, bevor sie nachfragte: »Ermordet, sagten Sie?«

Hansen nickte.

»Und … und wer war's?«

»Das versuchen wir herauszufinden.«

»Aber … warum sollte das jemand tun? Ich meine: Helmut hat doch niemandem etwas zuleide …«

Sie unterbrach sich und legte die Hand auf den Mund. Ihr Blick flackerte, und sie wandte die Augen ab.

»Ja, Frau van Rouven? Was wollten Sie gerade sagen?«

Sie winkte müde ab, schüttelte langsam den Kopf und starrte ins Leere.

»Wat voor een smeerlap …«, murmelte sie nach einer Weile.

Hansen war seit seiner Versetzung ins Allgäu daran gewöhnt, dass er nicht alles verstand, was in seiner Gegenwart gesagt wurde. Aber diesmal handelte es sich eindeutig nicht um den hiesigen Dialekt.

Miriam van Rouven sprach weiter halblaut vor sich hin, ihr Tonfall wurde ärgerlich, und schließlich stand sie abrupt auf und ging an eine Schrankwand in weiß lackiertem Holz. Sie kam mit einer Flasche und einem Cognacschwenker zurück, schenkte sich großzügig ein und leerte das Glas zur Hälfte.

»Wenn ich übersetzen darf, Frau van Rouven?«, meldete sich Jana Vermijnen zu Wort. »Sie haben Herrn Möller als

Schweinehund bezeichnet, der Ihnen sogar jetzt noch Ärger macht, nachdem er schon tot ist.«

Hansen sah die BKA-Beamtin erstaunt an, die die Schultern zuckte und lächelte.

»Na ja, ich heiße Vermijnen«, bemerkte sie in leicht tadelndem Tonfall. »Da hätten Sie schon draufkommen können, dass ich niederländische Wurzeln habe.« Und zu Miriam van Rouven gewandt fügte sie hinzu: »Sie können aber gern Deutsch mit uns reden, dann versteht Sie auch mein Kollege.«

Nun wurde das Cognacglas vollends geleert, und Miriam van Rouven warf der BKA-Beamtin finstere Blicke zu.

»Aber auch wenn ich Niederländisch spreche«, fuhr Jana Vermijnen fort. »Ich verstehe trotzdem nicht, warum Sie so wütend auf Herrn Möller sind. Sie waren doch zusammen, oder hatten Sie sich etwa getrennt?«

Die Gastgeberin schlug die Augen nieder, ihre Kiefer mahlten, und ihr Gesicht nahm zunehmend wieder Farbe an.

»Frau van Rouven«, fasste Hansen nach, »würden Sie meiner Kollegin bitte antworten? Wir ermitteln in einem Mordfall, und ich möchte Sie doch sehr bitten, uns in unserer Arbeit zu unterstützen.«

Es dauerte noch ein bisschen, aber dann straffte sich Miriam van Rouven etwas, hob den Blick und antwortete nach kurzem Zögern.

»Ja, Helmut und ich haben uns gestritten. Und ja, eigentlich hatten wir uns getrennt, aber dann …«

Sie verstummte, und Hansen musste erneut nachfassen.

»Ich möchte Helmut keine Schwierigkeiten machen, aber …«

Sie unterbrach sich mit einem freudlosen Lachen.

»Na, ist ja egal inzwischen, schätze ich mal. Helmut arbeitete für eine kleine Import-Export-Firma in Altusried. Nebenbei hat er sich einiges dazuverdient mit kleineren Schiebereien. Mal waren Drogen im Spiel, mal gefälschte Markenartikel. Das überschnitt sich wohl auch mit dem, was die Firma trieb, von der er sein Gehalt bezog.«

Hansen war überrascht, dass Möller das seiner Geliebten anvertraut hatte. Bisher war es ihm so vorgekommen, als habe Möller sehr darauf geachtet, dass die Frauen, mit denen er Affären unterhielt, nicht zu viel über ihn erfuhren. Er traf sie nie in seiner Wohnung, und bis auf Hedi Raith besuchte er auch keine von ihnen zu Hause.

»Und das hat Herr Möller Ihnen alles erzählt?«, fragte er deshalb.

Miriam van Rouven lächelte nachsichtig.

»Erzählt hat er mir etwas anderes – aber darüber darf ich nicht sprechen, tut mir leid.«

»Falls das etwas mit Herrn Möllers Vergangenheit zu tun hat, mit der Zeit vor seinem Umzug nach Dietmannsried, dann wissen wir das bereits.«

Der Mund der Frau klappte auf und wieder zu.

»Sie wissen …«, stammelte sie schließlich, »Sie wissen, dass Helmut Geheimagent war?«

Hansen nickte.

»Dann wissen Sie ja auch, dass er ein ziemlich großes Tier dort war und dass er einige sehr heikle Aufträge zu erledigen hatte, über die er nicht einmal mir gegenüber sprechen durfte.«

Jetzt funkelte Miriam van Rouven ihre beiden Besucher wütend an.

»Also wissen Sie ja, was Sie zu tun haben! Schauen Sie sich an, was das für Aufträge waren. Finden Sie heraus, wem er damit auf die Füße getreten ist. Und schon haben Sie den Mörder!«

Sie goss sich etwas Cognac nach, trank das Glas erneut aus und stand auf.

»Lassen Sie mich jetzt in Ruhe, und suchen Sie den Mörder dort, wo er wirklich zu finden ist.«

Hansen sah Jana Vermijnen fragend an, die schüttelte aber nur kaum merklich den Kopf.

»Setzen Sie sich bitte wieder, Frau van Rouven«, sagte sie dann ruhig.

Es dauerte einen Moment, dann hatte die BKA-Beamtin das Blickduell gewonnen, und Miriam van Rouven ließ sich auf ihren Sessel sinken.

»Sie dürfen davon ausgehen, dass wir alle Spuren verfolgen, auf die wir stoßen. Aber jetzt sind wir hier bei Ihnen, und jetzt möchten wir Sie befragen.«

Miriam van Rouven zuckte mit den Schultern.

»Dann fragen Sie halt«, sagte sie müde.

»Woher wissen Sie von Herrn Möllers Arbeitsplatz und seinen Nebengeschäften?«

Sie goss sich den nächsten Cognac ein, aber Jana Vermijnen nahm ihr das Glas aus der Hand und stellte es ein Stück entfernt von ihr auf dem Tisch ab.

Miriam van Rouven seufzte.

»Wir haben uns Anfang des Jahres kennengelernt, und es

hat gleich gefunkt zwischen uns. Helmut weiß, wie man eine Frau behandelt, und weil mein Mann beruflich viel unterwegs ist, bleiben ... nun ja ... gewisse Sehnsüchte oft ungestillt. Darum hat sich Helmut gekümmert, und ich habe es sehr genossen. Irgendwann hatte er ein ... na ja ... ein stimulierendes Mittel dabei und ...«

Auf ihr Gesicht legte sich ein seliges Lächeln.

»Ich habe ihn gefragt, wo er das Zeug herhat und ob er mehr davon mitbringen kann. Er hat mir nichts über seine Quelle verraten, aber er hat immer wieder etwas mitgebracht.«

Sie räusperte sich.

»Wie auch immer ... Wie Sie sicher wissen, ist mein Mann Architekt. Er arbeitet für ein sehr renommiertes Büro hier in Memmingen und betreut wichtige Projekte überall auf der Welt. Manchmal begleite ich ihn auch auf solchen Reisen, vor allem wenn es in Länder geht, die ich noch nicht bereist habe. Davon habe ich Helmut natürlich irgendwann erzählt, und ein paar Wochen später druckste er erst herum, und dann rückte er mit der Sprache raus: Ob ich bei einer solchen Gelegenheit nicht auch mal etwas für ihn mitnehmen oder mitbringen könne – das wäre alles ganz ungefährlich für mich. Aber ich bin ja nicht blöd: Wenn kein Risiko bestehen würde, könnte er das, was ich da für ihn mitnehmen sollte, ja genauso gut mit der Post verschicken, nicht wahr?«

Sie sah sich kurz um, als erwarte sie Zustimmung, aber ihre beiden Besucher hörten ihr nur zu, behielten sie im Blick und warteten darauf, dass sie weiterredete.

»Daraufhin habe ich einen Privatdetektiv beauftragt, der

schon ein paarmal in den vergangenen Jahren kleinere Aufträge für mich übernommen hatte. Ich habe ihm ein Foto von Helmut gegeben und seine Handynummer und habe ihm alles erzählt, was ich über seine Arbeit und die Firma wusste, bei der er angestellt war. Er brauchte keine Woche, und dann hatte ich seine Wohnadresse sowie die Anschrift dieser Import-Export-Firma. Außerdem hatte er in Erfahrung gebracht, dass dort nicht alles immer ganz nach dem Gesetz lief – er riet mir noch, mich vorzusehen, damit ich in nichts Illegales hineingezogen werde. Er hat sich übrigens gewundert, dass er nichts über Helmut herausfinden konnte, was länger als vier Jahre zurückreicht. Für mich hat das nur Helmuts Geschichten von seinem früheren Job als Spion bestätigt. Ehrlich gesagt fand ich es aufregend, mit einem ehemaligen Geheimagenten zusammen zu sein.«

»Und dass Möller Sie bedrängt hat, für ihn irgendwelche Dinge zu schmuggeln, hat Sie nicht dazu gebracht, die Beziehung zu beenden?«

»Nein, warum auch? Helmut hat es ein-, zweimal versucht, und ich habe ihm klar zu verstehen gegeben, dass ich da nicht mitmache. Dann war erst einmal Ruhe, und wir haben uns wieder schöne Nächte bereitet, wie zuvor. Vor drei Wochen dann hat er mich auf eine Weise vor den Kopf gestoßen, wie ich es mir nicht hätte vorstellen können!«

Miriam van Rouven hatte sich ein wenig in Rage geredet. Sie griff nach dem Cognacglas, das ihr Jana Vermijnen weggenommen hatte. Nach kurzem Zögern schob diese ihr das Glas wieder hin. Ein kräftiger Schluck, und der Cognac war ausgetrunken.

»Danke«, sagte Frau van Rouven und fuhr fort: »Er hat an einem unserer Abende offenbar sein Smartphone so im Hotelzimmer installiert, dass er uns filmen konnte. Sehr detailliert und mit erschreckend gutem Ton, was mir etwas peinlich war, weil … Nein, das geht Sie dann doch nichts an.«

Sie räusperte sich.

»Helmut hat mir den Film vorgespielt, und ich bin aus allen Wolken gefallen! Denn dass er uns gefilmt hat, habe ich natürlich nicht mitbekommen. Er hat durchblicken lassen, dass er die Aufnahme jederzeit auch anderen vorführen könnte – und dass ich das am besten verhindern könnte, wenn ich doch einmal etwas für ihn mit auf Reisen nehmen würde.«

»Und wem wollte er das Video zeigen?«

»Na, das musste er ja nicht extra erwähnen! Meinem Mann vielleicht, um mir zu schaden – oder er hätte den Film ins Internet stellen können, um meinem Mann zu schaden. Das Architekturbüro, in dem er Seniorpartner ist, muss natürlich auf seinen guten Ruf achten.«

Hansen war verblüfft, wie offen die Frau über mögliche Motive sprach, Helmut Möller umzubringen.

»Sie wissen schon«, merkte er deshalb vorsichtig an, »dass Sie uns gerade Dinge erzählen, die Sie verdächtig machen? Was Sie gerade geschildert haben, sind geradezu klassische Mordmotive. Möchten Sie nicht vielleicht lieber Ihren Anwalt zu diesem Gespräch dazubitten?«

Sie blinzelte, dann schüttelte sie den Kopf.

»Aber ich hab doch den Helmut nicht umgebracht, wo denken Sie hin? Und gerade weil ich Ihnen das alles so freimütig erzähle, sollte Ihnen doch klar werden, dass ich nichts zu befürchten habe – weil ich völlig unschuldig bin.«

»Mag sein, aber Sie hatten Streit mit ihm, er hat Sie erpresst, und jetzt ist er tot.«

»Ach, unseren Streit haben wir doch wieder beigelegt. Erst habe ich Helmut rausgeworfen, weil ich es so widerlich fand, dass er mich erpressen wollte. Aber ein paar Tage später hat er angerufen, und wir haben uns am nächsten Abend wieder getroffen. Er hat sich entschuldigt, und danach habe ich ihm gesagt, dass er so etwas nie wieder versuchen soll – und ich habe ihm noch einmal gezeigt, warum er es sich mit mir lieber nicht verscherzen soll.«

Sie kicherte leise, und Hansen sah sie fragend an.

»Aber Herr Kommissar! Sie werden doch hoffentlich wissen, was ich meine? Wir Frauen haben da schon unsere Methoden, nicht wahr?«

Ihr Tonfall hatte etwas Kehliges bekommen, und dazu zwinkerte sie der BKA-Beamtin zu. Hansen räusperte sich.

»Glauben Sie mir, Herr Kommissar«, fuhr Frau van Rouven fort, »am Ende hat er mir wieder aus der Hand gefressen.«

»So, so.«

»Ja, genau so war es. Und übrigens hat er mich am nächsten Tag erneut angerufen und mir verraten, dass er ein Wochenende für uns beide buchen wollte – mit allem Schnick und Schnack. Er hat sich erkundigt, wann mein Mann in der nächsten Zeit unterwegs sein würde, und wir haben uns verabredet – er wollte mich am übernächsten Wochenende treffen. Daraus wird nun leider nichts.«

Nach einer kurzen Pause hob sie den Blick wieder.

»Telefoniert haben wir deswegen vor eineinhalb Wochen, am Donnerstag. Und seither habe ich Helmut weder gesehen noch mit ihm gesprochen.«

»Und von seinem Tod haben Sie durch uns erfahren?«

»Natürlich! Woher hätte ich es denn sonst wissen sollen?«

»Und warum haben Sie vorhin seinetwegen so geschimpft?«

Miriam van Rouven fixierte Hansen mit zusammengekniffenen Augen.

»Na, warum wohl? Ich meine, der Mann hat mich mit einem Sexvideo erpresst – und jetzt verwickelt er mich gewissermaßen in einen Mordfall, mit dem ich nichts zu tun habe! Und ich kann zusehen, wie ich aus der ganzen Geschichte herauskomme, ohne dass mein Mann etwas davon erfährt.«

»Und warum haben Sie Ihre Beziehung nach dem Erpressungsversuch nicht endgültig beendet, sondern sich weiter mit Herrn Möller getroffen?«

»Natürlich habe ich Helmut danach nicht mehr im selben Umfang vertraut wie zuvor, aber wenn ich ihn in die Wüste geschickt hätte, dann hätte ich mir einen Neuen suchen müssen. Helmut hat mir gutgetan, das wollte ich nicht aufgeben.«

»Und Ihr Mann: Sind Sie denn sicher, dass er nichts davon gewusst hat?«

Sie sah ihn verblüfft an.

»Ja«, antwortete sie dann gedehnt, »da bin ich mir völlig sicher. Ich habe sorgfältig darauf geachtet, dass niemand etwas mitbekommt, natürlich am allerwenigsten mein lieber Gatte. Und dass Helmut ihm das Video am Ende doch noch vorgespielt haben könnte, kann ich ausschließen.«

»Und warum?«

»Mein Mann ist ein wenig aufbrausend, und wenn er in den vergangenen Jahren von einer meiner Affären erfahren hätte, wäre er auf dem schnellsten Weg hergekommen und hätte mir eine Szene gemacht, dass die Wände gewackelt hätten!«

Sie lachte trocken.

»Dabei hat er es ausgerechnet nötig!«

»Wie meinen Sie das?«

»Na ja, mein Mann hat immer recht junge und attraktive Sekretärinnen, die er von Zeit zu Zeit austauscht. Die begleiten ihn auf den meisten Reisen, und wenn er im Lande ist, wird es im Büro auch schon mal spät.«

»Aber eifersüchtig ist er trotzdem«, merkte Hansen an. »Wo war er denn, als Herr Möller ums Leben kam? Und wo waren Sie?«

Sie zuckte mit den Schultern.

»Keine Ahnung. Ich weiß ja nicht, wann Helmut starb.«

»Er starb in einer Kabine der Tegelbergbahn, am späten Freitagvormittag.«

»Hm.«

»Sagt Ihnen das nichts?«

»Nein, wieso sollte es?«

»Der Fall ging durch alle Zeitungen, wurde im Radio gemeldet und, soweit ich weiß, auch in den Fernsehnachrichten.«

»Ich lese keine Zeitungen, und Nachrichten interessieren mich nicht besonders. Sie können mir ruhig glauben, dass ich mich erinnern würde, wenn ich davon gehört hätte – habe ich aber nicht.«

»Und wo waren Sie am vergangenen Freitag, sagen wir, zwischen zehn und dreizehn Uhr?«

Sie dachte kurz nach, dann stand sie auf und holte ihr Smartphone von einem kleinen Beistelltischchen neben der Ledercouch. Nach kurzem Suchen hatte sie die entsprechenden Einträge gefunden.

»Hier haben wir es: Um halb elf hatte ich einen Termin bei meiner Friseurin hier in Memmingen, das ging knapp einleinhalb Stunden, und danach bin ich mit einer alten Freundin in der Innenstadt essen gegangen.«

»Wir würden das gern überprüfen.«

Sie verdrehte genervt die Augen, gab ihm aber anstandslos die Anschrift des Friseursalons, den Namen und die Telefonnummer der Freundin und die Adresse des Lokals, in dem sie mit ihr essen war.

»Ich wäre Ihnen dankbar, wenn Sie die Sache diskret handhaben können. Meine Freundin weiß nichts von Helmut und mir, und auch meine Friseurin muss davon nichts erfahren, ja?«

»Wir geben uns Mühe. Und was ist mit Ihrem Mann?«

»Er kommt morgen von einer Geschäftsreise zurück. Seit vergangenen Mittwoch war er in Dubai.«

»Okay, das müssen wir uns natürlich noch von ihm bestätigen lassen.«

»Und dafür verraten Sie ihm ganz beiläufig, dass ich ihn betrogen habe? Na, vielen Dank auch.«

Sie machte sich wieder an ihrem Smartphone zu schaffen, tippte ein paarmal auf den Bildschirm und hielt Hansen dann das Gerät hin.

»Reicht das nicht auch?«

Hansen sah das Bild eines untersetzten Mannes um die fünfzig vor sich, der einen leichten Sommeranzug trug und in die Kamera grinste. Die Aufnahme war erkennbar ein Selfie, und das Datum der Textnachricht, an die das Bild angehängt war, lautete auf den vergangenen Donnerstag.

»Und? Das kann er wer weiß wann aufgenommen und Ihnen erst mit Verspätung geschickt haben.«

Jana Vermijnen nahm ihm das Smartphone aus der Hand, öffnete die Galerie und wischte sich durch einige Bilder, die alle im Vordergrund den untersetzten Mann zeigten, wie er sich selbst fotografierte, und hinter ihm die Sehenswürdigkeiten von Dubai: einen belebten Strand mit dem Burj Khalifa weit im Hintergrund, die Fassade eines Nobelhotels, eine enge Marktgasse, ein altes Fort – und alle Bilder wurden mit dem Datum ihrer Entstehung angezeigt. Demnach war Miriam van Rouvens Mann tatsächlich vom vergangenen Donnerstag bis heute durchgehend in Dubai gewesen.

»Gut«, sagte Hansen schließlich. »Einstweilen können wir uns damit zufriedengeben.«

»Danke.«

»Tut mir leid, Chef«, sagte Haffmeyer, als er mit Hanna von den Recherchen zurückkam. »Wir haben leider keine guten Nachrichten.«

Die Blumenhändlerin erinnerte sich zwar an Helmut Möller und daran, dass er am vorigen Freitag eine langstielige Rose gekauft hatte – er war zu diesem Zweck immer wieder mal in dem Laden gewesen. Aber ihr sei während der fünf Minuten, die er dort zugebracht hatte, nichts Ungewöhnliches aufgefallen. Und eng sei es zu diesem Zeitpunkt auch nicht zugegangen im Laden – außer ihr und dem Kunden sei nur eine alte Dame dort gewesen, die zu knickrig sei zum Blumenkaufen und stattdessen jeden zweiten Tag im Geschäft herumstrolche und kostenlos an den Sträußen schnuppere.

Hanna und Haffmeyer hatten zwischen Weißensee, Roßhaupten und Schwangau herumgefragt, doch keiner von Haffmeyers Kontakten konnte von besonderen Menschenansammlungen berichten.

»Was hat er also gemacht in der Zeit zwischen neun Uhr fünfundvierzig und zehn Uhr dreißig?«, dachte Hansen laut. Dann fiel ihm etwas ein. »Sagt mal, hatte Möller denn eine Rose bei sich, als er starb? Soweit ich mich erinnere, hatte er keine Blume dabei – aber mit Bestimmtheit sagen kann ich es nicht.«

»Ich kümmere mich drum«, sagte Hanna und eilte davon.

Das Telefon klingelte. Ein Kollege vom Innendienst war dran. Hansen hörte kurz zu, dann bedankte er sich und legte auf.

»Dr. Hannsdieter Schwerdtfeger ist soeben im Klinikum Kempten eingetroffen. Nach dem Seminar in München hatte er sich noch den heutigen Vormittag freigenommen. Frau Vermijnen, kommen Sie mit?«

Damit verließ er auch schon den Raum, gefolgt von der BKA-Beamtin. Willy Haffmeyer sah den beiden nachdenklich hinterher. Dann leerte er seine Kaffeetasse, trug das Geschirr in die kleine Küche und gesellte sich zu Hanna, die mit einer Kollegin die Aufzeichnungen über die Fundstücke rund um die Tegelbergbahn durchging.

»Schön, dass du kommst, Willy. Wir können hier Hilfe gut gebrauchen.«

»Schön«, brummte Haffmeyer, »dass man wenigstens irgendwo gebraucht wird.«

Hanna hob die Augenbrauen, aber ihr Kollege überflog schon die Berichte, die sie ihm hingeschoben hatte.

Im Klinikum Kempten herrschte reger Betrieb, und die erste Krankenschwester, die sie auf der gastroenterologischen Station nach dem Weg zu Dr. Hannsdieter Schwerdtfeger fragten, bürstete sie so unwirsch ab, dass Hansen seinen Dienstausweis zog und sich der Frau, die schon wieder davonhasten wollte, breitbeinig in den Weg stellte.

»Für uns wird sich der Herr Doktor wohl etwas Zeit nehmen müssen. Und Sie bringen uns bitte umgehend zu ihm.«

Zähneknirschend fügte sie sich, aber sie schlug dabei einen so flotten Gang an, dass sich Hansen schon sehr anstrengen musste, um halbwegs mit ihr Schritt zu halten. Schließlich stellte sie sich neben eine Tür und erklärte: »Hier, bitte schön, viel Glück. Aber mit seiner Sekretärin legen Sie sich mal schön allein an!«

Damit war sie auch schon wieder verschwunden.

Auf Hansens Klopfen hin tat sich nichts, also drückte er die Klinke und öffnete die Tür. Drinnen war eine Frau Ende fünfzig damit beschäftigt, Akten zu sortieren. Als Hansen und seine Begleiterin ihr Büro betraten, schaute sie ungnädig auf.

»Können Sie nicht anklopfen?«, schnarrte sie und wedelte mit ihrer linken Hand, als wolle sie ein lästiges Insekt verscheuchen.

Hansen trat dennoch an den Tresen, hinter dem die Frau thronte, und handelte sich damit einen besonders finsteren Blick ein. Schließlich stand die Frau auf, stemmte die Fäuste in die Seiten und starrte ihn an.

»Was wollen Sie?«, knurrte sie.

»Wir müssen mit Herrn Dr. Schwerdtfeger sprechen«, erklärte Hansen in bemüht ruhigem Tonfall, obwohl es in ihm zu brodeln begann.

»So, so, Sie müssen«, entgegnete die Sekretärin. »Ich muss meinen Job erledigen, der Herr Doktor muss sich um seine Patienten kümmern, und die Patienten müssen sich darauf verlassen können, dass ihnen bestmöglich geholfen wird!«

Statt einer Antwort zückte Hansen seinen Dienstausweis und legte ihn vor der Frau auf den Tresen.

»Ja, schön«, meinte die nur. »Und jetzt? Meinen Sie, der Herr Doktor lässt alles stehen und liegen? Nur weil irgendwo einer falsch geparkt hat?«

»Besser wär's«, meldete sich Jana Vermijnen zu Wort und legte ihren Ausweis neben den von Hansen. »Und es geht auch nicht um einen Falschparker, das kann ich Ihnen versichern. Ich könnte mir vorstellen, dass Ihr Chef lieber ein paar Minuten seiner kostbaren Zeit für ein Gespräch mit uns aufbringt, statt dass wir ihn hier mit großem Trara abholen und ihn dann so lange im Polizeipräsidium warten lassen, bis wir Zeit für ihn haben.«

Die Frau lief puterrot an.

»Mit Wartezeiten kennen Sie sich aus, nehme ich an?«, setzte die BKA-Beamtin noch eins drauf.

Hansen ließ die Frau stehen und ging auf eine Tür zu, die neben dem Tresen in den nächsten Raum führte. Als er gerade nach der Klinke greifen wollte, hörte er neben sich ein lautes »Moooment!«.

Schon wurde er zur Seite geschoben, die Sekretärin packte die Klinke und drückte die Tür auf. Hinter dem Schreibtisch in der Mitte des Raumes hob ein Mann den Kopf und sah irritiert zur offen stehenden Tür. Das ernste Gesicht wirkte hager, sein Dreitagebart war ergraut, und auf der schmalen Nase saß eine John-Lennon-Brille.

»Was wird das?«, fragte er knapp.

»Tut mir leid, Herr Doktor«, erklärte die Sekretärin beflissen und nicht mehr halb so forsch wie Hansen gegenüber, »ich konnte die Herrschaften nicht aufhalten, obwohl ich ihnen versichert habe, dass Sie keine Zeit haben. Es ist wohl dringend, Herr Doktor. Herr Hansen ist von der Kripo Kempten und Frau Vermijnen vom Bundeskriminalamt.«

Herr Dr. Schwerdtfeger seufzte, schob einige Papiere beiseite und lehnte sich in seinem Sessel zurück.

»Schon gut, Victoria«, sagte er und entließ seine Sekretärin, die sich sofort aus dem Büro zurückzog und die Tür leise hinter sich schloss.

»So, so, Kripo und BKA«, murmelte Schwerdtfeger. »Dann muss es ja wohl sein, nicht wahr?«

Er deutete fahrig auf die zwei Besucherstühle vor seinem Schreibtisch. Hansen und Jana Vermijnen setzten sich und kamen etwas tiefer zu sitzen als der Chefarzt. Schwerdtfeger beugte sich ein wenig vor und sah auf sie hinunter.

»Worum geht's denn?«

»Um Ihre Frau«, versetzte Hansen trocken. Von Spielchen hatte er für diesen Tag genug, und Rücksicht wollte er auch keine mehr nehmen.

Sofort schossen Schwerdtfegers Augenbrauen erschrocken nach oben.

»Oh Gott, was ist mit Alina? Von der Kripo sind Sie? Und wofür sind Sie zuständig?«

»Ich bin zuständig für Tötungsdelikte, aber keine Sorge: Ihrer Frau ist nichts zugestoßen.«

»Gut«, sagte er und atmete hörbar auf. »Aber was wollen Sie dann von mir? Brauchen Sie meine Expertise? Als Gastroenterologe werde ich eher nicht zurate gezogen, wenn die Kripo einen Mord untersucht. Schade eigentlich, das stelle ich mir spannend vor.«

Er hatte ein überhebliches Lächeln aufgesetzt, und Hansen wartete mit seiner Antwort etwas länger als nötig, um ihn ein bisschen auf die Folter zu spannen.

»Helmut Möller ist tot«, sagte er schließlich ohne jede weitere Erklärung.

Schwerdtfeger schien in seinem Gedächtnis zu suchen, aber er gab bald auf.

»Tut mir leid für Herrn Möller, aber der Name sagt mir nichts. Was hat er mit mir zu tun?«

»Nicht mit Ihnen, eher mit Ihrer Frau.«

Schwerdtfeger stutzte, erneut schien er nachzudenken, und erneut schüttelte er den Kopf.

»Ich kann mich an keinen Verwandten meiner Frau erinnern, der so heißen würde. Und ich habe eigentlich ein recht gutes Namensgedächtnis. Helfen Sie mir doch bitte auf die Sprünge. Ich muss wirklich gleich wieder raus zu den Patienten. Es wäre schön, wenn wir mit dem Thema, das Sie offenbar so sehr umtreibt, etwas zügiger vorankommen könnten.«

»Herr Möller war der Geliebte Ihrer Frau.«

Der Chefarzt wurde blass. Er fischte mit den Fingerspitzen nach einem Stift, der vor ihm lag, drehte ihn zweimal im Kreis und schnippte ihn dann ein wenig weg von sich. Alles, ohne Hansen aus den Augen zu lassen.

»Ach«, sagte er schließlich.

»Sagt Ihnen der Name immer noch nichts?«, fasste Hansen nach.

»Nein, immer noch nicht.«

Hansen zog sein Smartphone hervor, holte Möllers Passfoto aufs Display und hielt es Schwerdtfeger hin.

»Nein, tut mir leid, den kenne ich nicht. Wobei …« Er räusperte sich und schob den Stift mit einer schnellen Bewegung wieder an seinen alten Platz. »Wobei mir das natürlich nicht wirklich leidtut, aber … Nun ja. Wenn er der Geliebte meiner Frau ist, liegt es ja wohl ohnehin in der Natur der Sache, dass eher sie ihn kennt als ich, nicht wahr?«

Hannsdieter Schwerdtfeger hatte offenbar wieder die Kontrolle über sich erlangt, auch wenn es ihn sichtlich Mühe kostete. Hansen beschloss, die Selbstbeherrschung des anderen auf eine weitere Probe zu stellen.

»Sie klingen ganz so, als wüssten Sie, dass Ihre Frau Sie betrügt – nur nicht, mit wem.«

Nun wurde Schwerdtfegers Gesichtsfarbe doch ein wenig dunkler, aber seine Stimme blieb fest.

»Ich würde es nicht so geschmacklos ausdrücken wie Sie, Herr … Herr Hansen, aber im Grunde genommen haben Sie recht. Schauen Sie: Alina ist eine attraktive Frau im besten Alter, ich bin beruflich sehr eingespannt und arbeite obendrein wissenschaftlich. Erst am Wochenende habe ich an einem Seminar in München teilgenommen – da bleibt es nicht aus, dass sie als Frau manchmal ein wenig zu kurz kommt. Halten Sie mich bitte nicht für naiv, Herr Hansen. Ich weiß natürlich oder darf es doch zumindest als gesichert annehmen, dass meine Frau in meiner Abwesenheit den einen oder anderen Mann trifft. Unsere Ehe belastet es nicht, und mir ist es nur recht, wenn sie die Sache nicht an die große Glocke hängt. Deshalb bin ich auch meiner Frau sehr dankbar, dass sie da sehr diskret vorgeht. Und Namen, das können Sie mir glauben, Namen muss ich schon gleich gar keine kennen!«

Er lachte gekünstelt, und nun wirkte er wieder fast so souverän wie zu Beginn ihrer Unterhaltung.

»Mir ist zwar noch immer nicht ganz klar, warum Sie mit der Nachricht vom Tod eines Mannes, der mit meiner Frau eine Affäre hatte, zu mir kommen, aber sei's drum. Sind wir dann fertig? Wie gesagt: Ich müsste langsam wieder zu meinen Patienten.«

Hannsdieter Schwerdtfeger stand auf und war offenbar bereit zu einem Rauswurf erster Klasse. Hansen blieb sitzen und fixierte den Arzt.

»Wo waren Sie am Freitag zwischen neun Uhr vormittags und fünfzehn Uhr am Nachmittag?«

Schwerdtfeger riss die Augen auf und stützte sich schwer mit seinen Händen auf dem Schreibtisch ab.

»Sie haben ja wohl nicht mehr alle Tassen im Schrank, also ehrlich!« Er schüttelte den Kopf. »Ich nehme an, das ist der Zeitraum, in dem dieser Möller ums Leben kam?«

»Ja.«

»Und Sie fragen mich, weil Sie mein Alibi für diese Zeit überprüfen wollen.«

»Ja.«

»So viel Unverschämtheit muss man sich auch erst mal trauen. Da kommen Sie in mein Büro, ohne sich vorher einen Termin geben zu lassen, wie sich das gehören würde. Sie hauen mir den Namen eines Mannes um die Ohren, der mit meiner Frau schläft, und wollen vermutlich an meiner Reaktion ablesen, ob ich ihn kenne. Und nachdem das alles nichts gebracht hat und Sie mich eigentlich in Ruhe lassen müssten, stellen Sie mir eine Frage, als hätte ich diesen … wie hieß er noch gleich? Möller? Als hätte ich diesen Möller umgebracht. Raus jetzt, aber sofort!«

»Würden Sie vorher noch auf meine Frage antworten?«

»Einen Dreck werde ich! Sie hören von meinem Anwalt, ihm werde ich meine Aussage übermitteln, und er wird sie prüfen und Ihnen vorlegen. Und wenn Sie meinen, Ihr Ego damit streicheln zu müssen, dass Sie einen Chefarzt einbestellen oder vorladen oder wie Sie das nennen: Dann nur zu!«

Er marschierte um seinen Schreibtisch herum, riss die Tür auf und rief zu seiner Sekretärin hinaus: »Victoria, die Herrschaften möchten gehen.«

Begleitet vom triumphierenden Blick der Sekretärin und mit dem Geräusch der zuknallenden Bürotür von Schwerdtfeger im Rücken traten Hansen und Jana Vermijnen auf den Krankenhausflur.

»Und?«, fragte sie.

»Ich glaube nicht, dass er Möller kannte, und ich glaube übrigens auch nicht, dass er jemals einen Gedanken daran verschwendet hat, dass seine Frau ihn betrügen könnte. Uns etwas anderes vorzugaukeln hat ihn ganz schön Kraft gekostet.«

»Das sehe ich auch so. Und jetzt?«

»Jetzt warten wir unten im Wagen, ob der gute Herr Doktor nicht womöglich doch gleich aus dem Gebäude stürmt und seiner Frau ordentlich den Kopf wäscht. Mit etwas Glück schnappen die Kollegen, die vor der Schwerdtfeger-Villa Posten bezogen haben, etwas auf, das uns weiterhilft.«

Kaum hatten Hansen und seine Begleiterin ihren Wagen erreicht, als auch schon ein silberner Porsche so flott vom Gelände des Klinikums schoss, dass er mehrmals hin und her schlingerte, bevor er mit röhrendem Motor davonraste. Grinsend startete Hansen den Dienstwagen und fuhr in aller Ruhe in Richtung Polizeiinspektion. Jana Vermijnen gab unterdessen dem Soko-Innendienst Bescheid, worauf sich die Kollegen vor der Villa gefasst machen sollten.

»Möller hatte keine Rose bei sich, als er starb«, berichtete Hanna, als Hansen und Jana Vermijnen eintrafen. »Und es wurde auch keine Rose in seiner Nähe gefunden, weder in der Talstation der Tegelbergbahn noch irgendwo auf dem Parkplatz oder in einem der Mülleimer auf dem Gelände. In seinem Auto wurde allerdings ein Wasserfleck gesichert, der Spuren von Pflanzensaft aufwies.«

»Prima, gute Arbeit, Hanna«, lobte Hansen sie, doch die Kollegin war noch nicht fertig.

»Können wir in dein …« Sie warf der BKA-Beamtin einen kurzen Blick zu und korrigierte sich dann. »Können wir in Ihr Büro gehen, Chef? Willy wartet dort schon auf uns. Der Innendienst hat etwas Interessantes rausgefunden.«

Haffmeyer lümmelte auf einem der Stühle in Hansens Besprechungsecke, doch als die anderen den Raum betraten, setzte er sich etwas aufrechter hin und ordnete einige Papiere, die er vor sich auf dem Tisch ausgebreitet hatte.

»Und, erfolgreich gewesen?«, fragte Haffmeyer und machte dazu eine so mürrische Miene, dass ihn Hansen fragend ansah. Aber Haffmeyer reagierte nicht weiter, sondern wartete, bis alle Platz genommen hatten, dann begann er umstandslos mit seinem Bericht.

»Inzwischen bin ich es ja gar nicht mehr so gewöhnt, Akten zu wälzen, anstatt draußen mit den Leuten zu reden« – ein finsterer Seitenblick auf Jana Vermijnen und Hansen –, »aber manchmal ergibt die Wühlerei in den Unterlagen auch Nützliches. Die Kollegen vom Innendienst haben sich die Vergangenheit von Sylvia Hölbenreiter mal etwas genauer angesehen. Außerdem habe ich mit Vroni Schliers gesprochen, die ja auch aus Roßhaupten stammt wie Frau Hölbenreiter – und die die Familie kennt, wenn auch nicht besonders gut.«

Haffmeyer warf Jana Vermijnen noch einen Blick zu, bevor er sich wieder an seinen Chef wandte: »Auch der Resi könnten wir mal ein paar Fragen zu Sylvia Hölbenreiter stellen, sie ist ja im Moment sogar in Roßhaupten bei ihren Eltern ...«

Hansen merkte schon, dass sein Mitarbeiter auf irgendetwas anspielen wollte, aber für den Moment wurde er daraus nicht recht schlau. Also sagte er nichts, sondern wartete nur darauf, dass Haffmeyer weitersprach.

»Frau Hölbenreiter hat uns doch in Nesselwang so fachkundig erklärt, welchem Umstand sie ihr hängendes Augenlid verdankt. Medizinische Themen haben sie auch sonst interessiert, vielleicht begründet in ihrem persönlichen Schicksal. Jedenfalls war die kleine Sylvia in der Schule recht fleißig, und sie hat ein gutes Abi gebaut – leider nicht gut genug für das Medizinstudium, von dem sie damals wohl träumte. Ihre Eltern konnten die Familie mit dem Bauernhof in Roßhaupten eher schlecht als recht über Wasser halten, für ein Studium hat es aber nicht gereicht. Also hat Sylvia eine Ausbildung als Krankenschwester begonnen, am Klinikum Kempten.«

»Auf welcher Station?«, fragte Hansen.

»Sie war damals auch eine Weile auf der Gastroenterologie – aber zu der Zeit war Schwerdtfeger dort noch nicht als Arzt beschäftigt. Der kam erst nach Kempten, als Sylvia schon wieder weg war. Und das war recht bald der Fall: Von einigen Kolleginnen wurde sie wegen ihres Augenlids gehänselt, und schließlich warf sie die Brocken hin und brach ihre Ausbildung ab. Danach absolvierte sie eine Lehre als Industriekauffrau, die sie mit guten Noten abschloss, und seither arbeitet sie im Büro. Mit zwei, drei Kolleginnen aus dem Klinikum ist sie noch heute befreundet – und es wäre denkbar, dass sie auf diesem Weg über den Flurfunk des Krankenhauses erfahren hat, dass dem großen Chefarzt Schwerdtfeger von seiner Frau Hörner aufgesetzt werden. Womöglich fiel sogar einmal der Name des Liebhabers. Dann dreht die liebe Sylvia durch, mixt einen Giftcocktail aus heimischen Zutaten und: zack!«

»Eine Spritze könnte sie gut genug setzen, um diese Vene am Hals zu treffen?«, erkundigte sich Hansen.

»Davon können wir ausgehen.«

»Okay, aber Schwerdtfeger machte wirklich den Eindruck, dass er Möllers Namen noch nie zuvor gehört hatte. Ich würde sogar darauf wetten, dass er keine Ahnung davon hatte, dass seine Frau überhaupt fremdging. Vermutlich macht er seiner Frau gerade daheim eine fürchterliche Szene.«

»Seine Mitarbeiter im Klinikum könnten trotzdem Wind von der Untreue seiner Frau bekommen haben. Der Betroffene merkt so etwas ja oft als Allerletzter.«

»Aber mehr als das bloße Gerücht, dass die Frau einen oder mehrere Liebhaber hat, macht doch dann üblicherweise nicht die Runde. Ein Name würde doch nur fallen, wenn es sich um einen Kollegen von Schwerdtfeger handeln würde, meinst du nicht auch?«

Haffmeyer stutzte, weil Hansen ihn und Hanna nur im privaten Umfeld duzte und wenn keine anderen Kollegen im Raum waren, aber sein Chef redete einfach weiter.

»Mit Sylvia Hölbenreiter müssen wir auf jeden Fall noch einmal reden. Ich würde im Moment aber lieber hier in Kempten bleiben, falls den Kollegen vor Schwerdtfegers Villa etwas auffällt, dem wir sofort nachgehen sollten. Hanna und du, könntet ihr Frau Hölbenreiter gleich hierherbringen? Um diese Zeit müsste sie ja im Büro sein. Oder sie hat sich krankgemeldet, so fertig wie sie heute früh wirkte.«

»Geht klar, Chef«, sagte Haffmeyer knapp, stand auf und machte sich mit Hanna auf den Weg.

Die beiden waren kaum draußen, als auch schon Hansens Telefon klingelte. Keine Minute später waren er und Jana Vermijnen im Laufschritt auf dem Weg zu Hansens Wagen.

Der Kollege erwartete sie schon ungeduldig. Als er Hansen ums Eck biegen sah, lief er ihm entgegen und konnte mit seinem Bericht kaum warten, bis Hansen und Jana Vermijnen ausgestiegen waren und sich sein Kollege zu ihnen gesellt hatte, der ein Stück entfernt gestanden und eine Zigarette geraucht hatte.

»Erst war es genau so, wie Sie vermutet haben, Herr Hansen. Der Arzt ist rein, wütend sah er aus, und durch ein gekipptes Fenster im Arbeitszimmer konnten wir hören, dass er drinnen seine Frau fürchterlich runtergeputzt hat. Das ging ein paar Minuten, dann ist ihm aufgefallen, dass das Fenster nicht geschlossen war. Er hat es zugeknallt, dann war es einen Moment lang still, und plötzlich hat er die Haustür aufgerissen und seine Frau hinter sich her zum Porsche gezerrt. Er hatte sie fest am Oberarm gepackt, und sie hatte zwar Mühe, in der Eile nicht hinzufallen, aber ich hatte nicht den Eindruck, dass sie sich wehren würde. Auf mich wirkte sie wie ein Lamm, das zur Schlachtbank geführt wird. Mein Kollege und ich haben noch beratschlagt, ob wir nicht eingreifen sollen – aber wir hatten die klare Order, nur zu beobachten. Die beiden sind also rein ins Auto. Erst hat der Arzt seine Frau auf der Beifahrerseite in den Porsche gestoßen, dann ist er selbst eingestiegen, und los ging's mit quietschenden Reifen. Wir haben sofort in der Zentrale Bescheid gegeben, und es sind ihnen wohl auch Kollegen auf den Fersen, aber wir wollten halt hier auf Sie warten.«

»Gut gemacht, Kollegen«, lobte Hansen. »Und wisst ihr, wo Schwerdtfeger und seine Frau inzwischen ungefähr sind?«

»Erst ging's auf die A7, dort kurz nach Süden und am Allgäuer Dreieck nach Westen in Richtung Isny. Seither scheint er zwischen Kißlegg, Leutkirch und Isny kreuz und quer herumzufahren. Die Kollegen hat er schon ein paarmal abgehängt, aber es hat ihn immer wieder ein neuer Wagen irgendwo erwischt. Er ist schnell unterwegs, ziemlich schnell. Und keiner hat eine Ahnung, was er vorhat.«

»Weiß er, dass er verfolgt wird?«

»Eher nicht, meinen die Kollegen.«

Über Polizeifunk ließ sich Hansen in die Nähe von Schwerdtfeger lotsen. Als sie bei Waltershofen die A96 überquerten, wurde gemeldet, dass der Porsche gerade aus Nordosten durch Lanzenhofen gebraust war und nun auf Kißlegg zuhielt. Tatsächlich sahen sie ihn in der Stadtmitte einen Moment lang vor sich, wie er schlingernd auf die Herrenstraße einbog. Doch nachdem er einen Transporter überholt und nur knapp einen Zusammenstoß mit einem entgegenkommenden Kleinwagen vermieden hatte, raste Schwerdtfegers Porsche auch schon um die nächste Ecke. Hansen folgte ihm, so schnell es ging, aber schon während ihrer Fahrt entlang des Schlossparks verklang der Sound des röhrenden Motors weit vor ihnen. Über Funk hörte Hansen, dass inzwischen ein

Wagen die Verfolgung aufgenommen habe, der am nordwestlichen Kißlegger Ortsausgang gewartet hatte. Bis Hansen dort angekommen war, hatte Schwerdtfeger schon den Weiler Krumbach passiert und war weiter in Richtung Westen unterwegs.

Mit Haffmeyer auf dem Beifahrersitz hätte er nun nur zu fragen brauchen, wohin er sich am besten wandte, doch so musste es das Navi tun. Folgen konnte Hansen dem Sportwagen auf keinen Fall, also musste er sich entscheiden, in welcher Richtung er ihm den Weg abschneiden wollte. Würde sich Schwerdtfeger an der nächsten Abbiegung nach Norden wenden oder an der übernächsten in Richtung Süden? Aus einer Laune heraus entschied sich Hansen, auf der jetzigen Straße zu bleiben, also nach Norden zu fahren. Er war in langsamem Tempo unterwegs und verfolgte gespannt die Meldungen aus dem Polizeifunk. Offenbar hatte er Glück: Schwerdtfeger war bei der ersten Gelegenheit rechts abgebogen und hielt sich auch in Wolfegg rechts.

Hansen stutzte und blieb stehen. Fuhr Schwerdtfeger im Kreis und würde gleich wieder nach Kißlegg zurückkehren? An der Abzweigung nach Wolfegg waren sie gerade vorbeigekommen, also wendete er, hatte die Straße wenig später erreicht und fuhr dem rasenden Arzt entgegen. Doch dann wurde gemeldet, dass der Porsche auf halber Strecke wieder abgebogen und Kurs auf ein Dorf namens Holdenreute genommen habe. Inzwischen hatte die Polizei einige Streifenwagen zusammengezogen, und nun sollte Schwerdtfeger gestoppt werden, bevor er noch schlimmeren Blödsinn anstellte, als auf alle Verkehrsregeln zu pfeifen.

»Er ist in einen Feldweg eingebogen«, lautete die nächste Durchsage. »Der Porsche rast auf den Wald zu.«

Das klang nun eindeutig nicht gut. Hansen trat das Gaspedal durch und hatte gut zwei Minuten später Holdenreute erreicht. Ein sehr junger uniformierter Polizist hielt ihn auf, als er in den Feldweg einbiegen wollte, den Schwerdtfeger kurz zuvor genommen hatte. Hansen ließ das Seitenfenster herunter, zeigte seinen Ausweis und winkte ab, als der Beamte daraufhin salutierte.

»Jetzt entwischt er uns nicht mehr«, sagte der Polizist und glühte dabei fast vor Eifer. »Auf allen Feldwegen, die aus diesem Wald herausführen, postieren sich gerade die Kollegen. Es wird ein Ring von etwa einem Kilometer Durchmesser um den Flüchtigen gezogen, da hilft ihm auch sein Sportwagen nichts mehr.«

»Schön, aber ich mache mir eher Sorgen um das, was er in diesem Wald vorhat.«

Hansen gab Gas, und der Polizist brachte sich vor dem aufspritzenden Dreck in Sicherheit. Am Waldrand stand ein Streifenwagen, der Beamte daneben grüßte Hansen und ließ ihn passieren. Die folgenden drei kleinen Wege, die von dem Waldweg abgingen, ließ Hansen unbeachtet, aber nach einer Linkskurve musste er sich an einer Gabelung zwischen zwei Möglichkeiten entscheiden – und wählte den Weg, der grob die bisherige Richtung beibehielt. Gut zweihundert Meter weiter mündete der Waldweg in ein kleines Sträßchen. Links konnte Hansen einen Streifenwagen sehen, der langsam näher kam, also lenkte er nach rechts.

Dann, endlich, sah er den Porsche mitten auf dem Weg stehen. Nun ließ auch Jana Vermijnen ihr Fenster herunter, und Hansen rollte ganz langsam auf den Sportwagen zu. Der Motor lief, und durch das getönte Heckfenster konnte man schemenhaft Bewegungen ausmachen. Hansen hielt an und stieg aus. Jana Vermijnen folgte seinem Beispiel, und vorsichtig arbeiteten sie sich auf den Wagen zu. Inzwischen war hinter ihnen auch der Streifenwagen eingetroffen, und die Polizisten stiegen aus. Einer hielt sich neben der Fahrertür und beobachtete die Szene vor sich aufmerksam, sein Kollege gab die Beschreibung der Situation per Funk durch.

Hansen versuchte unterdessen zu erkennen, was in dem Sportwagen vor sich ging. Er sah die Arme der linken Person, also wohl die von Schwerdtfeger, immer wieder nach oben und nach unten schnellen. Er war der Person im Beifahrersitz, wohl seine Frau, zugewandt, Hansen hätte aber nicht mit Bestimmtheit sagen können, ob Schwerdtfeger mit seinen Armen nur herumfuchtelte oder ob er auf seine Frau einschlug. Jana Vermijnen hatte inzwischen ihre Waffe gezogen und machte sich offenbar bereit, zu dem Porsche zu spurten, doch Hansen hielt sie mit einer knappen Geste auf. In diesem Moment wurde die Beifahrertür des Wagens aufgestoßen, und Alina Schwerdtfeger fiel heraus, rollte an den Wegesrand und blieb dort liegen, die Arme um den Kopf gelegt.

Jetzt geschah alles gleichzeitig. Jana Vermijnen fiel ansatzlos in einen beeindruckenden Spurt und erreichte in Rekordzeit die am Boden liegende Alina Schwerdtfeger. Hansen zog ebenfalls seine Waffe und rannte los. Und der Motor des Sportwagens heulte auf, der Porsche machte einen Satz nach vorn, dass der Kies nur so spritzte. Als ihm von vorn ein Streifenwagen entgegenkam, der sich sofort quer zum Weg aufstellte, um den Flüchtigen zu stoppen, gelang Schwerdtfeger ein filmreifes Wendemanöver, und schon raste er mit zunehmendem Tempo auf Hansen zu. Der stand breitbeinig mitten auf dem Weg und gab dem Fahrer mit der linken Hand das Zeichen zum Anhalten. Das kümmerte Schwerdtfeger natürlich nicht, und nach zwei schnellen Warnschüssen blieb Hansen nichts weiter übrig, als sich mit einem Sprung in Sicherheit zu bringen.

Der Porsche schrammte unterdessen an Hansens Dienstwagen entlang und krachte schließlich mit voller Wucht gegen den dahinterstehenden Streifenwagen. Die beiden Polizisten, die ebenfalls zur Seite gesprungen waren, krabbelten jetzt wieder aus dem Gestrüpp und näherten sich mit gezogener Waffe dem Sportwagen.

Hansen rappelte sich auf und rannte das letzte Stück bis zu Alina Schwerdtfeger, die auf die BKA-Beamtin gestützt am Rand des Waldweges stand und ihm entgegenblickte. Sie sah furchtbar aus. Die Haare zerzaust, das Gesicht kreidebleich, und aus zwei kleinen Wunden an den Knöcheln der linken Hand sickerte ein wenig Blut.

»Ihr ist weiter nichts passiert«, sagte Jana Vermijnen zu Hansen. »Die linke Hand und den rechten Ellbogen hat sie sich wohl aufgeschürft, als sie aus dem Wagen gestoßen wurde. Sonst konnte ich keine Verletzungen erkennen.«

»Ja, klar«, knurrte Alina Schwerdtfeger. Ihre Stimme war ganz heiser. »Sie können keine Verletzungen erkennen. Typisch!«

»Was war denn los, Frau Schwerdtfeger?«, fragte Hansen.

Doch statt ihm zu antworten, riss sie sich von der BKA-Beamtin los, trat einen Schritt vor und spuckte Hansen mitten ins Gesicht. Dann schwankte sie ein wenig, drehte sich um und übergab sich.

Hannsdieter Schwerdtfeger hatte sich durch den Aufprall nicht ernsthaft verletzt, aber die Polizisten hatten einige Mühe, den zwischen Airbag und Sportsitz eingeklemmten Mann freizubekommen. Hansen wartete ab, bis die herbeigerufenen Sanitäter ihre Untersuchungen abgeschlossen und sich auf den Weg zu Alina Schwerdtfeger gemacht hatten, dann ging er auf den Chefarzt zu, der jetzt von zwei Polizisten am Wrack des einen Streifenwagens vorbei zu einem intakten Fahrzeug geleitet wurde.

»Einen Moment bitte, Kollegen.«

Die Beamten zogen sich zwei Schritte zurück, behielten Schwerdtfeger aber genau im Blick und wirkten wie auf dem Sprung für den Fall, dass der Mann noch einmal auf dumme Gedanken kommen würde.

»Was sollte das denn?«, fragte Hansen ihn schließlich. »Ihre Frau ist völlig aufgelöst – was haben Sie mit ihr gemacht?«

»Was ich mit ihr gemacht habe? Was hat sie mit mir gemacht – so muss es heißen! Sie haben mir doch vorhin selbst brühwarm erzählt, dass meine Frau mit einem anderen Mann ins Bett steigt und dass das wohl schon lange genug geht, dass die Polizei nach dem Tod dieses Mannes sie und schließlich auch mich befragt, ob wir etwas mit seinem Tod zu tun haben!«

Schwerdtfeger sah nicht weniger derangiert aus als seine Frau. Seine Augen funkelten, und sein Blick flackerte. Das arrogante Selbstbewusstsein war verschwunden. Vor Hansen stand ein nervöses Wiesel, in die Ecke gedrängt und zu Tode erschreckt.

»Sie haben Ihre Frau entführt«, hielt Hansen ihm vor, »sind mit ihr kreuz und quer durch die Gegend gefahren und haben sie anschließend hierher in diesen Wald geschafft. Was hätten Sie mit ihr gemacht, wenn wir nicht gerade noch rechtzeitig dazugekommen wären?«

»Nichts hätte ich mit ihr gemacht, Mann! Ich war schon fertig! Und dass Sie aufgetaucht sind, habe ich erst bemerkt, als mir dieser blöde Streifenwagen entgegenkam!«

»Sie waren fertig? Womit denn?«

Ein dünnes Grinsen huschte über Schwerdtfegers Gesicht.

»Als Sie mir im Klinikum eröffnet haben, dass meine Frau mich betrügt, bin ich aus allen Wolken gefallen. Aber ich wollte natürlich nicht, dass Sie das bemerken.«

»Schon klar.«

»Ach, Sie haben es doch bemerkt? Na, schade, ich dachte, ich hätte mich besser im Griff. Jedenfalls habe ich danach meine Sekretärin beauftragt, alle Termine für den Rest des Tages abzusagen, und bin nach Hause gefahren. Meine Frau war gerade daheim, also habe ich sie zur Rede gestellt. Ich bin etwas laut geworden, und als mir auffiel, dass das Fenster im Arbeitszimmer gekippt war, habe ich es geschlossen. Was ich meiner Frau an den Kopf warf, musste ja nicht die ganze Nachbarschaft mitbekommen. Und stellen Sie sich vor: Vor meinem Haus, auf der anderen Straßenseite, standen doch tatsächlich schon zwei Männer, die mein Haus anstarrten, als hätten sie sonst nichts zu tun! Also habe ich meine Frau am Arm gepackt und zum Auto rausgebracht. Ich wollte einfach irgendwo in Ruhe mit ihr reden, wo es nicht gleich die halbe Stadt mitbekommt. Ich habe schließlich einen Ruf zu verlieren. Es ist schon schlimm genug, dass die Polizei weiß, was für ein Flittchen meine Frau ist – da müssen es die Nachbarn oder womöglich die Kollegen im Klinikum ja nicht auch noch erfahren.«

»Sie haben Ihre Frau entführt, nur um mit ihr zu reden?«

»Ach, was heißt denn da entführt? Ich hab sie zum Auto gebracht, und sie hat es geschehen lassen. Dann bin ich losgefahren und wollte eigentlich das nächste Waldstück ansteuern, aber kurz darauf ist mir noch etwas Besseres eingefallen.«

Er grinste böse.

»Aus den Augenwinkeln habe ich bemerkt, dass sich meine Frau versteift und dass sie ihre Finger ganz fest in den Seiten ihres Sitzes gekrallt hat. Sie müssen wissen: Meine Frau mag es nicht, wenn ich schnell fahre – und mit meinem kleinen Flitzer kann man sehr schnell fahren. Also habe ich beschlossen, ihr erst einmal ordentlich Angst zu machen, und das hat prima funktioniert. Sie ist ganz blass geworden, einmal hat sie sogar ihre linke Hand auf meinen Arm gelegt und mich angebettelt, doch endlich langsamer zu fahren. Da habe ich sie nur angeherrscht, und dann hatte sie begriffen, dass sie das jetzt eben aushalten musste. So wie ich aushalten muss, dass meine eigene Frau mich betrügt.«

Hansen schüttelte den Kopf.

»Da brauchen Sie gar nicht so blöd zu tun, Herr Kommissar!«, fuhr Schwerdtfeger auf. »Warten Sie nur, bis Ihre Frau mal fremdgeht! Da bin ich gespannt, wie Sie damit umgehen!«

»Hoffentlich anders«, versetzte Hansen. »Und warum sind Sie dann in diesen Wald gefahren? Doch nicht nur zum Reden!«

»Doch, genau das. Irgendwann hatte ich keinen Spaß mehr daran, meiner Frau Angst zu machen, also bin ich auf einen Feldweg abgebogen, mitten reingefahren in den Wald – da hat sie allerdings noch mehr Angst bekommen, was mich noch wütender gemacht hat. Ich hab den Wagen angehalten, hab sie angeschrien und mit den Armen gefuchtelt, und sie saß nur da wie ein Häuflein Elend. Kein Wort hat sie gesagt, keine Entschuldigung kam ihr über die Lippen, keine Ausrede, kein Versprechen, dass das nie wieder vorkommen würde – nichts!«

Schwerdtfeger seufzte.

»Da hat das Rumschreien keinen Spaß mehr gemacht, und ich hab sie rausgeworfen. Sollte sie doch zu Fuß nach Hause gehen, diese Schlampe!«

Hansen nickte den wartenden Beamten zu. Sie nahmen Schwerdtfeger wieder in ihre Mitte und verfrachteten ihn auf den Rücksitz des Streifenwagens. Umständlich wurde das Fahrzeug gewendet, und dann rollte es langsam auf dem Waldweg davon. Hansen sah dem Streifenwagen nachdenklich hinterher. Jana Vermijnen, die alles mitangehört hatte, stellte sich neben ihn und musterte ihn eine Weile. Dann tippte sie ihm gegen den Oberarm.

»Ja?«, fragte Hansen.

»Ihr Handy klingelt. Wollen Sie nicht rangehen?«

»Scheiße!«, rief Hansen und drückte das Gespräch weg. Er sah wütend aus. »Wenn man die neugierige Nachbarin einmal brauchen könnte!«

»Was ist denn?«, fragte Jana Vermijnen, die vom Inhalt des Telefonats nichts mitbekommen hatte, weil Hansen die meiste Zeit über nur zugehört hatte.

»Das ist großartig heute!«, schimpfte er jetzt. »Erst rast Schwerdtfeger mit seiner Frau kreuz und quer durch die Landschaft, nur um ihr im Wald ungestört eine Standpauke halten zu können – und jetzt wollen Hanna und Haffmeyer Frau Hölbenreiter in Nesselwang abholen, und da ist die Dame doch glatt ausgeflogen!«

»Wie bitte?«

»Ja, weg ist sie, spurlos verschwunden. Gleich nach unserem Gespräch heute früh hat sie sich bei ihrem Chef in Oy krankgemeldet. Sie habe starke Kopfschmerzen und bleibe den Tag über zu Hause – aber da ist sie nicht.«

»Hat sie denn niemand weggehen sehen?«

»Nein, das ist es ja, was mich so aufregt: Sonst steckt ihre Vermieterin ihre Nase immer ungefragt in alles, was sie nichts angeht, und trägt irgendwelchen Tratsch durchs Dorf. Aber ausgerechnet heute muss sie mit einer Freundin nach Kempten zum Ladenbummel! Das hat jedenfalls eine andere Nachbarin behauptet, aber die hat sonst nichts um sich herum mitbekommen.«

»Und jetzt?«

»Haffmeyer ruft den Innendienst an, damit die allen Kollegen draußen einschärfen, dass sie es sofort melden, falls sie Sylvia Hölbenreiter irgendwo zu Gesicht bekommen.«

Hansen sah besorgt aus.

»Sie haben Angst, dass sie sich was antut?«, fragte Jana Vermijnen.

»Könnte doch sein, oder? Auf mich machte sie keinen besonders stabilen Eindruck, als ich heute früh mit ihr gesprochen habe. Gesetzt den Fall, sie war es, die Möller die Spritze verpasst hat, aus Eifersucht, aus Enttäuschung, aus Wut, was weiß ich – dann steht sie jetzt allein da und hat obendrein noch den Mann auf dem Gewissen, von dem sie sich trotz allem geliebt fühlte. Und falls sie unschuldig ist, trauert sie über den Tod ihres Geliebten. Beides kann jemanden, dem es ohnehin schon nicht gut geht, durchaus aus der Bahn werfen.«

Das Handy klingelte schon wieder. Hansen nahm das Gerät ans Ohr, ohne vorher aufs Display zu schauen.

»Ach, du bist es, Resi«, sagte er schließlich. »Nein, im Moment passt es gar nicht, tut mir leid. Ich ruf dich heute Abend an, okay? Wie? Sylvia Hölbenreiter? Gut, danke!«

Er steckte das Handy weg und erwiderte den fragenden Blick, mit dem Jana Vermijnen ihn schon wieder musterte.

»Können Sie bitte fahren?«, bat er sie. »Ich bin im Moment ein wenig durch den Wind. Wir müssen nach Roßhaupten, so schnell es geht. Resi hat Sylvia Hölbenreiter dort gesehen, und ich fürchte, die will sich jetzt wirklich was antun!«

Hansen bereute seine Bitte schon auf den ersten Metern der rasanten Fahrt. Jana Vermijnen hätte eine gute Rallyepilotin abgegeben. Nach vielen riskanten Überholmanövern und in erschreckend kurzer Zeit hatten sie den Bauernhof der Familie Hölbenreiter am Ortsrand von Roßhaupten erreicht. Hansen stieg mit wackligen Beinen und bleichem Gesicht aus. Seine Fahrerin hatte schon unterwegs bemerkt, wie schlecht er ihren rasanten Fahrstil vertrug, aber sie räumte dem Auftrag, so schnell wie möglich ans Ziel zu kommen, offenbar höhere Priorität ein als seinem Wohlergehen.

Hanna und Haffmeyer waren schon vor Ort und unterhielten sich mit Resi. Einige uniformierte Polizisten standen beisammen und sahen ratlos zu einem Nebengebäude des Bauernhofs. Und zwei Häuser weiter hatten sich die ersten Neugierigen eingefunden. Hansen sah auf die Uhr: Es war kurz vor halb acht, bis zur *Tagesschau* waren es noch dreißig Minuten. Da konnte man an einem so milden Aprilabend natürlich noch ein wenig zuschauen, was sich im eigenen Dorf so tat und was die Polizei hier zu suchen hatte.

Das Nebengebäude, das die Polizisten so aufmerksam im Auge behielten, war eine Art Scheune, die im Erdgeschoss zu einer Doppelgarage umgebaut war. Im ersten Stock waren Fenster zu sehen, wie sie für Wohnräume üblich waren. Hansen begrüßte die Uniformierten mit einem Kopfnicken und seine beiden Mitarbeiter mit einem freundlichen Lächeln. Resi wollte er umarmen, aber sie schaute ihn so finster an, dass er es lieber bleiben ließ.

»Dort haben die Hölbenreiters eine Ferienwohnung eingerichtet«, erklärte Hanna, die Hansens Blick zu dem Nebengebäude gefolgt war. »Und dort hat sich ihre Tochter vor einer Viertelstunde eingesperrt.«

»Was ist denn los mit ihr?«, fragte Hansen.

»Erst hat sie ihre Eltern besucht und sich bei ihnen ausgeheult. Dann ist sie wieder vors Haus getreten und hat dabei zufällig Resi gesehen, die gerade mit ihrem Wagen vorbeifuhr.«

»Ich habe ihr zugewinkt«, erzählte Resi, »aber sie hat nur kurz gestutzt und ist dann wieder zurück ins Haus. Erst hab ich gedacht, dass sie mich vielleicht nicht erkannt hat, weil wir uns ja auch nicht mehr so oft sehen wie früher. Aber dann ist mir eingefallen, dass ich ihr irgendwann mal erzählt habe, dass ich mit einem Kommissar Hansen von der Kemptener Kripo zusammen bin. Ich habe dich sofort angerufen, Eike, und dann habe ich dort drüben Position bezogen, um dir gleich Bescheid zu geben, falls sich etwas tut oder falls Sylvia wieder wegfährt.«

Resi holte tief Luft und fuhr fort:

»Ab und zu hat man laute Stimmen gehört, als ob die Hölbenreiters mit ihrer Tochter streiten würden. Und nach einer Weile hat Sylvias Mutter etwas gekreischt wie: ›Tu das nicht, du machst uns alle unglücklich!‹ Vor zwanzig Minuten ist Sylvia dann wieder aus dem Haus gekommen und hat sich nach allen Richtungen umgesehen. Dann ist sie über die Straße direkt auf mich zumarschiert. Vor den Büschen ist sie stehen geblieben und hat mir zugerufen, dass ich jetzt wieder aus meinem Versteck hervorkommen könne. Mein Kommissar könne ruhig kommen – das würde sie alles nicht mehr interessieren. Dann hat sie kehrtgemacht und ist über die Treppe in die Ferienwohnung hochgegangen.«

Sie deutete auf eine Außentreppe aus Holz und Stahl, die an einer Giebelseite des Nebengebäudes nach oben führte.

»Ich bin ihr gleich hinterher, wollte mit ihr reden, aber es war abgeschlossen, und die Eltern haben keinen Zweitschlüssel zur Hand. Durch die Tür hab ich zwar auf sie eingeredet, aber sie hat nicht geantwortet.«

Hansen nickte und überlegte.

»Sylvias Vater und Mutter sitzen jetzt übrigens in ihrer Küche und weinen«, fügte Resi noch hinzu.

»Danke, Resi. Wir müssen da jetzt rein, und nach dem, was sie zu dir gesagt hat, scheint mir fast sicher, dass sie sich jetzt etwas antun will. Keine Ahnung, wie viel Zeit uns noch bleibt.«

Hansen suchte mit den Augen die Fenster der Ferienwohnung ab. Dahinter war nichts zu erkennen, aber immerhin war eines der Fenster gekippt, und er hatte eine Idee. Er ließ von den uniformierten Kollegen eine Leiter unter das gekippte Fenster stellen. Dann kletterte Hansen hinauf, klopfte gegen die Scheibe und versuchte Sylvia Hölbenreiters Aufmerksamkeit zu erregen. Währenddessen schlichen sich Hanna und Haffmeyer zur Außentreppe und begannen möglichst lautlos hinaufzusteigen.

Sylvia Hölbenreiter saß auf dem Boden, den Rücken gegen die Wand gelehnt. Vor ihr befand sich ein niedriger Couchtisch, darauf eine schlanke Vase, darin eine einzelne, schon etwas welke rote Rose. Daneben stand ein steinerner Bierkrug mit Henkel, der mit einer Flüssigkeit gefüllt war. Hansens Blick ging zur Tür, vor die ein hüfthohes Schränkchen gerückt worden war. Das war nicht gut. Haffmeyer wollte das Schloss mit einem Einbrecherset knacken, das er ständig bei sich trug – doch wenn die Tür auf diese Weise blockiert war, brachte das nicht viel.

»Frau Hölbenreiter!«

Jetzt endlich hob die Frau den Blick. Sie erkannte Hansen, und ein wehmütiges Lächeln spielte um ihre Lippen.

»Frau Hölbenreiter, was immer Sie vorhaben: Lassen Sie uns bitte vorher noch einmal reden.«

Sie sah ihn eine Weile an, schließlich erhob sie sich, nahm den Bierkrug in die Hand und schlenderte gemächlich auf das gekippte Fenster zu.

»Reden? Wozu sollen wir noch reden?« Dann nickte sie. »Ach, stimmt ja: Sie brauchen noch ein Geständnis, damit Sie Ihre Berichte schreiben und den Fall abschließen können.«

»Gut, dann reden Sie«, forderte Hansen sie auf. »Es wäre doch ein Jammer, wenn Sie das alles auf sich genommen hätten, und hinterher würde keiner verstehen, warum Sie es getan haben.«

Im Moment war ihm ihr Geständnis nicht das Wichtigste: Hauptsache war, dass sie weiter mit ihm sprach, nicht auf die Tür achtete und vor allem keinen Blödsinn anstellte. Doch sie lächelte ihn nur weiterhin traurig an und sagte eine Weile nichts mehr.

»Was ist in diesem Krug?«

Sie lächelte traurig.

»Das ist mein Schierlingsbecher. Damit das alles mal ein Ende hat.«

»Wenn das wirklich Schierlingssaft ist, sollten Sie sich das vielleicht noch einmal überlegen. Sie wissen, dass man daran ziemlich elend stirbt?«

Sie zuckte mit den Schultern. »Das passt schon. Sie wissen,

dass sich der Philosoph Sokrates auf diese Weise umgebracht hat?«

Hansen erinnerte sich dunkel und nickte.

»Aber vorher erzählen Sie mir bitte: Warum haben Sie Helmut Möller getötet? Sie waren das doch, oder?«

»Ja, ich war das. Und sterben musste Helmut, weil er mich betrogen hat.«

»Sie meinen, weil er noch andere Frauen hatte?«

»Pah! Andere Frauen – das verstehen Sie eh nicht, Herr Hansen.«

»Erklären Sie es mir.«

»Gut, ich will's versuchen.« Sie deutete auf ihr hängendes Lid. »Können Sie sich vorstellen, wie weh es tut, wenn man immer und immer wieder deswegen gehänselt wird? Als Kind wirst du ausgelacht, als Erwachsene gemobbt, und Männern, die mir kurz vorher noch hinterhergepfiffen oder die mit mir geflirtet haben, fällt der Kiefer runter, wenn ich die Sonnenbrille abnehme. Helmut war der Erste, dem das nichts auszumachen schien. Er hat sich auf mich eingelassen, und er hat es nicht bereuen müssen, das können Sie mir glauben. Ich wusste, dass er vor mir zahlreiche Freundinnen hatte, manche auch parallel – und er hat es bei mir ja auf dieselbe Tour begonnen wie bei allen anderen: ausführen zum Essen, danach ins Hotel, gern auch mal für ein ganzes Wochenende. Das hat mir gefallen, aber noch mehr gefallen hat mir, dass er sich mir nach einer Weile anvertraut hat. Dass er mir erzählt hat von seiner Vergangenheit als Geheimagent, dass er mir sogar verraten hat, wie er sich nebenbei noch etwas Geld dazuverdient – mit illegalen Schiebereien.«

Sie schien sehr stolz darauf zu sein, und Hansen brachte es nicht übers Herz, ihr zu sagen, dass auch das zu Möllers üblicher Masche gehört hatte.

»Irgendwann habe ich ihm vorgeschlagen, dass wir doch auch mal miteinander spazieren gehen könnten. Als Treffpunkt habe ich einen Parkplatz am Rottachsee vorgeschlagen. Dort sind wir getrennt voneinander hingefahren, dann spazierten wir eine Weile am Ufer entlang, und später am Abend haben wir uns ein einfaches Zimmer genommen. Mehr als ein Bett brauchten wir ja nicht.«

Ihr Tonfall war weich geworden.

»Ich habe gespürt, dass zwischen uns mehr ist, und wenn ich das Gespräch ganz vorsichtig darauf gebracht habe, hat er auch gesagt, dass er sich ein Leben mit mir gut vorstellen könnte. Von da an haben wir von einer gemeinsamen Wohnung geträumt, haben sie in Gedanken tapeziert und eingerichtet, haben uns über unsere Lieblingsgerichte unterhalten und über Bücher, die wir dem anderen ans Herz legten. Und vor genau einer Woche, am Montag, haben wir seinen Geburtstag gefeiert. Diesmal habe ich ihn ausgeführt, zuvor hatte ich ein schönes Zimmer in einem romantischen Hotel gebucht, und dort habe ich ihn nach Strich und Faden verführt. Die halbe Nacht hindurch hat er mir geschworen, dass er noch nie eine Frau wie mich kennengelernt habe und dass er auch keine andere mehr anschauen wolle. Ich habe ihn beim Wort genommen und ihm vorgeschlagen, dass wir uns doch am Freitag zwei Wohnungen anschauen könnten, die ich in der Zeitung gefunden hatte. Erst hat er etwas gezögert, aber als ich wieder zärtlich geworden bin, hat er zugesagt. Nur gehe es am bevorstehenden Wochenende leider nicht, weil er da geschäftlich im Ausland zu tun habe – aber wenn es mir irgendwann in der kommenden Woche gleich nach Feierabend recht sei, würde er mich treffen, wo immer ich wollte.«

Ihre Augen schimmerten.

»Am Freitag war er aber keineswegs im Ausland, sondern ich habe ihn in Füssen gesehen, gegen halb zehn vormittags. Ich war gerade auf dem Weg in die Stadt, um ein bisschen durch die Reichenstraße zu bummeln, als ich ihn gesehen habe, wie er ein Blumengeschäft betrat – und wie er kurz darauf mit einer langstieligen roten Rose herauskam. So eine, wie man sie halt für geschäftliche Treffen dringend braucht.«

Ihre Stimme war bitter geworden.

»Die Rose, die dort auf dem Tisch steht?«, fragte Hansen.

Sie nickte.

»Kann es sein, dass Sie Herrn Möller nicht zufällig in Füssen gesehen, sondern dass Sie ihn beobachtet haben? War es nicht eher so, dass Sie sich die Beziehung mit ihm schöngeredet haben? Und hatten Sie in Wirklichkeit nicht schon länger vor, ihn zu vergiften?«

»Und wenn schon? Wen interessiert das?«

Sie hob den Krug an, als wolle sie ihm zuprosten.

»Mich«, entgegnete Hansen.

»Echt?«

Sie lächelte ihn traurig an und ließ den Krug langsam wieder sinken.

»Meinetwegen. Bringen wir es zu Ende. Ja, ich hatte schon vorher geplant, Helmut zu töten. Anfangs hatte er sich mit mir ja immer am Wochenende getroffen, und seit wir uns an

Abenden unter der Woche sahen, wollte ich natürlich wissen, ob er die Wochenenden nun mit anderen Frauen verbrachte. Nach einer unserer gemeinsamen Nächte bin ich ihm hinterhergefahren und habe so erfahren, wo sich die Firma befindet, für die er arbeitet. Und am Abend bin ich ihm nach Dietmannsried gefolgt – nun wusste ich auch, wo er wohnte. Freitags hatte er sich mit mir mal schon im Lauf des Vormittags, mal erst am frühen Abend getroffen. Deshalb habe ich mich an einem der folgenden Freitage schon vormittags vor dieser Firma eingefunden und gewartet. Gegen Mittag kam Helmut aus dem Gebäude, und ich fuhr ihm nach Marktoberdorf hinterher, wo er an der Haustür einer ziemlich noblen Villa von einer älteren Frau recht stürmisch in Empfang genommen wurde. An diesem Tag hat er diese Villa nicht mehr verlassen. Und am Freitag der folgenden Woche hat er sich mit einer Frau in einem teuren Kostüm getroffen. Die beiden sind dann in seinem Wagen nach Vils gefahren, in ein Hotel, in das er mich auch schon einmal eingeladen hatte. Da ich von seinen Gewohnheiten wusste, fuhr ich am Sonntag wieder nach Vils und passte seinen Wagen ab, als er die Tiefgarage des Hotels verließ. Er brachte die andere Frau zu ihrem Wagen zurück, und der bin ich dann bis nach Hause gefolgt. Nun hatte ich ihre Adresse, und über die fand ich später heraus, dass es sich bei ihr um Alina Schwerdtfeger handelte, die Ehefrau eines Chefarztes des Kemptener Klinikums, in dem ich ja auch mal gearbeitet hatte.«

Der Krug schien ihr allmählich zu schwer zu werden, und sie stellte ihn auf dem Fensterbrett ab. Nun hatte Hansen das Gefäß in greifbarer Nähe, doch das gekippte Fenster war im Weg. Fieberhaft überlegte er, wie er Sylvia Hölbenreiters Selbstmord verhindern könne, aber einstweilen musste er damit zufrieden sein, dass sie immer weiterredete.

»Ich hatte noch Kontakt zu drei Krankenschwestern, die ich von meiner abgebrochenen Lehre her kannte. Folgenden Plan habe ich mir zurechtgelegt: Ich würde Helmut das Gift spritzen, für das ich schon die Zutaten besorgt und ein Rezept ausgetüftelt hatte, und ich würde die Spritze so setzen, dass die Einstichstelle auch wirklich gefunden wurde. Dann würde die Kripo nach einem Täter suchen, der sich auf das Setzen einer Spritze versteht. Also zum Beispiel ein Arzt – wie Dr. Schwerdtfeger. Über meine Freundinnen im Krankenhaus konnte ich unauffällig in Erfahrung bringen, wann Schwerdtfeger wieder übers Wochenende zu einem seiner Seminare fahren würde. Ich war mir ziemlich sicher, dass seine liebe Ehefrau die Zeit für ein Treffen mit Helmut nutzen würde – also bin ich schon früh zur Firma nach Altusried gefahren, doch dort war sein Auto nicht zu sehen. Deshalb bin ich gleich weiter nach Dietmannsried und habe ihn gerade noch wegfahren sehen. Ein Wagen, der am Straßenrand geparkt hatte, schoss auf die Fahrbahn und nahm mir die Vorfahrt, also hatte ich dieses andere Auto zwischen mir und Helmut. Aber das machte nichts: Offenbar hatte der Wagen direkt vor mir denselben Weg wie Helmut, es saßen zwei Männer darin, und in Füssen kam es mir sogar so vor, als würden sie ihn beobachten, doch als er mit der Rose aus dem Blumenladen kam, sind sie weggefahren, und ich habe den Wagen danach nicht mehr wiedergesehen.«

Sie räusperte sich.

»Helmut ist danach an den Forggensee gefahren und ein paar Minuten spazieren gegangen. Ich hab ihn an seinem Wagen erwartet, als er zurückkam, und sofort hat er mir eine Lügengeschichte aufgetischt: dass sich die Geschäftsreise kurzfristig erledigt habe, dass er die Rose für mich gekauft habe, dass er mir einen Heiratsantrag machen wolle … Und wie er da so herumeierte und mich anlog, ohne rot zu werden, habe ich die Rose gern von ihm genommen – war aber nur noch mehr darin bestärkt, dass er noch am selben Tag sterben musste. Er hat mich betrogen, er hat mich belogen, er hat mich benutzt. Das geht doch nicht, Herr Hansen, finden Sie nicht auch?«

Hansen wusste nicht, was er dazu sagen sollte, doch sie sprach auch schon weiter.

»Ich hatte ein paar Sachen im Auto, damit mich auf dem Parkplatz vor der Talstation niemand erkennt, die habe ich noch im Wagen übergestreift, und dann bin ich durchs Gedränge hinter ihm her: als Typ im weiten Mantel, den ich am Bauch mit einem umgeschnallten Kissen ausgefüttert habe. Auf dem Kopf hatte ich eine Schiebermütze und darüber Kopfhörer, über die ich laute Rockmusik gehört habe. Die Spritze hatte ich in der einen Hand bereit, und mit der anderen Hand hielt ich eine Umhängetasche davor, damit niemand die Spritze sah. Ich habe mich durch die Leute vorangearbeitet, bin Helmut immer näher gekommen. Kaum hatte ich ihn erreicht, habe ich ihm das Gift injiziert und bin wieder im Gewimmel untergetaucht. Die Spritze und die Einweghandschuhe habe ich in mehrere Plastiktüten eingewickelt – die liegen noch im Keller hinter einem Karton mit

Leergut. Mit dem nächsten Restmüll hätte ich das Zeug entsorgt.«

Sie sah Hansen an, als wolle sie sichergehen, dass er auch alles verstanden hatte.

»Glauben Sie mir diesmal?«, fragte sie schließlich.

»Wir werden natürlich nach der Spritze und den Handschuhen suchen. Aber Ihre Schilderung klingt plausibel. Nur ...«

»Nur?«

»Nur hat Ihre Aussage leider keinen Wert, solange Sie das Protokoll nicht unterschrieben haben.«

Sie lachte, und Hansen verfluchte sich insgeheim, dass ihm nichts Besseres eingefallen war.

»Netter Versuch, Herr Hansen. Eins will ich Ihnen noch verraten – als Zugabe, gewissermaßen. Ich weiß ja, dass Sie Zeit schinden wollen, aber durch die Tür kommt eh keiner rein, solange ich das Schränkchen nicht wegrücke. Und wenn jemand mit schwerem Gerät ankäme, dann würde ich das ja hier durchs Fenster sehen.«

Sie grinste und kam sich in diesem Moment offensichtlich sehr schlau vor.

»Es war wirklich ein blöder Zufall, dass ausgerechnet mein Nachbar seine Frau mit dem Traktor totgefahren hat ... und ich ihn kurz zuvor noch auf den Traktor habe steigen sehen. Erst habe ich mir überlegt, ob ich das der Polizei überhaupt erzählen soll – aber dann kam mir die Idee, dass ich auch gleich Helmut als meinen Freund erwähnen und dabei so tun könnte, als hätte ich keine Ahnung davon, dass er am Freitag am Tegelberg starb. Das hätte komplett von mir abgelenkt. Das klappte ja erst mal auch ganz gut, aber dann wollte ich wissen, ob die Kripo auf meinen Plan hereingefallen war und tatsächlich Schwerdtfeger verdächtigte. Also habe ich häufiger als sonst meine Freundinnen im Krankenhaus angerufen. Heute dann erfuhr ich, dass Schwerdtfeger tatsächlich von der Kripo Besuch bekommen und kurz darauf das Krankenhaus wutentbrannt verlassen hatte. Mir war klar, Sie würden schon bald herausfinden, dass Schwerdtfeger als Helmuts Mörder nicht infrage kam, und dann konnte es nicht mehr lange dauern, bis Sie eins und eins zusammenzählen und mich ins Visier nehmen würden. Also habe ich das Nötigste zusammengepackt und bin zu meinen Eltern gefahren. Ich wollte mich eigentlich von ihnen verabschieden und mir am Bernmoosbach, der dort drüben durch den Wald fließt, ein schönes Plätzchen zum Sterben suchen. Tja, da ist mir die Resi dazwischengekommen, und jetzt wird's halt hier zu Ende gehen.«

Sie zuckte mit den Schultern.

»Meine Eltern trifft's ja nicht ganz unschuldig. Hätten sie mir als Baby keinen Honig eingeflößt, wär das alles nicht passiert.«

Sie griff nach dem Krug und führte ihn an ihre Lippen.

»Also Prost, Herr Hansen. Leben Sie wohl.«

Da krachte es hinter ihr, das Holz der Tür barst, und das kleine Schränkchen, das die Tür hätte blockieren sollen, kippte in den Raum hinein. Irritiert drehte Sylvia Hölbenreiter den Kopf, um die Ursache des Lärms zu erkennen. Sie sah Hanna Fischer auf dem umgekippten Schränkchen landen und verfolgte mit vor Schreck geweiteten Augen, wie die Polizistin aufsprang und auf sie zuhechtete.

Hansen stand hilflos draußen auf der Leiter und musste tatenlos mit ansehen, wie Hannas mächtiger Körper die schlanke Frau Hölbenreiter rammte. Der Krug, der ihr durch den heftigen Aufprall aus der Hand geschlagen wurde, flog im hohen Bogen gegen die Wand, wo er zerschellte und seinen giftigen Inhalt verspritzte.

Während Hansen staunend verfolgte, wie seine Mitarbeiterin Frau Hölbenreiter hochriss und ihr wenig zimperlich Handschellen anlegte, kraxelte auch schon Haffmeyer über Tür und Schränkchen und kam in weiten, ungelenken Sätzen auf das gekippte Fenster zugerannt. Er öffnete es ganz, reichte Hansen die Hand und half ihm über die Brüstung ins Zimmer.

Noch am späten Abend saß Hansen an seinem Schreibtisch. Mittlerweile hatten die Kollegen im Keller von Sylvia Hölbenreiter die Handschuhe und die Spritze gefunden, mit der Helmut Möller das tödliche Gift injiziert worden war, und die mutmaßliche Täterin hatte nach einer ausführlichen Vernehmung das Protokoll ordnungsgemäß unterschrieben.

Hansen fragte bei Vroni Schliers nach, ob er noch etwas tun könne, und erkundigte sich, wo denn Jana Vermijnen abgeblieben sei, die er seit der Vernehmung von Sylvia Hölbenreiter nicht mehr gesehen habe. Vroni Schliers sah ihn daraufhin lange an, als wolle sie seine Gedanken lesen. Schließlich sagte sie in etwas gespreizt wirkendem Hochdeutsch: »Frau Vermijnen ist nach Hause gefahren, ich soll Sie von ihr grüßen. Und jetzt geht wieder jeder seiner Wege, nicht wahr?«

Dann glitt ein versöhnliches Lächeln über ihr Gesicht, und

sie fiel wieder in den leicht dialektgefärbten Tonfall zurück, den sie anschlug, wenn sie entspannter war.

»Am besten wird sein, wenn S' jetzt endlich heimgehen, Herr Hansen. Vielleicht sollten S' mal in Ruhe mit der Resi reden. Die scheint mir doch noch recht verschnupft.«

Hansen erfuhr, dass die beiden Frauen sich länger am Telefon unterhalten hatten, nachdem Vroni Schliers berichtet worden war, welche Rolle Resi im Zusammenhang mit der Verhaftung von Sylvia Hölbenreiter gespielt hatte. Er verabschiedete sich von seiner Chefin und ging noch einmal in sein Büro, wo Haffmeyer auf ihn wartete.

»Schluss jetzt, ich fahr dich nach Hause«, erklärte sein Mitarbeiter. »Falls Resi bei dir in Füssen ist, redest du gleich mit ihr – und falls sie noch in Roßhaupten ist, rufst du sie heute wenigstens noch an und sagst ihr, dass du gleich morgen früh zu ihr kommst.«

»Aber …«

»Nichts da! Das musst du jetzt unbedingt in Ordnung bringen, verstanden?«

»Jawoll, Chef!«, sagte Hansen, so zackig er konnte, und nun musste er sogar ein wenig lachen, was ihm von Haffmeyer ein zufriedenes Grinsen einbrachte.

Resis Auto stand nicht vor dem Bauernhaus, das Hansen nun schon seit fast fünf Jahren bewohnte. Haffmeyer bot ihm an, dass er ihn auch nach Roßhaupten fahren könne, aber das war Hansen dann doch zu spät. Also nahm Haffmeyer ihm das Versprechen ab, noch heute in Roßhaupten anzurufen, dann ließ er seinen Chef stehen und fuhr nach Hause.

Hansen hielt Wort, doch Resi ging nicht ran, als er es auf ihrem Handy probierte. Also sprach er auf ihre Mailbox und kündigte an, gleich morgen früh nach Roßhaupten zu kommen.

»Ich kann auch so früh bei dir sein, dass du noch rechtzeitig zur Arbeit kommst. Gleich um sieben, wenn du magst.«

Sein Blick streifte den Kalender. Bei den rasanten Entwicklungen der letzten Zeit war ihm völlig entgangen, dass am nächsten Tag der 1. Mai war, und er korrigierte sich schnell.

»Du darfst natürlich gern auch noch ausschlafen, es ist ja Feiertag. Magst du mich einfach anrufen, wenn du wach bist? Ich bin hier und warte, bis du dich meldest, ja?«

Zur Sicherheit schickte er eine Textnachricht von seinem Handy aus hinterher.

»Ich muss morgen unbedingt mit dir reden. Ich habe da etwas in Ordnung zu bringen, das mir sehr wichtig ist.«

Die Antwort kam keine Minute später, und Hansen las sie sich laut vor: »Dann komm morgen gegen elf. Und streng dich an.«

Erleichtert legte er das Handy weg und ging in die Küche.

»Gut gemacht, Eike«, erklang von dort eine Stimme.

Fast hätte ihn der Schlag getroffen. Am Küchentisch saß der alte Mann und lächelte ihn an. Hut, Schirm und Mantel lagen wie voriges Mal auf dem benachbarten Stuhl.

»Was machen Sie denn schon wieder hier?«, entfuhr es Hansen.

»Na ja, es ist erst das zweite Mal, dass ich dich hier besuche. Aber du hast recht, ich sollte wirklich ein andermal wiederkommen.«

Tatsächlich stand er nun auf, schlüpfte in seinen dünnen Mantel, setzte den Hut auf und griff nach dem Schirm.

»Ich habe gerade gehört, dass du dich morgen mit deiner Verlobten aussprechen willst. Wir haben es jetzt schon recht spät, und ich schätze mal, für dieses Gespräch solltest du auf Zack sein. Ich hab dir ja schon während meines vorigen Besuchs gesagt, dass es wichtig ist, sein Leben mit jemandem teilen zu können.«

»Lassen Sie das, Herr Schubert oder wie immer Sie wirklich heißen mögen. Außerdem bin ich mit Ihrem seltsamen Geheimdienst fertig, und der Fall, der Ihnen Sorgen bereitet hat, ist gelöst. Möllers Tod hatte wirklich nichts mit seiner früheren Arbeit für Sie zu tun.«

»Natürlich nicht, sonst hätte ich das ja auch nicht zu dir gesagt.«

»Na wunderbar. Und was wollten Sie heute von mir?«

»Ich wollte dir von deinem Vater erzählen. Davon, was er für unseren Dienst gemacht hat – zumindest, soweit ich darüber reden darf. Und davon, dass heute der beste Freund deines Vaters den Geheimdienst leitet – eine Rolle, die nach meinem Ausscheiden sonst vermutlich auf deinen Vater zugekommen wäre.«

Hansen stand mit offenem Mund da.

»Jetzt mach den Mund wieder zu, Junge. Geh zeitig schlafen und kämpfe morgen um deine Resi. Ich komm bald wieder, dann erzähl ich dir alles. Aber das dauert seine Zeit, deshalb geht es heute nicht.«

»Aber …«

»Schon gut«, sagte der Alte, »ich finde allein raus.«

Aus den Augenwinkeln bemerkte Hansen den Kater, der sich so tief geduckt an der Küchentür vorbeischlich, dass sein Bauch fast den Boden streifte. Als der Alte zu Ignaz hinsah, erstarrte dieser mitten in der Bewegung, versuchte, sich noch kleiner zu machen, und war im Nu aus dem Blickfeld der beiden Männer verschwunden.

»Ich mag Katzen nicht besonders«, erklärte der Alte.

»Ich mag zumindest diesen Kater nicht, und er mich auch nicht«, entgegnete Hansen. »Aber warum hat er so eine Heidenangst vor Ihnen?«

Der Alte zögerte, dann griff er in eine der Manteltaschen und zog eine kleine Plastiktüte hervor, in der eine gefüllte Wasserpistole steckte. Als er sie auspackte, breitete sich ein intensiver Duft aus.

»Die hier habe ich immer bei mir. Sie ist mit Wasser gefüllt, das ich mit diversen Kräuteraromen und geriebener Zitronenschale versetzt habe. Katzen hassen es, mit Wasser beschossen zu werden – und wenn sie danach auch noch nach ätherischen Ölen riechen, flippen sie fast aus. Anschließend halten sie sich lieber fern von dem, der ihnen das angetan hat.«

»Könnte das auch mit mir und Ignaz klappen?«

»Das klappt immer.«

Hansen sah versonnen auf die Wasserpistole, aber der Alte schüttelte nur den Kopf und packte sie wieder ein.

»Tut mir leid, die kann ich dir nicht hierlassen. Ehrlich gesagt habe ich panische Angst vor Katzen. Ohne meine Pistole gehe ich schon lange nicht mehr aus dem Haus.«

»Bei nächster Gelegenheit werde ich mir auch so was zulegen«, sagte Hansen.

»Mach das, aber das Gespräch morgen mit deiner Resi ist wichtiger. Versemmele das nicht, Eike.« Er zwinkerte Hansen zu. »Und vergiss nicht: Ich behalte dich im Blick.«

Fünf Minuten nachdem der Alte das Haus verlassen hatte, begann Ignaz wieder durchs Haus zu stromern. Erst als er den Mann, vor dem er Angst hatte, nirgendwo entdecken konnte, streckte er sich erleichtert und marschierte in die Küche, um sich etwas Futter zu gönnen.

Am Tisch saß sein zweibeiniger Mitbewohner und trank ein Bier. Erst wollte Ignaz ihn nicht weiter beachten, aber dann fiel ihm auf, dass der Zweibeiner ihn mit einem unangenehm fiesen Grinsen musterte. Etwas an seiner Haltung und seinem Blick irritierte Ignaz. In diesem Zweibeiner ging etwas vor, das für einen friedliebenden Kater nichts Gutes verhieß. Dabei erlaubte er sich doch nur manchmal einen kleinen Spaß mit seinem menschlichen Dosenöffner. Kurz schaute er noch einmal zwischen seinem Futternapf und dem Zweibeiner hin und her – dann machte er sich für diesmal lieber aus dem Staub.

Danksagung

Danke an alle, die sich auch seltsame Fragen gefallen ließen und die diesem Buch informative und skurrile Details bescherten. Wenn Sie Fehler finden, kreiden Sie sie einfach mir an. Ich bitte alle um Nachsicht, denen ich einen Täter oder ein Opfer in die Nachbarschaft hineinerfunden habe, ein Hotel, eine Tiefgarage oder eine nicht ganz hasenreine Import-Export-Klitsche: Sobald Sie den Krimi zu Ende gelesen haben, ist auch alles sofort wieder weg – versprochen!

Sollte sich jemand in diesem Buch wiedererkennen, danke ich für das (unverdiente) Lob: Wie in Krimis üblich, sind Handlung und Personen frei erfunden. Für den Versuch, herauszufinden, was an den Schauplätzen real und was erfunden ist, wünsche ich viel Spaß.

Wenn Sie mehr über Kommissar Hansen wissen wollen, besuchen Sie ihn unter: www.kommissar-hansen.de

Jürgen Seibold